CW01658733

Esra Erol

KARA DUVAK

"Her Kitap Bir Umut"

POSTİGA

POSTİGA YAYINLARI: 61
Yaşantı 5

Kitabın adı: **Kara Duvak**
Yazar: **Esra Erol**
Genel Yayın Yönetmeni: **Nurettin Hacıkurtiş**
Proje ve Kitap Editörü: **Ece Özbaş Korkmaz**
Redaksiyon: **Derya Ayyıldız**
Proje Yöneticisi: **Taylan Özcan/GNL Entertainment**
Küçük Gelinler Tema: **Esra Erol**
Proje Asistanı: **Merve Polat**
Sayfa Tasarımı: **Atiye Irmak**
Kapak İllüstrasyon: **Tayyar Özkan**
Kapak Uygulama: **Yunus Karaaslan-Serkan Sinay**

ISBN **978-605-5711-57-3**
Birinci Baskı **Kasım 2011-2.000 Adet**
İkinci Baskı **Kasım 2011-3.000 Adet**
Üçüncü Baskı **Kasım 2011-10.000 Adet**
Dördüncü Baskı **Kasım 2011-10.000 Adet**
Beşinci Baskı **Kasım 2011-10.000 Adet**
Altıncı Baskı **Aralık 2011-10.000 Adet**
Yedinci Baskı **Aralık 2011-10.000 Adet**

Baskı ve Cilt
Kurtiş Matbaacılık San. ve Tic. Ltd. Şti.
Tel: 0 212 613 68 94
www.kurtis.com.tr

POSTİGA YAYINLARI
Maltepe Mah. Litros Yolu Fatih San. Sit.
No: 12/74 Topkapı İSTANBUL
Tel: 212 501 51 07 Faks: 212 613 68 96
www.postigayayinlari.com
bilgi@postigayayinlari.com

© Esra Erol / Postiga Yayınları (2011)
Yayınevinden yazılı izin alınmaksızın hiçbir yolla çoğaltılamaz

Esra Erol

KARA DUVAK

"Her Kitap Bir Umut"

POSTİGA

Esra Erol

Göçmen bir baba ve Sinoplu bir annenin ortanca kızı olarak dünyaya geldi. 1982 İstanbul doğumlu. İlk, orta ve lise öğrenimini Kütahya'da tamamladı. Beş kız kardeşler.
Öğrenim gördüğü sırada profesyonel olarak basketbol oynadı, atletizmle uğraştı. Beden eğitimi öğretmeni olmayı planlarken televizyoncu oldu. Lise yıllarından beri yerel radyo ve televizyonlarda kendi hazırladığı programları sundu. Çeşitli televizyon dizilerinde rol aldı.
2007 yılında sunduğu evlilik programı reyting rekorları kırınca televizyon dünyasına imzasını attı. Program beş yıldır hiç düşmeyen ve giderek yükselen bir ivmeyle devam ediyor.
Para kazanmak ve eğlenmek için başladığı evlilik programı onun hayata bakışını değiştirdi.
Dünyada örneği olmayan bir televizyon fenomeni haline geldi. Canlı yayında evlendi, hamileliğini televizyondan duyurdu. İzleyiciler hamileliğini ekrandan günbegün izlediler. Hayatının pozitif ve keyifli anlarını ekrandaki izleyicileriyle paylaştı ve paylaşmaya devam ediyor. Belki de başarısının sırrı; tüm ülkeyi kendi ailesinden gibi görmek samimiyeti ve içtenliğinde.
Türkiye'de en çok sevilen kadın sunuculardan biri Esra Erol. Yaptığı programlarla onlarca ödül aldı ama onu en mutlu eden, çocukluğundan beri hayalini kurduğu ve heyecanla beklediği *Altın Kelebek En İyi Sunucu* ödülüydü.
Ekranda büyük bir aşkla evlendiği Ali Özbir'le hayatlarının en güzel paylaşımı güzel bir yaz gününde oğulları İdris Ali dünyaya geldi.

Kaderine mahkum olan tüm küçük gelinlere…
Yanınızda değilim ama ellerinizden tutuyorum.

İÇİNDEKİLER

ÖNSÖZ

15 genç kadın, hatta aralarında bazıları çocuk yaşta kadın olan gencecik kızların hikayelerini anlatacağım kitabımda. Genç kız dediğime de bakmayın, ailelerinin güzel fidanları onlar... En büyüğü 18 yaşında evlenmiş, yani hukuka göre yeni reşit olmuş. Düşünün ki bu kızlar henüz temel bir hayat görüşü olamayacağı düşüncesiyle oy kullanamıyorlar. Herhangi bir kararın sorumluluğunu alamayacak yaştalar. Ama evleniyorlar.

Sadece aile zoruyla değil adına 'aşk' dedikleri ama kendilerinin de tam bilmediği bir duyguyla evleniyorlar. Kimisi sadece bedenlerine değil daha çok ruhuna ve hayatına tecavüz eden adamın eşleri olmuşlar. Yani erkeğe ilkel bir dürtüyle istediği kadın ödül olarak sunulmuş.

Yıl 2011 yaşananlar çok geride kalmış hikayeler değil ki, töredir, adettir diyelim. Çoktan evlerde elektrik var, elektrikle birlikte medeniyetin getirdiği modern araçlar var. Hatta eskiden *içinden insanlar çıkıyor* diye korkulan televizyonlardan her türlü hayat gözlenebiliyor. Niçin çamaşırlar artık elde değil de makinede yıkanırken zihinler aynı kalmış anlamak mümkün değil...

Bu kitabı yazma isteğim de programa gelen genç kadınlar sayesinde oldu. Onları dinlediğimde sadece ben değil siz de üzülüyordunuz, biliyorum çünkü programa yüzlerce telefonlar geliyordu. Düşündüm herkes bu hayatlardan ibret almalıydı. Programımız beş senedir yayınlanıyordu ve her sene yaklaşık otuz bin başvuru oluyor. Tüm kadınların dramını yazamazdım. Aralarından beni en çok etkileyen çocuk yaşta evlenen genç kadınlardı çünkü onlar çocuk yaşta evlenmişlerdi, eziyet çekmişlerdi ve büyük pişmanlıklar yaşıyorlardı. Kitabımızda yer alan genç kadınların çoğu son derece dirayetliydi, ağır sorunlarla karşılaştıkları halde. Bu mucizevi bir durum aslında, çünkü yaşadıkları kan donduran cinsten olaylar. Okudukça bana hak vereceksiniz.

Kimi "aşk" uğruna ailesini ezip geçmiş ve kocasına kaçmıştı.

Kimi ailesi tarafından "yaşı geldi, namusunu biz taşımayalım" diye evlendirildi.

Kimi de tecavüz eden adama "namus" diye hediye edildi.

Tüm Türkiye ile bunu paylaşmalıydım ki buna bir son verilsin. Hayatlarını evde geçirmek yerine üretken olsunlar ve 21. yüzyılda eğitimsiz insanlar olarak dünyada var olmayalım diye hepinizle paylaşmalıydım.

Zor bir süreçti, gözyaşlarıyla beslenen son derece dramatik hayat hikayelerini duygu sömürüsü yapmadan sizlere aktarabilmeliydim, bir yandan objektif bir çalışma da olsun istediğimden uzun bir zaman geçti.

Ve bir adım attım, Kasım 2010 tarihinden itibaren yoğun bir süreç başladı.

O kadınlarla tek tek görüşüldü, yeniden acıları deşildi, ama bu kez acılarının başka insanların şifası olabileceğini bildiklerinden içlerinde bir ferahlıkla yaptılar görüşmeleri. Hepsine minnettarım, çünkü tüm kalplerini açık yüreklilikle ortaya serdiler. Gizli sırlarını gözyaşlarıyla anlattılar. Hikayelerinde bazı acı detayları sakladık maalesef çünkü onlar daha çok yaralanabilirdi. Bazılarının isimleri bile gizlendi çünkü çekiniyorlar, isimlerinin bile bilinmesini istemiyorlar.

1 senelik bir süreç sonrasında kitap elinizde. Öyle çok insanın emeği var ki, saymakla bitmez. Kitabın hazırlanma aşamasında uzun görüşmeler yapıldı, birçok kadın derneği ile iletişime geçildi ve proje üzerine toplantılar yapıldı. Her görüşme sonucunda iyi bir yolda olduğumuza daha emin oluyorduk.

Psikolog Uğur Dalan da yazılarımızın sonuna klinik olarak yorumlarını yazdı, herkes genç yaşta yapılan evliliklerin kadınlar üzerindeki etkilerini daha net olarak görebilsin istedik. Çünkü mutlu ailelerden sağlıklı bireyler çıkabilir ancak. Vatana, millete faydalı insanlar yetiştirmek ve çocuklarımıza dünyayı güzel teslim etmek istiyorsak doğru kararlar almalıyız. Doğru kararları alabilmek de ancak sağlıklı bir aile içinde mümkün. Sağlıklı aile ise ancak birey olabilen insanların doğru seçimleriyle mümkün. Çocuk yaşta evlenen bir insanın doğru kararlar verebilmesi zordur, çünkü kendi travmalarından başlarını kaldırıp dünyaya doğru düzgün bakamazlar.

Tekrar belirtmek istiyorum, bu kitapta yaşananlar, yaşatılanlar, hayal değil, kurgu değil, maalesef gerçek. Sadece onların geleceği ya da geçmişi değil yaşananlar, aslında ülke insanları olarak bizim de geçmişimiz ve geleceğimiz; çünkü, hepimiz bu ülkeyi oluşturuyoruz ve en önemlisi hepimiz insanız.

Bu kitabı okumak için eline almışsan ve okuyorsan sana sesleniyorum. Hayatının kilit noktası olan gün belki de bugün. Şu anda kitabı elinde tutup benim satırlarımı okuduğun gün. Bu kitabı okuduktan sonra yaşamını değiştirebilirsin.

Sen genç kardeşim; aile baskısı, toplum baskısı, mahalle baskısını bir kenara bırakıp kendin için doğru kararlar verme zamanı bugün. Çünkü yarın bu acıları yaşadığında yanında belki de hiç kimse olmayabilir. O yüzden evlilik kararını vermeden önce iyi düşün.

Sen aile büyüğüm; senin kızın da olabilirdi bu acıları çeken. Onu genç yaşta evlendirmek istediğine emin misin...

Çaresiz, yarınsız ve ümitsiz kalmayın...

TEŞEKKÜR

Hayatının en özel sırlarını bu kitapta benimle paylaştıkları için o güzel insanlara...

Benimle beraber çalışan tüm ekip arkadaşlarım, aynı vicdanı paylaştığımız ve aynı dili konuştuğumuz için…

Sevgili Editörüm Ece Özbaş Korkmaz, sensiz bu kitap olmazdı. Enerjimiz buluşturdu bizi...

Sevgili Menajerim Taylan Özcan, sensiz işleri nasıl organize ederdik...

Sevgili arkadaşım Psikolog Uğur Dalan, bu kitaptaki emeğin büyük...

Sevgili Yayıncım Nurettin Hacıkurtiş, desteğin ve çaban için...

Ve siz sevgili izleyicilerim beni her zaman sevdiğiniz, güvendiğiniz ve desteklediğiniz, beni ailenizin kızı yaptığınız için...

Sonsuz Teşekkürler…

AYLA T.

Aslen Afyonlu
Hayatının bir dönemi Ankara'da bir dönemi de Eskişehir'de geçti
Şu anda 37 yaşında
Lise ikiden terk, ailesi evlendirmek için okuldan aldı.
Evliliğini 17 yaşında yaptı ve toplam 6 yıl sürdü
Eşi dışında kayınvalide ve kayınpederinden de şiddet gördü
Şiddet yüzünden dört düşük yaptı
Hamileyken ihanet sebebiyle kocasından ayrıldı ve oğlunu kendi büyüttü
Mahkeme sırasında eşinin ailesi çocuğun başkasından olduğunu söyleyince DNA testi yaptırıp iftiraları temizledi
Oğlu şu anda ilk öğretim beşinci sınıfta okuyor ve çok başarılı

Esmer, hoş bir kadın Ayla. Akıllı, yakışıklı bir oğlu var. Top oynamaya bayılıyor. Derslerinde son derece başarılı bir çocuk. Ayla'nın hayata dair en büyük dayanağı o.

Ayla 17 yaşında ailesi tarafından zorla evlendirilmiş. Hayat macerası sarsıcı, büyük mücadelelerle dolu; hem kendi ailesiyle hem eşinin ailesiyle büyük bir mücadele vermiş. Hayat zamanla onu dirayetli ve korkusuz yapmış. Çocuğu için dik durmayı becerebiliyor.

Derslerinde başarılı bir kızdı Ayla. Okul birincisiydi. Lise ikiye kadar takdirlerle geçmişti. Ama o sene hiç istemediği bir olay yaşadı. Tüm öğrenim hayatı yok edilmişti. Dolayısıyla hayalleri çalınmıştı. Evde dayak seslerini duyarak büyümüştü. Annesi, babası tarafından sürekli şiddet görüyordu, her gün dayak ve kavga hayatının değişmez parçalarıydı.

Evde babası dışında halalarının sesleri duyulurdu. Halaları evlerinin görünmez yöneticileriydi. Kendi çocuklarını okuttukları halde Ayla'nın okuması onları rahatsız ediyordu. Sonunda babasının aklına girdiler ve Ayla'yı okuldan aldırdılar. Dünyası yıkılmıştı Ayla'nın çünkü o okuyup meslek sahibi olmayı istiyordu, hem böylece belki bu cehennem hayatından annesini de kurtarabilir, yepyeni bir hayata başlayabilirlerdi. Ama olmadı.

Eskişehir'de yaşıyorlardı. "Kız kısmısı okur muydu, kızlarla erkeklerin ne yaptıkları belli." İşte bu cümle Ayla'nın hayatını tamamen değiştirdi. Gerekçeleri "Namus"tu.

Ayla o gün kendisi için olağanüstü bir gün olduğunu bilmiyordu. Babası gündüz vakti onu döverek ertesi akşam görücü geleceğini ve kocaya verileceğini söyledi. Ayla okumak istediğini söyleyip ağlayıp sızladıysa da bir faydası olmadı. Sızlanan karısını da dayaktan geçirdi adam. "Kız kısmı okuyup da ne olacaktı? Sokakta o... mu olsun?..." Babasının böyle konuşması çok ağırına gitmişti Ayla'nın, ama kaba kuvvetin karşısında bir kız çocuğu ve dayanağı olmayan bir kadın ne yapabilirdi ki...

Bir çabukta oldu her şey. Ne söz ne nişanlılık dönemi yaşanmamıştı. 17 yaşındaki genç fidan kocaya verildi. Damadı kahve servis ederken görmüştü, apar topar mutfağa çekildiğinde onu birileri görmüş ve beğenmişti. Yüzü gözü mosmor olduğu halde beğenildi. Ayla direnmeye devam ediyordu, pazartesi günü okula gitti, kaydı silinmişti.

O hafta düğün hazırlığı ve dayak ile geçti günler. Ne Ayla'nın ne annesinin sızlanmaları asla fayda etmiyordu. Kız verilmişti ve evlenecekti, namus korunmaya alınmıştı.

Düğünlü dernekli evlendi, kendisi dışında herkes eğlenmişti, sanki kötü bir kabustaydı Ayla. Kitapları, dersleri, genç kızlık hayalleri yanındaki adama teslim edilmişti. Tanımadığı, sevmediği bir adam...

İlk üç gün evde yalnızdılar. Yeni hayatının daha ilk haftasında dayak yemişti. Eşi ve onun ailesiyle aynı binada yaşıyorlardı, görümceleri, kayınbabası ve kayınvalidesi, kayınbiraderleri. Bir evin duvarları arasında istif edilmiş hayatlardan nasibini almaya hazırlanıyordu Ayla.

Kocası annesinin sözünden çıkmayan bir adamdı. Kayınvalidesi "Bunu aldık ama hiçbir işe yaramıyor" diye konuşmaya başlamıştı. On yedi yaşındaki bir kızdan nasıl maharetler beklediklerini bilemiyordu Ayla. Kocası henüz askere gitmemiş genç bir adamdı. Kayınvalidesi, Ayla için "Kocası askere gittikten sonra bunun gözü açılır başka adama gider" diye konuşuyordu. Şaşırıyordu Ayla çünkü, insan bir kez evlendikten sonra başka bir adama bakmazdı, ona öyle öğretilmişti. Baba evinden beyaz gelinlikle çıkan kız, koca evinden beyaz kefenle çıkardı, bunu öğrenerek yetiştirilmişti Ayla. Başkasına bakmak mı... Annesi "Kocan ne kadar eziyet ederse etsin öf bile demeyeceksin, bu dünyada bir mükafat alamasan da Allah katında mükafatlandırılırsın" demişti evliliğinden birkaç gün önce.

Yaptığı ya da yapamadığı her şey kayınvalidesi için problemdi. Okulundan çıkıp koca evine gelen genç bir kız ne biliyorsa Ayla da onu biliyordu. Kavga çıkarmak için her şeyi yapıyordu kayınvalidesi. Hatta sigarasını içip külünü yere savurduktan sonra, "Bu kız hiç temizlik yapmıyor" derdi. Küçük dünyasında kırılıyordu Ayla. Hem görümcelerini hem de Ayla'yı zaman zaman dövdüğü de oluyordu kayınvalidenin.

Eve para gerektiğinden çalışmaya başladı kısa süre sonra Ayla, çalışmak zorundaydı öyle söylenmişti. Tekstilde iş bulmuşlardı. Kısa süre sonra kocası askere gitti. Onun askere gitmesiyle baskılar da çoğalmaya başlamıştı, "Başını boş bırakmamak lazım kim bilir ne yapar?..." diyerek kayınbabası ve görümcesinin eşi tarafından izlenmeye alınmıştı. Halbuki görümcesiyle aynı yerde çalışıyordu ve işten eve gitmekten başka yaptığı bir şey yoktu. Hafta sonu zaten ev işlerini görüyordu.

On sekiz ay boyunca evli bekar yaşadı, kocası sadece iki kere izne gelmişti, yeni evlendiği adamı görüp görebildiği bu kadardı. Kocasını görmeye bile götürmüyorlardı. Kocası evde kimse yokken başka bir adam, ailesi evdeyken başka bir adamdı. İnanılmaz bir değişim yaşıyordu. Ayla şaşkındı.

Aile içindeki ilişkiler de garipti. Kayınvalidesi ile kayınpederi ayrı odalarda yatıyordu ve genel olarak da konuşmamaya çalışıyorlardı. Çünkü kayınpederi senelerce kayınvalidesini dövmüştü, yakın zamanda da şiddet gösterdiği için bu şekilde yaşıyorlardı. Kayınvalidesi de şiddet yaşamıştı, peki niye Ayla'yı koruyup kollamıyordu bir türlü anlayamıyordu Ayla.

Ayla ve kocası alt katta, aile ise üst katta yaşıyordu, ama Ayla her iki evin de işleriyle ilgilenmek zorundaydı. Kayınvalidesinin kızdığı konulardan biri de kayınpederine hizmet etmesiydi. Mesela kayınpederinin kıyafetlerini yıkasa "Vay sen niye o adamın işini yapıyorsun?" diyerek saldırıyordu Ayla'ya. Kendi aralarındaki mesele yüzünden sokakta Ayla saçlarından sürükleniyordu. Kimseye yaranamıyordu ki... Her ikisi de Ayla'yı kocasına şikayet ediyordu. Ayla'ya düşen ise hep dayak yemekti. Bunlar yetmiyormuş gibi eşinin ağabeyi de şikayetçiydi Ayla'dan.

Kocasının askerliği bitip eve döndüğünde o da çalışmaya başladı. Ama onun gelmesi hiçbir şeyi düzeltmediği gibi artırdı. Kocası annesinin sözünü dinleyip zaman zaman dövüyordu Ayla'yı. Hatta şiddet yüzünden ilk çocuğunu altı aylıkken düşürmüştü. Bir kurban bayramı günüydü. Ayla evi temizliyordu, onlar da kurban kesmeye gideceklerdi, işler bittikten sonra da hep beraber yemek yenilecekti. Kurban kesimi bittikten sonra etin bir kısmı ayrılmış, pişirilmesi istenmişti. Kayınvalidesi Ayla'ya "Sen merdivenleri süpür" demişti. "Tamam içeriyi bir toplayıp hemen geliyorum, süpürürüm merdivenleri." diye cevap verdi.

Eline kova ve süpürgeyi alıp merdiveni temizliğe başlamıştı ki az sonra kendini merdivenin dibinde buldu. Eltisinin oğlu koşarak dedesine gitmişti. "Dede, amcamla babaannem yengeyi merdivenden aşağı ittiler, Yasin ölüyor, yengem ölüyor koş" diye bağırdı. Yasin karnındaki bebeğin adıydı, evet Yasin ölmüştü. Kırk gün yoğun bakımda yattı Ayla. Bebeğinin gömüldüğünü görememişti, kendini bile yok hissederken bebeği de yok olmuştu.

"Bundan gelin olmaz deli bu" dedikleri günlerde Ayla psikolojik tedavi görüyordu, ilk bebeğini merdiven boşluğuna bırakmıştı, gülüp oynaması mı gerekiyordu yoksa... Panik atak olmuştu Ayla, sürekli şiddet insanı nasıl sağlam bırakabilirdi ki... Her an biri tarafından şiddete uğrayacakmış hissiyatıyla yaşıyordu. Korku içine işlemişti artık. Katlanıyordu çünkü töre bunu gerektiriyordu. Kocasını sevmiyordu Ayla, Ayla artık kendini de sevemiyordu, kaybolmuştu.

Üç düşük daha yaptı Ayla, üç çocuk kaybı daha. Şiddet devam ediyordu, bebeklerini kaybetmeye devam ediyordu. Dayak için bir sebebe ihtiyaç yoktu en ufak bir kaş hareketi bile hoyrat ellerde değerlendiriliyordu.

Güveneceği bir ailesi yoktu ki, annesi on bir gün yoğun bakımda yattıktan sonra ölmüştü, annesi de yoktu artık. Kafatasında büyük bir çatlak açılmıştı. Annesi, cahil bir kadındı, Ayla annesinin intihar ettiğine inanmıyordu. Annesi babasıyla on üç yaşında evlendirilmişti, dünyayı tanımıyordu, tek bildiği kocası ve çocuklarıydı. Okuma yazması olmayan, ayağında şalvar, başında atkıyla dolaşan bir kadındı. "Annem intihar edecek bir kadın değildi, her zaman çocukları için yaşıyordu, çektiği şiddeti bize belli etmiyordu, bizim için yaşıyordu" diyordu anlatırken.

Annesinin acısını henüz atlatamamıştı ki kocasının kendisini aldattığını fark etti. Başka kadınların soluğu evlerinde hissedilmeye başlamıştı. Ayla bir gün eşinin cep telefonunda başka bir kadının resmini görmüştü, düşündü, 'Kocamdır yapsın, ne olacak, elbet bana dönecek nikahı bende' dedi kendi kendine. Babası da annesine aynısını yapıp sonra annesine dönmemiş miydi, dönecekti elbette.

Fakat Ayla bir gün dayanamayıp baba evine döndü, ayrılıkları tam bir seneyi bulmuştu. Ayla anneannesinin ısrarlarına dayanamayıp kocasına geri döndü. Kocasının yalvarmaları işe yaramıştı, "Bir daha yapmayacağım çok pişmanım, hatamı anladım" diyordu. Hem ayrı ev de tutacaklardı. "Peki" dedi.

Yeniden başladılar. Bu kez belki iyi olurdu belli mi olur... Ve o dönemde hamile kaldı, sahiden de üç-dört ay huzurluydular. Ayla bilmiyordu ama canından canını besliyordu. Kocası annesine sıklıkla gidip gelmeye başladığında yine işler bozuldu. Ayla şöyle diyordu: "Eve döndüğünde domuz görmüş gibi oluyordu beni görünce."

Yaptığı yemekleri beğenmiyor, tabak çanağı kırıyordu. Ayla çalışmaya devam ediyordu hatta ara ara mesaiye kaldığı bile oluyordu. O gün de fazla mesai yapacaktı fakat mide bulantısı ve baş dönmesinden çalışamaz hale gelmişti, kocası gündüzden arayıp mesaiye kalıp kalmayacağını sorduğunda kalacağını söylemişti ama dayanamadığından eve gitti.

En yakın kız arkadaşıyla kocasını aynı yatakta bulacağını bilse herhalde eve girmezdi. Ayla evinin kapısına geldiğinde kapıyı kilitli buldu. Şaşkınlıkla içeri girdiğinde hayreti daha da arttı, masa donatılmıştı, yenilmiş içilmişti. Bardağın birinde ruj izi vardı. 'Allah Allah eve biri mi geldi acaba...' diye düşündü. Kocasının evde olmadığını zannediyordu, çünkü "Ben eve geç gelirim, seni de çıkışında alırım" demişti. Sesler duydu, içeriden geliyordu, sonra gözü ayakkabılara takıldı Ayla'nın kocasının ayakkabısı yanında bir de kadın ayakkabısı vardı. İçini kemiren duygularla yatak odasına ilerledi. Kapıyı açtığında onları yatakta gördü. Çırılçıplaktılar. Ailecek görüşüyorlardı halbuki, kadının kocası da eşinin arkadaşıydı.

"Allah belanızı versin, lanet olsun size, çıkın gidin bu evden" diye bağırdı. Kocasına da dönüp "Seni de istemiyorum artık, git buradan" dedi. Bağırtılarına ev sahibi kadıncağız da gelmişti. Onlar çarşaflara sarınıp evden kaçtılar. Ev sahibi kadın eşyalarını aşağı fırlatmıştı.

Karanlık bir gecenin ardından doktora gitti Ayla, hamileydi, hemen aldırmayı düşündü. Başka ne düşünebilirdi ki Ayla!.. Doktor üç buçuk aylık hamile olduğunu ve kürtaj için çok geç olduğunu söylediğinde yıkıldı Ayla. Günlerce düşürmek için uğraştı ama yaşayacak can yaşıyordu. İyi ki de yaşamıştı, dünya tatlısı oğlu.

Vakit kaybetmeden dava açtı Ayla, etrafındakiler çocuk doğduktan sonra dava açmasını söylüyorlardı, kayınvalidesi ise "Çocuk bizden değil, kim bilir kimden peydahladı" diyordu. Bunun üzerine Ayla DNA testi yaptırmak istemişti, onların çamurlarını üzerinden silkelemek için.

Kayınvalidesi mahkemede, "Bu kadın kesinlikle kocasını aldatıyordu, eve bile uğramıyor, karılık vazifelerini de yapmıyor" dediğinde Ayla'nın babası da onlara katılmış ve "Yapmıştır hakim bey" demişti.

Ayla zor günler yaşıyordu, karnında bebeği karşısında iftiralarla acılar içinde yaşıyordu. Kendi atası bile onu karalıyordu. Bir başına geçirdiği akşamlarda dayak yoktu ama öfke ve acı vardı. Canıyla beslediği oğlu da giderek büyüyordu, karnındaki tekmeleri onu hayata bağlıyordu. 'Yalnız değilsin anneciğim' der gibiydi. Bebek ona o bebeğe tutunmuştu.

Boşanma davası devam ederken oğlunu kucağına aldı Ayla. Hastanedeyken babası ültimatomlarını iletmek için gelmişti: "Elalemin piçini doğurdun, ya onu öldürüp gelirsin eve ya da hiç gelme."

Hiçbir şeyi umursamadan sevgisiyle büyüttü çocuğunu. Bebek üç aylık olduğunda da DNA testi yapıldı. Cerrahpaşa'dan alınan raporda çocuğun babası yüzde doksan dokuz nokta dokuz netliğiyle kocasıydı. Elbette kocasındandı Ayla başka bir adama göz ucuyla bile bakmıyordu ki nerede kalmıştı çocuk yapmak... Mahkemede kocasının ailesinin öne sürdüğü bütün iddialar da böylece sıfırlanmıştı. Testin parası da kendisinden çıkmıştı.

Bebeği altı aylık olduğunda mecburen işine geri döndü Ayla, bebeğe ev sahibi bakıyordu, yaşlı kadınla ana kız gibi olmuşlardı. İşe gitmeden mamasını hazırlayıp bırakıyor, akşamları da koşa koşa eve geliyor, bebeğine kavuşuyordu. Kokusunu içine çekiyor ve dünyanın gamlarını eritiyordu.

Boşanma gerçekleştikten sonra da çocuğuna kendisi baktı Ayla. Çocuğu görmek bile istemiyordu babası. Kocasından kurtulmuştu ama sıkıntıları bitmek bilmiyordu ki. Bu kez kendi ailesinin şiddetine maruz kalıyordu. Ayla'nın babası erkek kardeşini doldurup Ayla'ya gönderiyordu, namus davası devam ediyordu.

"Annem gibi yapmak istiyordu babam, her şeyi sineye çekmemi, dayağa boyun eğmemi istiyordu. Ama ben sineye çekmedim" diyordu Ayla bunları anlatırken gözlerinde görünür bir öfkeyle. Direniyordu Ayla, kendisi ve çocuğu için direniyordu. Babasını istemiyordu, içki masasında annesini satmaya kalkışan bir adamı niye isteyecekti ki... Eve çeşit çeşit adamlar getirip hizmet bekliyordu, yarın öbür gün kızını da satmayacağı ne malumdu.

15 yaşında yaşadığı bir olayı anlatırken Ayla gözlerindeki öfke giderek koyulaşmıştı.

"Bir gün ev yine içki içen adamlarla doluydu. Bir adam annemin üzerine yürüyerek, 'Ben kocana para verdim benimle beraber olacaksın' dediğinde ben araya girdim, 'burası genelev değil defol git' demiştim. Kan beynime sıçramıştı, namustan bahseden adam annemi satmaya kalkışmıştı. Baba dediğim o adamdan iğreniyorum."

Ayla o günlerde içip gelen erkek kardeşinin dayağına maruz kalıyordu, dul kadın olmuştu ya ne olacağı belli olmazdı, başı boş bırakılmamalıydı. Her geldiğinde dövdüğü gibi para da istemeye başlamıştı, Ayla oğluna mı bakacaktı, kardeşinin cebini mi dolduracaktı!

Taşlanmış kotların yapıldığı bir atölyede çalışırken tüberküloza yakalanmıştı tüm sıkıntıların üstüne. Ciğerlerini iltihap kaplamıştı. Tedaviye başlanmıştı ama çalışamıyordu, devletin az bütçeli yardımıyla yaşamaya çalışıyordu. Eş dostun öğüdüyle yeşil kart çıkarmıştı da ancak tedavisini yaptırabilmişti. Evde yaptığı el işlerinden de biraz para geçiyordu eline. Havlu kenarları yaparak kirasını ödemeye çalışıyordu. Çocuğuna hem annelik hem babalık yapmaya çalışıyordu, mücadelesi ağırdı ama hayatını dolduran oğlu için tahammül ediyordu her şeye. Kardeşi kazandığı bu ufak tefek paralara da göz dikmişti.

Halbuki o kardeşleriyle birlikte babasının zulmüne maruz kalmamış mıydı, unutmuş muydu kardeşi her şeyi. Ankara'da yaşarlarken, Ayla henüz on iki yaşındayken soğuk karlı bir kış akşamında onları donla sokağa çıkarıp, elindeki soba maşasını burunlarına geçirip karın üstüne atmamış mıydı. Anneleri içeride hüngür hüngür ağlarken kendileri alkollü babalarının nefeslerini içlerine çekip soğuktan tir tir titrerken birbirlerine bakıp ağlamamışlar mıydı?.. Gecenin üçünde soğuktan buz kesmiş bir halde ağlayarak üzerlerinde donla anneannelerinin evine gitmemişler miydi. Ya ayaklarından bağlanıp tavana asılmaları... Bu kadar çabuk mu unutuluyordu...

Bir akşam yine geldi kardeşi, Ayla hasta yatıyordu, elindeki bıçağı Ayla'nın boğazına dayayarak, "Seni öldüreceğim" dedi. Ayla bıkmış "Öldür, Allah'a verecek bir can borcum var, böyle çekmektense seve seve veririm, ölmeyi tercih ederim" demişti. Komşular bağırtı çağırtıları duyunca polisi aramıştı, polisin geldiğini duyan kardeşi alelacele kaçmıştı da ancak öyle kurtulmuştu Ayla.

Üç-dört gün sonra tekrar gelip Ayla'yı feci şekilde dövdükten sonra boğazına kalın bir kablo bağlayıp üçüncü kattan aşağı sallamıştı. Elindeki kabloyu bıraksa Ayla kaldırımda paramparça olacaktı.

Başka bir gün Ayla'yı merdivenlerden aşağı itti, ağır bir doku zedelenmesi ve kalça çıkığıyla hastaneye yatırıldı. Ayla'nın ondan sakınmak için aldığı önlemlerin hiçbiri işe yaramıyordu.

Aklı yerine gelmeye başlayan oğlu her şeye şahit oluyordu. Zaman zaman yeğenini karşısına alıp pis düşüncelerini aktarıyordu, "Senin bu annen var ya yarın bir numaralı o.... olur." Çocuk ne dediğini anlamadan dinliyordu dayısını. Minnacık çocuğu bakkala gönderiyor, içki aldırıyordu. Örnek bir dayıydı, örnek bir kardeşti, örnek bir namus abidesiydi.

Ayla en sonunda pes etti ve Eskişehir'den kaçmaya karar verdi. Bir gün her şeyini toparlayıp İstanbul'a kaçtı. Oğlunu ve kendini şiddetten ve kötü hayattan kurtardı.

Ayla kitap okumayı çok seviyor. Oğlu ile beraber kitap okuyorlar. Oğlundan bahsederken yüzü ışıldıyor Ayla'nın.

"O bana Allah'ın bir lûtfu" diyor. "Onun sayesinde bütün acılarımı unuttum." diye de ekliyor. "Onu kucağıma aldığımda yeniden doğduğumu hissettim. O benim her şeyim oldu, hem annem hem babam, dert ortağım canım o benim. İyi ki de doğurmuşum. Oğlumla gurur duyuyorum, bir canım var o da oğluma feda olsun" diyor gözlerindeki parlaklıkla.

Yakışıklı oğlu bilim adamı olmak istiyor. Altı aylıkken konuşmaya başladı, on aylıkken yürüdü. Gökyüzüne meraklı, son günlerde en büyük merakı astronomi. Matematik ve fen bilimlerine kabiliyetli. Deneme sınavlarında Türkiye ikincisi ve üçüncüsü olacak kadar da başarılı. Dershaneler onu bedava okutmak istiyor, ama o kendisinin ihtiyacı olmadığını, ihtiyacı olan çocukların bu imkandan faydalanmasını istediğini söyleyecek kadar büyük gönüllü bir çocuk. Aynı zamanda Kur'an'ı hatmetmiş bir çocuk. Oğlu haberleri izliyor, güncel haberleri biliyor.

Bir şansı olsaydı ne yapmak isterdi Ayla?

Okuyup basın yayın sektöründe çalışırdı. Cevval bir gazeteci olurdu. En büyük hayali; şiddet gören kadınlara kadın sığınma evi açıp onları o şiddetten kurtarmak. Şöyle diyor Ayla:

"Yokluğu da biliyorum açlığı da. Çok şükür benim halime. Çöplüklerden bir dilim ekmek bulmak için perişan olan insanları görünce benim yüreğim sızlıyor. Bir sihirli değneğim olsa kadınların şiddet görmesini engellerdim. Çocukluğumdan itibaren şiddet gördüm, çocukken babamdan, evlendiğimde kocamdan ve kayınvalidemden, boşandıktan sonra da en küçük kardeşimden. O yüzden şiddet gören kadınları çok iyi anlıyorum ve üzülüyorum."

Genç bir kız gelse ve aşık oldum, evlenmek istiyorum, derse ne der ya da kızlarını zorla evlendiren bir aileye ne söylemek ister Ayla?

"Sakın evlenme, çocukluğunu, gençliğini yaşa, en az yirmi beş yaşına gel öyle evlen. Kocandan ve kaynanandan yediği dayak çok daha ağır geliyor insana. Eşin diye gördüğün, bir yastığa baş koyduğun adamın attığı dayak her şeyden ağır gelir. Her şey geçiyor ama izi kalıyor, daha derin yaralar alırsın. Ailenden şiddet görüyorsan da evlenmek bir çözüm değil."

Ve şiddete dair genel bir değerlendirme yapıyor Ayla:

"Şiddet her yere yayılmış. Kadınları koruyan yasalar yaptık diyorlar ama yasaların yüzde doksan dokuzu yine erkeklerden yana. Artık kadınlar bile kadınlara şiddet uyguluyor. Halbuki şiddetle bir yere varılmaz. İnsanlar sanki şiddet olmadan yaşayamıyorlar, hayatın olmazsa olmazı gibi. Şiddet olmadan da hayat yaşanır hatta çok daha güzel yaşanır."

PSİKOLOG UĞUR DALAN'IN YORUMU:

Her şeyin temelinin atıldığı, karakterin kişiliğin oturduğu yerdir aile. Doğru da orada görülür yanlış da. Anne nedir, baba nedir, karı-koca olmak nedir orada öğrenilir. Öğrendikleri yanlıştı Ayla'nın. Ailesi her yönü ile olumsuzluklarla doluydu. Sinmiş, bastırılmış bir anne, şiddet gösteren, karısını çocuklarını döven bir baba.

Namus sözlerinden bahseden ama karısını başka erkeklere pazarlayan, içip içip evdekileri sıra dayağından geçiren bir babanın olduğu aileden nasıl bir huzur, nasıl normallik beklenebilirdi ki... Tabii ki hiçbir şey normal olmadı. Okumak isteyen, hayalleri olan bir kızın elinden alındı hayalleri ve hiç bilinmeyen bir yere teslim edildi. Ayla'nın hayatı aslında çok değişmedi, baskı kuran, döven, aşağılayan artık baba değil koca, kayınvalide oldu. Ayla aslında kaçabilirdi, o da muhakkak bu problemlerin farkındaydı ve yaşanmaması gerektiğini biliyordu ama nereye kaçacaktı, babasının evine mi?..

Annesinin ölümü, kocasının onu aldatması, kayınvalidesinin baskısı, bunların sadece bir tanesi bile insanın psikolojik olarak zarar görmesinde büyük etken olurken Ayla'nın bunların hepsini yaşaması çok yoğun bir travma yaratmıştır. Ve bu travmanın sonucunda panik atak gibi bir kaygı bozukluğu yaşaması çok normaldir.

Yaşadığı durumlar ve travmalar sonucunda Ayla insanlara karşı güvensiz olacaktır. Özellikle erkeklere güvenemeyecek, her zaman tedirgin olacaktır. Kendini çocuğuna bu kadar adaması, çocuğuna olan bu bağlılığı onun hayatta kalmasında, hayata tutunabilmesinde en büyük etkendir.

Hayatta güvenebileceği tek erkek şu an için oğlu ve tahmin ediyorum ki uzun bir müddet de sadece o olacaktır.

DİLARA K.

63 yaşında
Lise mezunu
Hemşirelikten emekli
İlk evliliğini 18 yaşında yaptı ve 25 yıl sürdü
İki oğlu ve bir kızı var
Küçük oğlu 25 yaşında öldü
15 yaşından itibaren Amerika'da ikâmet ediyor
Şu anda kızı ve iki torunuyla yaşıyor

Sarışın, yeşil gözlü naif bir hanımefendi. Kırılgan ve çok acılar çekmiş olduğu gözlerindeki yorgunluktan belli. Gülümsemesi insana ferahlık verse de dünyaya karşı tedirginliği belli oluyor.

Dilara henüz 18 yaşındaydı. Amerika'da yaşıyorlardı, mesleğini eline almıştı, hemşirelik yapıyordu. Ailesiyle birlikte yaşıyordu, New York'ta yaşasalar da klasik bir Türk ailesiydi. Güzelliği herkesi etkiliyordu, görücüleri çoktu ama Dilara çok umursamıyordu. Tıp Bayramı'nın partisinde o adama rastlayana kadar evlilik de aklından geçmiyordu.

Kendisinden on yaş büyüktü, bir bankada temizlik görevlisiydi. Doktorların katıldığı bir partide farklı sektörden biriyle tanışmıştı. Adam onu görür görmez ilgilenmeye başladı. Öyle üzerine düştü ki görüşmeyi kabul etti Dilara.

Kısa süre sonra adam ailesini istemeye gönderdi. Dünyanın neresinde olursanız olun eğer Türk'seniz kız aileden istenirdi ne de olsa. Babası ailesinden hoşlanmıştı, kalabalık bir aileydi ve kızı hiçbir şekilde yalnız kalmaz, korurlar diye düşündü. Evlilik kararı onaylanmış oldu böylece.

Dilara henüz sevmeyi beceremediği adamla evlilik hazırlığına başladı. Kimi zaman düşünüyordu, o adama aşık değildi ki nasıl olacaktı, ama evlilikte keramet vardı öyle değil mi zamanla severdi.

Karmakarışık duygular arasında gidip gelirken nişanı yapıldı. Eş adayının annesi rahatsızdı hastanede yatıyordu ama annesi oğlunun mürüvvetini görmek istediğinden izin vermişti.

Hiç peşinden ayrılmıyordu adam Dilara'nın. Her fırsatta onu görmeye çalışıyordu, hemen her akşam evlerine misafir oluyordu. Ailesi yavaş yavaş tedirgin olmaya başlamıştı, abuk subuk konuşuyordu zaman zaman, hem içki de içiyordu. Ama Dilara'nın kulağında sadece onun sarf ettiği 'Seni Seviyorum' cümlesi vardı. Her kadının gözünü boyayan o cümle onu da kendinden geçirmişti. Kendi sevmiyordu ama sevilmek ve sevildiğini her an duymak iyi hissettiriyordu. Annesi uyarılarda bulunuyordu ama Dilara kendini kaptırmıştı çoktan. Adamın çok içki içtiğini fark edememişti.

Küçük bir ev buldular, tamir ettiler, eşyalar alındı, hemen her şey hazır olduğundan resmi işlemler yapıldı ve nihayet düğün günü geldi çattı. Gelinlik içinde daha da güzel görünüyordu Dilara, dil ısırtan, maşallahı ağızdan eksik ettirmeyen bir ahu olmuştu.

Düğünde yenildi, içildi, eğlenildi, kasap havası eşliğinde horonlar çekildi. Keyifli bir akşamdı kocası da içiyor eğleniyordu. Düğün bittikten sonra birkaç arkadaşla beraber eve geçildi.

Ve o ilk gece ilk koca dayağını yedi Dilara. Hala gelinliği üstündeydi Dilara'nın. Öylesine içkiliydi ki adam ilk dayağın ardından da ağlamaya başladı. Anında pişman olmuş görünüyordu, yalvarıyordu "Dilara'ya asla bir daha böyle yapmayacağım" diye. Üzerinde gelinliğiyle henüz gerdeğe bile girmemişken kalakalmıştı daha çok ruhunu zedeleyen dayağın iziyle. Affetti bir daha yapmazdı herhalde öylesine çok onu sevdiğini söylüyordu ki inandı. Gençti, saftı ve insanlara güveni tamdı o günlerde.

O ilk gecenin ardındaki her gece dayak yedi Dilara. Başka birileri bir laf söylese bile onun hıncını Dilara'dan çıkarıyor, içkisine şiddeti meze yapıyordu. Ne arkadaşlarını dinledi ne insanın içinde her zaman taşıdığı o saf ruhu dinledi.

Herhangi bir bahane dayağın giriş kapısıydı. Dışarıya gezmeye gittiklerindeyse şiddetin gerekçesi kendince son derece net oluyordu. "Şu adam sana baktı, niye masanın yanında durdu acaba, bunlar hep senin suçun..."

Sudan sebepler, aşırı kıskançlıklar onun hamileyken bile dayak yemesine neden olmuştu. Hatta ilk hamileliği bu sebeple düşükle sonuçlanmıştı. Buna rağmen diğer hamileliklerinde de Dilara'yı dövmeye devam etti. Her akşam kavga vardı, Dilara'nın eşinin ailesini arayıp yardım istemesi de fayda vermiyordu, değişen sadece Dilara'nın içinde giderek büyüyen korkuydu. "Seni öldürürüm" diye tehdit ediyordu. Korkudan ne yapacağını bilemiyor dayağını yiyip oturuyordu çaresiz. "Şimdiki aklım olsaydı hiç oturur muydum yanında, daha ilk gece çıkar giderdim" diyor Dilara, gençlik, tecrübesizlik elini ayağını kesiyordu, evinde oturmaya devam ediyordu.

İlk oğlunu kucağına aldığında da hiçbir şey değişmemişti. Her akşam içkinin sonuçlarını yaşamaya devam ediyordu. Hatta oğlu iki aylıkken feci bir dayak yedikten sonra baba evine gitmişti. Babası şaşkındı, bebek de kucağındaydı tabii, annesiyle öfkeyle konuşup Dilara için "Şimdi bu da mı burada oturacak?" diye sormuştu. Ardından "Hemen birini bulun evlensin." demişti. Bebek ağladığında "Vurun ağzına sussun" diyordu. Sıkışmıştı Dilara, şaşkın ve üzgündü. Çaresiz eve döndü.

Ailesinin desteğini de göremeyince yalnızlığı arttı. Çalışmaya ve çabalamaya devam ediyordu. Dilara'nın babasının da yardımlarıyla bir ev alındı Newyork'da. İçeride biraz bakıma ihtiyaçları vardı ama yine de sabredip tek tek eksikleri tamamlamaya çalışıyordu Dilara. Alt katına görümcesi de taşınmıştı, kendisine destek olacaklarını düşünüp rahatladı.

Her akşam içen ve dünyaya hıncını; genç, güzel karısını pataklayarak çıkaran ve şiddeti büyük bir alışkanlık haline getiren adam belki biraz engellenebilirdi. Bir-iki ay sonra bunun da faydası olmadığını gördü Dilara çünkü çok ağır bir dayak yemişti. Kendine gelir gibi olduğunda etraf karanlıktı, kısa bir körlük geçiriyordu. Yerinden kalkamayacak haldeydi, vücudunun her yeri morarmıştı, başı dönüyordu, içeride büyük oğlu bağıra bağıra ağlıyordu. Dermanı yoktu ki koşsun kucaklasın onu dünyadan korusun. Nihayet görümcesi gelmişti, apar topar hastaneye götürdüler Dilara'yı. O dönemde Amerika'da bu tür aile içi kavgalara karışılmıyordu. Hastane çıkışı da evine götürüldü Dilara.

İkinci oğluna hamile kaldığında da durum değişmedi, hemen her gece dayak yemeye devam ediyordu, ne hamilelik ne lohusalık umurunda değildi kimsenin. Dilara çilesini çekiyordu. Kocası ise giderek hırçınlaşıyor ve pervasızlaşıyordu.

Çocuklar kavga gürültü ve annelerinin dayak yemesini izleyerek büyüyordu. Küçük dünyaları karmakarışıktı. Baba böyle mi olunuyordu... Büyüdükçe başkalarının babalarını gördükçe durumun farklı olduğuna akılları kesmeye başladı. İki kardeş annelerine ve birbirlerine bağlı yaşar hale gelmişlerdi. Babanın geleceği saat gerginlikle bekleniyordu. İçkili nefesi kapıdan içeri girdiğinde korku artık hepsinin soluğunu kesiyordu.

Büyüdükçe annelerini koruma hissiyle itirazları görünür olmaya başladı. Babalarının önüne geçiyorlar, annelerini koruyorlardı. Halbuki baba bütün aileyi koruması gereken adam değil miydi... Kafaları karışık olsa da hayatları mücadele ile doluydu. Yoğun bir stres altında yaşamaya çalışıyorlardı. Dilara ise üzüntüden yıpransa da ne oğullarını tüm bunlardan yalıtabiliyor ne de kendini kurtarabiliyordu.

Çalışmanın ve kendi ayakları üzerinde durmanın da bir anlamı yoktu, kaba kuvvet evlerinin hakimiydi. İçkiyle coşan kan durdurulamıyordu. Küfürler de şefkatin yerine geçmişti.

Dilara öylesine ağır günler geçirmiş ve öyle çok birbirine benziyor ki ayırt edemiyor neredeyse, "Yirmi beş yıl neler yaşadım neler..." diyerek yorgun kalbini çok net ifade ediyor. Ara ara aklına gelen korkunç anılardan biri de, babasının öldüğü zamana dair.

Mezarlıktan eve gelip de başsağlığına gelenleri ağırladıkları o günü hiç unutamıyor Dilara. Hayatında ilk kez ölüm acısını tadan Dilara olayı anlatırken bile ağlıyor. O geceyi bütün kardeşleriyle beraber baba evinde geçirmişlerdi. Babasının toprağı hala sıcaktı, birbirlerini teselli etmeye çalışıyorlardı. Geceyi kah ağlayarak kah birbirlerini teselli ederek geçirmişlerdi. Ertesi gün Dilara'yı eve bıraktı kardeşleri. Kocası akşam eve döndüğünde hala babasının acısını yüreğinde taşıyan Dilara'yı yine ağır biçimde dövdü. Ne ölüye ne diriye saygısı vardı.

Ağır dayakların ardından birkaç gün ortadan kayboluyordu, Dilara rahat bir nefes alıyordu ama adam her seferinde yine eve geri dönüyordu. Kıstırılmıştı Dilara, bir yandan aldıkları evin taksitlerini ödemeye çalışıyor, bir yandan çocuklarının nafakasını çıkarmaya uğraşıyordu ama mümkün değildi tüm bunları tek başına karşılaması. Sırf bu yüzden her şeyi bırakıp gidemiyordu. Çocukların hiç değilse başını sokabilecekleri bir evi vardı.

Bir gece ruhunu paramparça eden bir olay yaşamıştı. O gece de geç vakit aşırı içkili gelmişti. Dilara'ya yanaşmaya çalışıyordu, değil onunla birlikte olmak dokunmasını istemiyordu ki. Adam sinirlendi tabii, üzerine yürüdü, Dilara çocukları uyanmasın diye sesini çıkarmadı, az sonra çığlıkları duyulmasın diye yastığı ağzına bastırdı. Kocası tecavüz etmişti, o gece küçük kızına hamile kaldı...

Kocanın yaptığı tecavüz müdür değil midir tartışmaları süredursun isteksiz ve kaba kuvvete dayanılarak yapılan her cinsel ilişki, ister resmi ister gayrı resmi olsun kadınlar tarafından tecavüz olarak kabul ediliyor.

Dilara'nın güne başlama saati sabah beşti. Kocasının o günlerdeki adetiyse sabah üçte kavga çıkarmasıydı. Eve aşırı alkollü bir biçimde geliyordu. Kimi akşamlar çocukları da tatlı uykularından kaldırıyor onları da oturtuyordu. Masaya bir bıçak koyar kendi isteği dışında hareket edeni bıçaklayacağını söylerdi. Bazı akşamlar henüz delikanlı olmamış oğullarına çorba yapmalarını emrederdi. Yaşı kaç olursa olsun evdeki fertler ona kayıtsız şartsız itaat etmeliydi. Küçük kızlarının doğumu da durumu değiştirmemişti...

En büyük savunması ise hatırlamadığını söylemek oluyordu. Sabahları tertemiz uykusuna uyanan evin babası tamamen masum hissediyordu kendini. Dilara onun yalan söylediğini biliyordu çünkü birkaç farklı şeyler anlattığında çelişkili cevaplar vermişti. Her şeyi bilerek ve isteyerek yapıyordu.

Dilara çok az uykularla işe gitmek zorunda kalıyordu. Sağlık sektöründe çalışan biri için riskli bir durum olduğu halde idare etmeye ve tüm hayatı göğüslemeye çalışıyordu.

Bir gece yine sabaha karşı gelmiş, uykunun tatlı yerlerinde dolaşan Dilara'nın üzerine sandalye fırlatarak uyandırmıştı onu. Neye uğradığını şaşıran Dilara ayaklarında korkunç bir acıyla kalakalmıştı. Uykusundan kabusa uyanıyordu hemen her gece. Artık rüyalarının cezasını da çektirmeye başlamıştı. Bir keresinde rüyasında Dilara'yı bir adamla konuşurken görmüş, o gece Dilara'yı vurarak uyandırmış ve hesap sormuştu.

Kendince bir çözüm buldu o günlerde ama o da bir süre sonra işe yaramayacaktı. Yattığı odanın kapısının arkasına dolaplar çekip içeri girmesini önlemeye çalışmıştı ama tabii ki bu çözüm de kısa süre sonra etkisiz kaldı. Dilara yine de ayrı yatıyordu kocasından, başka türlü başa çıkamıyordu.

Çocukları büyüyor, zamanla iyice evdeki karmaşayı

fark edip omuzlarına ağır yükler alıyorlardı. Öylesine sudan sebeplerle kavga çıkıyordu ki ne iyilikle davranmak kâr ediyordu ne de itiraz.

Kızı henüz iki yaşında yeni yeni yürümeye başlamışken yaşadıkları bir geceyi unutamıyor. Gecenin bir vakti yine aşırı alkollü gelmişti, öylesine gürültü patırtı olmuştu ki Dilara hem çocuklara hem kendisine bir şey yapacağından korkmuştu çünkü o gece dehşet görünüyordu, çocuklara fısıldayarak hazırlanmalarını söyledi, kendisi onu oyalıyordu, çocuklar ellerinde küçük çantalarıyla sessizce merdivenlerden inip arabaya bindiler. Dilara'nın annesine kaçacaklardı. Kocasının tuvalete gittiğini görür görmez de kendisi fırlayıp arabaya bindi. Tuvaletten çıkar çıkmaz evden çıktıklarını anlayan adam koşarak aşağıya indi. Dilara Allah'tan arabanın kapılarını anında kilitlemişti, tam hareket haline geçecekti ki kocası yanlarına geldi, kapıyı açamadığından arabayı sallamaya başladı. Belli ki arabayı devirmeye uğraşıyordu. Dilara ve çocuklar korkuyla adama bakıyorlardı, küçük kız avaz avaz ağlamaya başladı. Bu sırada gürültüye uyanan komşular fırladılar adamı tutmak için. Uğraşıyorlardı ama çok güçlü kuvvetliydi, nihayet uzun çabalar sonucunda adamı tutabildiler de Dilara o anda arabanın gazına bastı. Arkasından bağırıyordu: "İnşallah arabayla kaza yaparsınız yanarak ölürsünüz..."

Yaklaşık bir hafta annesinde kaldıktan sonra çaresiz yine evlerine, rutin hayatlarını döndüler. Dilara o gün de işine gitmişti. Döndüklerinde her ne kadar alay ederek karşılasa da, "Hep dönersin ki sen..." dese de Dilara'ya yaranmak için bir iş icat edip gözüne girmeye çalışıyordu kendince. O gün Dilara işteyken pişman olmuş görüntüsü çizmek için boyası dökülmüş demir radyatörleri yerlerinden çıkarmış bahçeye taşımıştı. Üzerindeki boyalar dökülsün diye üzerlerine benzin döküp yaktı, alevler evin boyunu geçecek seviyeye gelmişti. Küçük kız da uzaktan babasını izliyordu sessizce. Adam kızı yanına gelmesin diye ona doğru ilerlerken büyük ateşten fırlayan kocaman bir alev topu adamın ayağına yapıştı. Dilara'nın kocasının karısı ve çocukları için temennisi kendisine farklı bir biçimde geri dönmüştü.

Sonraki günlerde Dilara kocasının ayağını düzenli bir bakımla kesilmekten kurtardı. Dört ay boyunca emek verdi Dilara onu öldürmek isteyen adama. Geceleri bağırtılarına uyanıp pansuman yapıp sakinleştiriyordu.

Ayağı iyileşir iyileşmez kalktı naylon bir torbaya iç çamaşırlarını doldurup dışarı çıktı. Dilara ve o sıra evinde olan kız kardeşi şaşırmıştı. Kocası kendi ailesine gidip karısının onu evden kovduğunu, hemen işe gönderdiğini, perişan olduğunu anlatmıştı. Ailesi ona inanıyordu tabii, kötü olan Dilara ve çocuklarıydı.

Eve geri döndü elbette, rutin içkili geceler ve şiddet devam ediyordu...

Bir gün evdeki ufak tefek tamirat işleriyle ilgili olarak tartışma çıktı, tatlılıkla konuşan Dilara'yı para gittiği için düşman bellemişti yine. Akşama kadar iyice içti, gecenin bir yarısı aşağı bahçeye merdivenlerden hiç sendelemeden çivili tahtaları almak için inmişti. Dilara'nın ifadesine göre "Canavar gibi bir adam"dı. Onca içkiye rağmen hareketlerinde hiçbir aksaklık yoktu. Dört yaşına gelmiş kızları evin tahta merdivenlerini kullanarak alt komşuya saklanmıştı. Dilara onun kendisini öldürmek için geldiğini gördüğünden soluğu en alt kattaki komşusunda almıştı. Kocası onun nereye gittiğini fark ettiğinden kapıya dayandı zorla Dilara'yı ellerinden aldı, öldürmeye hazırlanıyordu adeta. Dilara'yı yere yatırmıştı diziyle Dilara'nın göğsünü bastırıyor, eliyle de saçlarını yoluyordu. Komşu kadıncağız onu durdurmaya çalışıyordu ama gücü yetmiyordu. Hem Dilara hem komşu kadın avazları çıktığı kadar bağırıyorlardı ama yardım edecek biri yoktu. O sırada dışarıdan gelen büyük oğlu sesleri duydu ve panikle yanlarına geldi. Elinde kocaman bir bıçak vardı. Babasını annesinin üzerinden alıp sürüklemeye başladı. Merdivenlere çıkardığında babasını korkuluğa dayayıp bıçağı boynuna doladı. Dilara ve komşu kadın arkalarından fırladılar, bir yandan komşu kadın bir yandan Dilara oğluna yalvarıyordu. Çünkü oğlunun artık canına tak ettiğinden babasını kesmek üzereydi. En sonunda annesi zayıf çıkan sesiyle "Bırakacağım oğlum söz, değmez bu adama yapma!" diye yalvarınca "Anne bırakmazsan sen bu adamı, o mezara girecek, ben hapse gireceğim sen rahat yaşayacak mısın? Öldüreceğim başka çare yok, bu adam bizi yaşatmıyor... Onu öldürürsem seni de öldüreceğim. Kardeşime bu acıları yaşatmayacağım." dedi elinde hala bıçağı tutmaya devam ederken hafızası minik elleriyle dişsiz babasına hazırladığı çorbalara kayıyordu. Utangaç ve içe kapanık dünyası artık patlamıştı.

Dilara'nın ağlayarak yaptığı yalvarmalar sırasında polis sirenleri sokağı doldurmaya başladı. Polis Dilara'nın oğluna suçlu gibi davranmamıştı, sadece konuşup rahatlatmak için yukarı çıkarmışlardı, çünkü artık polis tarafından tanınır bir aile olmuştu. Ve o sırada adam kaçtı gitti.

Henüz on sekizine yeni girmiş genç tir tir titriyordu. Hayat çoktan omuzlarına yüklenmişti, arkadaşlarının keyif yaptığı günlerde o acıları bitirmeye çalışıyordu. Baba katili olmayı göze alacak kadar bıkmıştı yaşadıklarından. Oğlu ağlayarak dinliyordu polisi. Bir yanda ise Dilara ağlıyordu. Polis öğütler veriyordu oğluna. Kocası ise çoktan trene atlayıp uzaklaşmıştı.

Döndüğünde yine tehditler, hakaretler, şiddet devam ediyordu. Eğer tamamen giderse onu öldürteceğini de ekliyordu. "Bir gün işten çıktığında başını kurşun yiyeceksin" diyordu. Yine akşamlar polislerle geçiyordu. Nezarethaneye atılıyordu atılmasına ama alkollü olduğu için bırakılıyordu. Çünkü Amerika'nın o dönemdeki kanunlarına göre o sırada alkollü olması bir mazeretti. Evde bir silah olup alkolsüzken dövüyor olsaydı bu suç sayılabilirdi. Dilara ise biliyordu ki evdeki her şey o adam için silah olabiliyordu. Çatal, bıçak, çivi, tahta her şey silah değil miydi...

Oğlu delikanlı olduğu halde gezip eğlenemiyordu, çünkü her an annesine bir şey olacak diye korkuyor, on dakika dolaşsa bile hemen geri dönüp bir şey var mı diye bakıyordu. Aile dostları haftada en az bir kez onlara akşam yemeğine geliyordu. Sadece kendi hayatları değil başkalarının hayatının düzeni de onlara göre ayarlanır olmuştu. Çocuklarının arkadaşı bile panik halindeydi, o bile onlara gelip durumu kontrol etmek istiyordu. Hatta anne babasına "Gidin kontrol edin dayanamıyorum ben, biz böyle mutluyken niye benim arkadaşlarım bu kadar mutsuz yaşıyor..." diyerek ağlıyordu.

Arada içki içmeyi kesin olarak bırakacağını söylüyor hatta işten izin alıp kendince tedavi olmaya çalışıyordu. Ama akşam içkiyi bırakma şerefine içki içiyordu. Değişen hiçbir şey yoktu. Dilara profesyonel yardım almaya çalışıyorsa da izin vermiyordu.

Bir gün akşamüzeri işten yürüyerek eve gelirken kocasını onu görmüştü. Zaten görmemesi mümkün değildi, çünkü aralarında bir ya da iki sokak vardı. işten çıkan herkes hep beraber yürüyerek ya otobüs durağına ya da çeşitli araçlara gidiyorlardı. Normal bir iş günüydü, Dilara yine arkadaşlarıyla yürüyerek geliyordu. Normal olarak bir-iki kelime laf ediyordu, yanındakinin erkek ya da kadın olması önemli değildi, kaldı ki grup halinde yürüyorlardı. Dilara eve gelir gelmez duşa girdi, hastanede çalışıyordu, çok temiz bir masa başı işi yoktu doğal olarak, her gün de rutin olarak banyosunu yapıyordu. Duştan çıkar çıkmaz kocası üzerine yürüdü. Elin adamlarıyla nasıl konuşurdu... Dilara şaşırdı, kendisi de çalışıyor, kendisi de kadınlarla konuşuyordu, bu çok normaldi.

Dilara giyinirken kocası içeri geçip küçük kızıyla konuşmaya başladı. Dilara içeriden seslerini duyuyordu. Kocası son derece soğukkanlı bir biçimde konuşuyordu: "Kızım şimdi sen şu dolaba gireceksin, beni bekleyeceksin, ben anneni keseceğim, ondan sonra seni alıp parka götüreceğim. Kimsenin canı acımayacak merak etme." Dilara korkudan ne yapacağını şaşırdı, çünkü çok rahatça yapabilirdi bu söylediklerini. Kocası bir şeyle meşgulken hemen küçük kızını alıp yan kapıdan çıktı. Bir telefon kulübesinden arkadaşını aradı. Zaten artık herhangi bir komşusu bile onun görür görmez aceleyle kapıyı açıyordu. Kocasının ne kadar belalı olduğunu herkes öğrenmişti.

Bu olay üzerine arkadaşlarıyla plan yaptılar, bir psikolog onlara akşam yemeğini gelecek ve onunla sohbet ederek hem genel ruh halini değerlendirecek hem de sonrasında neler yapılabilir diye karar vereceklerdi. Dilara hazırlıklarını yaptı, onlara akşam için çiğ börek yapıyordu. Sohbet havadan sudan görünse de doktor onu ölçüp biçiyordu. Görüşme sonucu vahimdi, ileri derecede psikopatlık söz konusuydu ve fırsatını bulduğunda Dilara'yı öldürebilirdi. Doktor, Dilara'nın derhal kocasından uzaklaşmasını, ayrılmasını salık veriyordu.

Tehlike artık sadece Dilara üzerinde de değildi, eve

baltalar alıyor kimi akşamlar oğullarını baltayla "Öldüreceğim seni!" diyerek kovalıyordu.

Ve nihayet ayrıldı Dilara. Kocası bir akşam evden ayrıldı, birbirlerini aramadılar ve kısmi olarak eziyet sona erdi. Kendini toparlamak için musiki derneklerine gitti, kendi düzenini kurmaya çalışıyorlardı. Annesi de yanlarına taşınmıştı.

Kendilerini düzeltmeye çalışırlarken Dilara kendinden birkaç yaş küçük bir Türk'le evlendi yeniden. İlk günler iyi geçse de sonraki günlerde, yeni kocası da aşırı derecede içki içip huzursuzluk çıkarmaya başladı. Dilara'yı dövmüyordu ama taşkın hareketleri zaten hayatına yerleşmiş olan korkuyu geri getirdi.

Tam ayrılmaya karar verdiğinde küçük oğlunun ölümü haberi tüm aileyi çökertti. Yirmi beş yaşındaydı sadece. Evliydi.

Dilara'nın, büyük oğlu ağır depresyona girmişti, ne odasından çıkıyor ne kimseyle konuşuyordu. En yakın arkadaşlarını bile görmek istemiyordu. O günlerde eşi oğluna çok büyük bir destek oldu, onu çalıştığı araba tamirhanesinde iyi bir maaşa işe soktu. Bir ağabey gibi ilgileniyor, onunla dostluk kuruyordu. Büyük oğlunun kendine gelmesini sağlıyordu.

Dilara biraz daha sabretmeye karar verdi. Dört-beş sene kadar beraber yaşamaya devam ettiler. Büyük oğlu bir parça kendine gelmişti. Yeni eşinin vatandaşlık alabilmesi için bu evliliğe ihtiyacı vardı, vatandaşlığının kesin olarak çıkmasına günler kala evde aşırı davranışları artmaya başladı. Dilara ile işi bitmişti, derdi Dilara'nın onu evden kovmasıydı.

"Bitti seninle işim kızım..." dediğinde Dilara'ya ilişkileri de bitti. Halbuki daha ilk günden söylemişti Dilara, "Benimle vatandaşlık için evleniyorsan yapma, çok acılar çektim, dayanacak gücüm yok, ben zaten herkes tarafından tanınan biriyim beni rezil etme!" demişti.

Kocası o günlerde yeminler etmişti, "Seni sevdiğim için seninle evlenmek istiyorum" diyerek, hatta herkesin gözüne girmek için elinden geleni yapmıştı ama... Yıllar sonra Dilara duydu ki kendinden çok büyük yaşta zengin bir kadınla evlenmiş. Dilara ona hem güvenmiş hem sevmişti.

Büyük bir yıkıma uğramıştı Dilara. Güzel gözleri yaşadıklarından ağırlaşmıştı. Bir sabah uyandığında Türkiye'ye gitmeye karar verdi. Kızına da, "Türkiye'ye gidiyoruz" demişti. Sığamıyordu hiçbir yere. Büyük oğlu zaten evlenmişti, küçük kızı da evlenmiş ama ayrılmak zorunda kalmıştı.

Dilara, damadı ve kızı aynı evde yaşamışlardı. Damat da içki içmeye ve hakaret etmeye, kızını ittirip kaktırmaya başlamıştı, Dilara kontrol altında tutuyor ama müdahale etmiyordu, bebekleri doğduğunda düzelirler belki umudu taşıyordu ama Dilara'nın torunu yürüyemiyordu, bedensel özrün yanı sıra akli olarak da bir sıkıntısı vardı. Doktorlara gösterildi, testler yapıldı sonuç yoktu. Kızının Kırım Türkü olan kocası da evden kaçmış ve bir daha geri dönmemişti.

Türkiye'de Tekirdağ'ın küçük bir özel hastanesinin şahane doktoru sayesinde torunu yürümeye başladı. Kemik problemi halledilmiş, özel bir ayakkabı yapılmıştı. Nihayet torunu yürüyebildi. Ameliyatlarla düzeltildi.

Yakında Amerika'ya dönecek tekrar. Belki döndüğünde kendisiyle konuşmayan büyük oğluyla arasını düzeltebilir. Belki tekrar hayatta aldığı yaralar kapanır. Evlat acısı taşıyan yüreği diner belki. Ağlamaklı sesi neşeyle cıvıldar belki, yaşla dolu gözleri umutla parıldar belki. Belki...

Peki genç kızlara bir mesajı var mı?

"Sevgiye inanmıyorum ben artık. Benim kocam beni çok sevdiğini söyleyerek evlenmeye ikna etti. Asıl olan saygıdır, hürmet lazım. Kocan senin karnını doyurdu mu bir buket çiçek getirdi mi zaten seversin. Aşk olacaksa da karşılıklı olmalı. Saygı evliliğin temel direği."

PSİKOLOG UĞUR DALAN'IN YORUMU:

Dilara'nın hikayesinde bir kere daha gördük ki, Amerika'da olmak Avrupa'da olmak, insanı geliştirmiyor. Gelişmek de gelişmemek de kişinin kendi elinde.

Kadın ruhunu okşamanın en etkili tarafıdır sevgiyi göstermek. Sevildiğini, hem de çok sevildiğini bilmek müthiş bir duygudur kadın için. Dilara da bu duyguya kanarak, belki de içindeki sevilme boşluğunu gidermek için bir evlilik yaptı. Alkolün nasıl sonuçlar doğurabileceğini çok fazla göremedi ve hayatı için sıkıntılı günler başladı.

Daha ilk gün, gelinlikler içinde yediği dayak aslında onun için bir dönüm noktasıydı. Fakat o anda her şeyin düzeleceği umudu ile eşine bir şans verdi, sonra bir şans daha, sonra bir şans daha. Bu şansların ardından çocukları olunca ayrılmak daha da zor oldu, üstüne borçlar, maddi sorumluluklar da eklenince Dilara "mecburen" bu yaşamı sürdürmek zorunda kaldı. Fakat bir yere kadar.

Dilara gibi düşünen pek çok kadınımız var. Kimisi arkasında bir güç hissetmediği için, kimisi ise bir gün düzelir umudu ile mutsuz, huzursuz, aşağılanarak, dayak yiyerek evliliklerini sürdürmeye çabalıyorlar. Depresyon yaşıyorlar, korkuları, güvensizlikleri, kaygıları oluyor ve evliliklerine son verseler bile maalesef uzun bir süre de bu problemlerle boğuşmak zorunda kalıyorlar.

Evliliklerde şiddet ve saygı çok önemli bir yerdedir. Doğru hareket edilmezse her ikisinin de dozu her geçen gür artar. Özellikle alkolün olduğu durumlarda kontrol daha zordur. Alkolsüzken pişman olan ve sevdiğini söyleyen kişi alkol alınca tamamen değişir, asabi, saldırgan biri haline gelir.

Alkol, şiddet ve saygısızlık varsa önlem ilk günden itibaren alınmalı. Yoksa her geçen günün daha zor ve daha mutsuz olacağını bilmek gerekir.

GÜLHAN D.

29 yaşında
Ortaokuldan mezun
Şu anda Açık Öğretim'de lise son sınıfı okuyor
İki evlilik yaptı
İlk evliliğini 17 yaşında kaçarak yaptı
5 sene sürdü
İkinci evliliği 2 sene sürdü
Babasının isteği üzerine yaptı
12 ve 9 yaşlarında ilk eşinden iki oğlu var

Gülhan kendinden emin, güzel ve hoş bir kadın. Yüzüne başarmış olmanın verdiği bir özgüven yerleşmiş. Dimdik duruyor hayata karşı. İki çocuğu olan bir kadından çok hiç evlenmemiş genç bir kadına benziyor.

1981 doğumlu Gülhan. Sinop Ayancık'ta doğup büyüdü. Ortaokulun son yılına kadar da memleketlerinde yaşadılar. Çok huzurlu bir evleri yoktu ama babaları onları kimseye muhtaç etmeden refah içinde yaşatıyordu. Belki ailedeki en mutsuz insan annesiydi, çünkü Gülhan'ın annesi babasından şiddet görüyordu. Normalde iyi bir adam olmasına karşı içki içtikten sonra şiddet dolu bir adam oluyordu. Kimi zaman evde başka kadınların gölgeleri de dolaşıyordu. Baba Sinop'ta radyo ve televizyon sahibi olduğundan çevrede tanınır bir aileydiler. Fakat bir gün tüm işleri tepetaklak olup da iflas ettikten sonra hayatları tamamen değişmişti. İstanbul'a göç ettiler.

Kafası tamamen karışan ve yaşadığı hayatla tam tersi bir dünyaya giren Gülhan okumak istemedi. Tanımadığı bir şehirde eğitime devam etmek ona zor geliyordu, bu yüzden çalışmak istedi. Tekstilde ona iş bulunmuştu, çalışmaya başladı. Henüz on altı yaşındaydı. Eşiyle de o yıl tanıştı. Evde kavga gürültü sesleri eksilmemişti, çocuklar hemen her akşam babanın hışmından annelerini kurtarmaya çalışıyorlardı.

Yaşadığı derin duygusal kırıklıklar eşine yönlendirdi Gülhan'ı. Birbirlerini seviyorlardı. Gülhan onu gördüğünde midesinde ağrılar hissediyordu. Aşk alev alev yakıyordu. Ailesi de tanımıştı bir süre sonra eşini. Ne babası ne annesi damat adaylarından hoşlanmamışlardı, hemen hepsinin ortak görüşü, "Kızım bundan koca olmaz"dı. Ama seviyordu Gülhan. Kocası o sırada askere gitti.

Gülhan aşıktı kocasına, askerden döner dönmez hemen bir plan yaptılar. Gülhan o sırada 17 yaşındaydı. Gülhan kocasına kaçacaktı. Ve kaçtı Gülhan. Kısa süre sonra aileler araya girdi, herkes mecburen durumu kabullendi, düğünleri yapıldı. Her şey başta harikaydı. Kocasını seviyordu, aileler barışmıştı ve yeni bir hayata adım atmıştı Gülhan. Küçük bir evde kocasının ailesiyle oturmaya başlamışlardı. Şikayetçi değildi Gülhan, çünkü kendisi de kalabalık bir aileden geldiği için alışıktı bu yaşam tarzına.

İki ay boyunca hayatı güzel gidiyordu. O güne kadar aksiliğini gizleyen kocası ancak iki ay dayanabildi. Kocasından ilk şiddeti taze bir gelinken yaşamaya başladı Gülhan.

O ilk dayağın sebebi bakkala gitmesiydi. Niye kocasına haber vermeden bakkala gitmişti Gülhan, kendisinden istese olmuyor muydu... Bu ilk dayak Gülhan'ın sinir krizi geçirmesine neden oldu.

Evlendiği adam aşık olduğu adamdan farklı biriydi. Çöp atmaya bile yalnız başına gidemiyordu, dışarı çıkmak yasaktı. Psikopatlık derecesinde bir kıskançlığı vardı. Aşırı derecede alkol kullandığını da öğrenmişti Gülhan. Kocası erkek berberi olduğu için iyi bir geliri vardı ve istediği gibi parasını harcayabiliyordu. Parayı sadece kendisi değil arkadaşları da yiyordu. Gülhan çocukluğunda annesinin yaşadığı hayatı yaşıyor gibiydi. Her gece on iki-bir gibi eve geliyordu. Halbuki evleneli birkaç ay olmuştu.

Gördüğü şiddet hafif yollu tokat değildi, ağır dayaklar yiyordu, sebeplere ihtiyacı yoktu kocasının, "Annen niye geldi?" "Bugün niye yeşil fasulye pişirdin?" gibi sudan sebeplerle dayak yiyordu Gülhan.

Aylar geçtikçe dayağın dozu artıyordu, iki kez hastaneye kaldırıldı, bir geceyse saat birden sabah beşe kadar dayak yemişti. Susuyordu Gülhan, kafası karışıktı, yağmurdan kaçarken doluya tutulmuştu. Ne yaparsa yapsın kocasının öfkesi dinmiyordu her zaman bir sebep bulunabilirdi.

Ailesi kocasına kızıyorlardı, Gülhan'ı ellerinden almaya çalışıyorlardı ama onlar da sözlerini geçiremiyorlardı. Masumdu çünkü Gülhan. Aile oğullarını ikna edemiyordu. En azından kocasının ailesi Gülhan'ın yanındaydı, onu kızları gibi kollamaya çalışıyorlardı, ama maalesef onların telkinleri de boşa çıkıyordu. Psikopatlık derecesinde agresif olan kocası babasının yüzüne karşı küfrediyor onları dinlemiyordu. Kendi annesine tokat atacak kadar söz dinlemeyen, saygıyı bilmeyen bir adamdı kocası.

Kısa süre sonra hamile kaldı Gülhan, kocasının davranışlarında yine de bir değişiklik olmamıştı, şiddet eylemleri devam ediyordu. Gözyaşları ve sıkıntılarla geçirdi hamileliğini. Aile destek olmaya çalışıyordu ama kimsenin elinden bir şey gelmiyordu. Bebeği olacağına bile tam sevinemiyordu. Yaşıyordu hayatı ama bilemiyordu ne yaşadığını. İçinde büyüyen bebeği belki de her şeyin değişmesini sağlayacaktı. Bekliyordu.

Bebeği doğduğunda ailede bir sevinç havası hakim oldu. Bir oğulları olmuştu. Kocası gururla dolanıyordu ortalıkta ama evdeki huzursuzluk havası çok fazla bozulmamıştı.

Bebekleri dört ayı doldurduğunda kendileri de bir buçuk yıllık evliyken ayrı bir eve çıktılar. Kocası istemişti ayrı eve çıkmayı. Gülhan kocasının ailesini kendi anne babası gibi sevdiğinden ağlaya ağlaya ayrıldı evden. Seviyordu kocasını o ne isterse yapardı.

İlk kez kendi evi olmanın heyecanıyla biraz oyalandı Gülhan. O evde ikinci çocuklarına hamile kalmıştı. Hamileliğinin ilk aylarında son derece tatsız bir olay yaşadı. O gün kocası Gülhan'a çok iyi davranıyordu, annesine gidebileceğini söyledi, normalde hiç izin vermezdi halbuki, ama kocası değişmiş melek olmuştu. Gülhan annesine gitti. Yakındı evleri aralarında on beş dakikalık bir mesafe vardı. Yol boyunca içinde bir his onu rahatsız etmeye başladı. Annesine gitti ama darlanmıştı, içindeki ses eve git diye ısrar ediyordu. Annesinin gitme demesine rağmen kapıdan çıktı. Son derece gergindi. Eve girdiğinde salonun perdelerinin kapalı olduğunu gördü, kendisi kapamamıştı, temmuz sıcağında zaten pencerelerini kapalı tutmazdı.

Şaşırdı, evin içinde yavaşça ilerliyordu. Salonun kapısını geçip oradan diğer odalara doğru ilerlemeye başladı. Yatak odasından sesler geldiğini duydu, bu kez daha da dikkat ederek ilerledi. İçeri girmedi Gülhan kapıdan onları dinliyordu. Kocasının konuşmalarına dikkat kesilmişti, "Benim karım hamile, çok kilo aldı, çok çirkinleşti. Benim istediklerimi vermiyor..." Gülhan'ın gözlerinden yaşlar sızmaya başladı, onun çocuğunu taşımıyor muydu, kendi kendine mi böyle olmuştu, şimdi niye durup onu kötülüyordu ki... Kocası ondan cinsel olarak sapkın şeyler istediğinden böyle konuşuyordu anlaşılan. Gülhan onun isteklerini karşılamıyordu.

Gülhan hala kendi yatak odasının kapısında onları dinliyordu, yaklaşık on dakika kadar öylece kalakaldı. Ne yapmalıydı bilmiyordu, kendisini göstermeli miydi yoksa yine yavaşça çekip gitmeli miydi... Bekledi Gülhan. Az sonra üzerine sakinlik çöktü, elini kapıya götürdü, yavaş açtı. Hiçbir şey söylemeden kapı önünde durdu Gülhan. Kocası ve yanındaki kadın şok olmuşlardı. Toparlanıyorlardı aceleyle, kocası "Dışarı çık!" dedi aceleyle Gülhan artık dayanamadı "Burası benim evim, aynı şeyi ben yapsam namus olur, sen yaptığın zaman ne oluyor? Sen erkeksin musluğun altına elini sokarsın, yıkanır gider öyle değil mi? Peki benim gururum ne olacak, bana verdiğin sözler ne olacak? Seni ne yapayım, öldürsem değmezsin... Lanet olsun seni Allah'a havale ediyorum. O kızın da bir suçu yok, sana inanmış gelmiş, kim bilir ona ne söyledin de geldi..." diye bağırdı.

Kız ağlayıp sızlıyordu, "Abla ne olur, yalvarırım kimseye söyleme" diyordu.

"Kime söyleyeceğim, tanımıyorum ki ben seni kime

söyleyeceğim, rezilliğinizde aynaya bakın, ben ne söyleyeyim..." dedi öfkeyle Gülhan.

Genç ve güzel bir kızdı, Gülhan "Benim yanımda o kız manken gibiydi" diyecek kadar da hakkaniyetli davranıyordu beni de şaşırtarak. Halbuki kendisi de çok güzel bir kadındı, belki kendini göremeyecek kadar ezilmişti.

Başka hiçbir şey söylemeden çekti gitti Gülhan. Ağlaya ağlaya bebeğinin içerideki soluğunu hissederek annesine gitti. Annesi içeri girer girmez durumu anlamıştı, artık salıverdi kendini Gülhan, bağıra bağra ağlamaya başladı.

Baba evinde yaşamaya başladı Gülhan. Kocası elinde çiçekler yüzünde pişmanlık maskeleriyle kapısındaydı ertesi gün. Ağlamalar, sızlamalar, pişmanlıklar... Gülhan'ın babası, "Bir vurmayla balta bile ağacı kesmez, bak hamilesin, yazıktır, dağıtma yuvanı" deyince düşünmeye başladı. On beş gün ayrılıktan sonra yine evlerindeydi.

İlk günler güzeldi, karısını övüyor, ona iyi davranıyordu, ama bir ay sonra yine her şey tersine dönmeye başladı. İçkisine tekrar sarıldı, kazandığı paraları içki sofralarında meze olarak kullandığından evin kirasını ödememeye başladı. Sadece içki içmiyor kahvehanede kumar da oynuyordu. Ev sahipleri doğal olarak şikayet etmeye başlamışlardı. Üç sene yaşadıkları bu evden çıkmak zorundaydılar. Bebeği henüz kırk günlükken sadece giyeceklerini alıp ayrıldılar evden, çünkü ev sahipleri eşyalarına el koymuştu. Gülhan'ın baba evine geçtiler o gün hep beraber.

Gülhan kocasının ev tutmasını beklerken kocası kahvehanede kumar oynamaya gitmişti. Halbuki Gülhan ev bakacaklarını düşünüyordu. Az sonra kocasının dükkandaki kalfası eve geldi, "Yenge, abiyi kumar masasından kaldıramıyorum" deyince Gülhan sinirlendi. Doğum yapalı daha kırk gün bile olmamıştı Gülhan'ın, vücudunda hala doğum yorgunluğu ve gerginliği vardı. Fırladı ayağa, kalfayı önüne kattığı gibi kahvehaneye gitti.

Gülhan öfkeden ne yaptığını bilmez bir halde kahvehanenin içine daldı, kocasını gördü az ilerde, yanına gitti, masanın örtüsünü birden yere fırlattı ve bağıra bağıra konuşmaya başladı, "Sen nasıl bir adamsın, senin çocuğunun sütü yok bezi yok senin burada ne işin var?"

Apar topar Gülhan'ı kahvehaneden çıkardı kocası. Çıkarır çıkarmaz da kaşının üzerinden yumruğu yapıştırdı. Yumruğun şiddetinden kaşı patlamıştı Gülhan'ın, kan akıyordu. "Lanet olsun sana" diye bağırmaya başladı Gülhan. Hala yanlarında olan kalfa onları ayırmaya çalışıyordu, nihayet Gülhan elinden kurtuldu kocasının. Kalfa dükkana götürdü Gülhan'ı pansuman yapmaya çalışırken dayanamayıp konuşmaya başladı:

"Yenge sana bir şey daha anlatacağım, yoksa vicdan azabıyla yaşayamam."

Meraklanmıştı Gülhan, daha neler duyacaktı acaba...

"Abi eski kız arkadaşıyla görüşüyor, kızın on sekiz on dokuz tane bileziği var, onları alıp kaçacaklar."

Söz konusu kız başka biriyle nişanlıydı zaten. Gülhan beyninden vurulmuşa döndü, o yuvayı yıkmamak için uğraşırken ve yeni bebekleri olmuşken koca dediği adam arkasından neler çeviriyordu böyle... Onca eziyetine, kumarına, içkisine rağmen kocasını seven Gülhan yıkıldı. Onsuz yaşayamadığını hisseden Gülhan ne yapacağını bilemez haldeydi.

Kendini toparladı kızı tanıyordu, kız babaannesiyle birlikte yaşıyordu biliyordu Gülhan, hemen onların evine gitti. Babaanne Gülhan'ın anlattıklarına şiddetli bir tepki gösterdi, hatta onu tehdit etti. "Gitmezsen, torunlarımı çağırırım, seni sattırırım." Gülhan da bu evden sağ çıkmazsa ailesinin onları mahvedeceğini söyleyerek korkuttu kadını. Halbuki Gülhan'ın orada olduğunu kimse bilmiyordu ki... Nihayet kızın babaannesi, durumu iyice dinledikten sonra olayı halledeceğini söyledi. Gülhan sinirliydi, "İstiyorsa onun olsun ben ne hayır gördüm ki o ne göreceğini zannediyor" diyerek çıktı oradan.

Eve geldiğinde hala yüzü gözü kan içinde olan Gülhan'ı gören annesi kesin tavrını koydu. "Bu iş bitmiştir ayrılıyorsun." Kabul etti Gülhan, onca olaydan sonra kadınlık gururunu nereye koyacaktı ki zaten.

Sekiz ay ayrı yaşadılar, bu sekiz ay boyunca hemen hemen her gün ellerinde çiçeklerle yalvarmaya geldi kocası. Seviyormuş, pişmanmış, kimseye yar etmezmiş Gülhan'ı. Ve hala seven kadın Gülhan, yine ailesinin evinden çocuklarını da alarak kaçarak kocasının yanına gitti. Kaçmak zorundaydı, çünkü ailesi haklı olarak kocasıyla tekrar beraber olmasını istemiyorlardı. Evde hiç kimse Gülhan'a dul kaldın baskısı da yapmıyordu, rahattı baba evinde, ama o yine aşkın sahte boyasına kandı.

Ailesinin haklı olduğunu sonradan anladı Gülhan. "Haklıydılar, ben o anda göremedim ki yaşayacaklarımı ama onlar görmüşlerdi. Cahil bir düşünceydi benimki, aldandım ona. Mantık yoktu o anda." diyor gözlerinde pişmanlıkla.

Ev tutmuştu kocası kayınvalidesine yakın bir mahallede. Mutluydu Gülhan, kendisi de çalışacaktı, el birliğiyle borçları da temizleyeceklerdi. Çalışmaya başladı Gülhan, kocası da çalışıyor eve para getiriyordu. Birkaç ay sonra iş değiştirdi Gülhan, görümcesine de aynı yerde iş bulmuştu. Beraberce servise binip işe gidip geliyorlardı. Kocası da her gün onları uğurluyordu. Aradan dört - beş ay geçmişti ki her şey yine tepetaklak oldu. Kocasını aldattığı iddiasıyla her gece dayak yiyordu. Yüzü gözü sürekli mor halde dolaşıyordu. Tükenmeye başlamıştı Gülhan, kırılmalar yaşıyordu hayatında, sorgulamaya başladı her şeyi.

"Gelir eşiniz sizin dudağınızı patlatır, saat on iki oldu mu o patlattığı dudaklardan öpmek ister. Bir kadın olarak nasıl böyle bir şeyin altına girebilirsiniz. Bunu nasıl bir gurursuzluktur, yapamadım." diyor Gülhan anlatırken, sanki yeniden yaşıyor gibi.

Soğumuştu kocasından artık, bu hissi derinden yaşıyordu. Kocasının aşırı cinsel isteklerini de kaldıramaz hale gelmişti, beli sakatlanmıştı. İşten de ayrıldı Gülhan, madem onu aldattığını düşünüyordu o zaman işe gitmesine ve ekstradan dayak yemeye gerek yoktu ki...

Ruhen ve beyinsel olarak kendini ayrılığa koşulluyordu kendi fark etmese bile Gülhan. Bir akşam, evde görümcesiyle beraber oturan Gülhan'ın sözde aşırı kıskanç olan kocası elinde biralar yanında erkek arkadaşlarıyla eve geldi. Gülhan adamları mahallede rastlantıyla görmüştü, bir tanışıklığı ya da samimiyeti yoktu, ama kocası onları eve içmeye getirmişti. Gülhan, "Götür bu adamları buradan, tanımıyorum etmiyorum, niye buraya içki içmeye geliyorlar" dedi, kocası "Evin kirasını ben ödüyorum sen ne karışıyorsun" diye cevap verdiği gibi kız kardeşini eve bırakıp geleceğini söyleyince kan beynine sıçradı Gülhan'ın. "Sen kapıyı kapatıp çıktıktan sonra bu adamlar bana bir şey yaparsa, eşim helalim diye beni koynuna alabilecek misin? Adamlar bu evden çıkıp gittikten sonra ya dedikodu çıkarırlarsa hiçbir şey olmadığı halde, ne yapacaksın. Bana gelip senin hakkında dedikodu çıktı demeyecek misin? Çabuk bu evden götür bu adamları, nerede içiyorsanız için..." dedikten sonra kocasını beklemeden adamları evden kovdu, ama o akşam da sebebini bulan kocası bunun için dövdü Gülhan'ı.

Ailesiyle görüşüyordu Gülhan, hatta ağabeyleri ona cep telefonu almışlardı, kötü bir şey olursa onları hemen haberdar etsin diye. Kocası uyuşturucuya da başlamıştı. Bir akşam yine uyuşturucuyla geldi eve. Gülhan'ın da içmesi için ısrar ediyordu, kendini iyi hissediyormuş insan. İçmedi Gülhan, o bir anneydi ve bunu yapmayacaktı. Ertesi gün kocası yine uyuşturucu aldıktan sonra biraz da erken eve gelmişti, az sonra Gülhan'ın telefonu çaldı. Arayan gizli numaraydı. Herkesin başına gelebilecek sıradan bir teknoloji sorunu yaşanmıştı. Ortada bir mesaj ya da konuşma yoktu ki...

Kocası hemen ayaklandı, "Senin dostun var, kim o arayan, tabii benim bu saatte evde olacağımı bilmiyor, dostuna mı arattırıyorsun kendini?" diyerek saldırmaya başladı. Gülhan'ın "Yok öyle bir şey, ispat et eğer varsa, adamı getir, fotoğraf bul, eğer böyle bir şey varsa koy önüme silahı ben kendimi cezalandıracağım" demesine aldırmadan dövmeye başladı Gülhan'ı. Gece on iki buçukta dövmeye başlamıştı, sabah saat dört olduğunda hala dövüyordu. Çığlık çığlığa bağırarak "Polisi arayın" demeye başlamıştı artık Gülhan. Ama hiçbir Allah'ın kulu polisi aramıyordu. Karı koca kavgasına girilir miydi...

Çocuğu uyanmasaydı, hiç durmadan dövmeye devam edecekti, "Çocuğu uyut gel, seni mahvedeceğim" diyerek bıraktı Gülhan'ı. Çocuğu uyutup gelen Gülhan içmeye devam ederek kendisini bekleyen kocası o sırada tuvalete gitti.

Kocasının tuvalete gittiğini görür görmez giriş katındaki evinden sokağa fırladı Gülhan. Kocası arkasından yetişti, saçlarından sürükleyerek eve götürmeye çalışıyordu Gülhan'ı, üzeri pislenmiş, bacaklarına camlar batmıştı. İnsanlar gürültüye uyanmış pencerelerinden onları izliyorlardı. Kimileri onu durdurmaya çalıştıysa da "Kahpelik yapıyor, beni aldatıyor" diyerek onları engelliyordu kocası.

"Hiçbir suçum yokken oldu bunlar. Bir suçum olsaydı inanın hiç üzülmez, gam yemezdim. Ben bir anneydim nasıl yapabilirdim ki onun söylediklerini..." diyordu anlatırken Gülhan, gözlerinde o rezil temmuz akşamından kalma derin izlerle.

Hala seviyor muydu kocasını Gülhan?

Hayır o günden sonra nefret etmişti. Ben ne için yaşıyorum bunları, ne sevgisi demişti nihayet kendi kendine. Baba evine döndü. Yaklaşık bir ay sonra boşanma davasını açtı Gülhan. Ağustos sıcaklarında çok sevdiği, kaçarak evlendiği adamdan hem ruhen hem reel olarak tamamen ayrılmıştı.

Kasım ayındaki boşanma davasında kocası çocukları istemediğini söyleyip çocukları da Gülhan'a vererek tek celsede boşandı. Gülhan iki oğluyla yeni hayatına başladı.

Yaklaşık iki yıl sonra tekrar gördüler birbirlerini, bir dükkan önünde rastlaştılar. İkisi de hastaneden çıkmıştı. Gülhan'ın ağabeyi hastaydı, onunsa annesi.

Eski kocası yumuşak bir ifadeyle "Seni unutamıyorum, seni seviyorum hala..." dedi.

Gülhan "Ben de hayatıma kimseyi sokamıyorum" dedi.

Gerçekten hayatına kimseyi sokamıyordu, eski kocasını mı seviyordu, yoksa yaşadıkları onu erkeklere karşı güvensiz mi yapmıştı... Ağabeyleri ve babasına bile yaklaşamıyordu, psikolojisi bozuktu, eve misafirliğe bir çift gelse daralıyordu Gülhan. Kendini henüz tedavi edememişti, yaraları açıktı o günlerde.

Hayır kocasını bir daha hayatına sokmadı, görüşmediler, sadece sessiz sedasız belki iç burkan bir anı olarak kaldı o öğleden sonra ikisinin de hayatında.

Gülhan boşandıktan yaklaşık üç sene sonra başka bir adamla evlendi. Bu kez evlenmesini babası istemişti. Babasının diyaliz hastası oluşu duygusal olarak Gülhan'ı etkilediğinden görüşmeyi kabul etti. Hem herkesin yuvası vardı, onun da yuvası olsa ne güzel olurdu. Babası seçmişti bu kez damadı. Gülhan beğenmediyse de babası zorluyordu, hatta üzerine bile yürümüştü. Babası en son Gülhan'ı evden kovmakla tehdit ederek evlenmeye zorladı.

İstemeye istemeye evlendi Gülhan. Damadın babasına söylediklerinin hepsinin yalan olduğu evlendikten sonra ortaya çıktı. Borçları olan, sigortasız işlerde çalışan, düzgün bir iş tutturamamış bir adamdı. Gülhan yine işe girdi, iş başa düşmüştü. Tam da o günlerde, damadın kardeşleri köyden gelip onların evine yerleşti. Dünya yine Gülhan'ın üzerine yüklenmişti, dışarıda çalıştığı yetmediği gibi evde de koşturuyordu.

Henüz iki aylık evliyken adli bir durum yüzünden hayatı tekrar karıştı Gülhan'ın. Kocası eski karısına hakaret mesajı yazdığı için hüküm giymişti, para cezasını ödemezse hapis yatacaktı. Hapis yatması demek bir daha asla sigortalı bir işte çalışamamak demekti. Gülhan para bulmak için herkesi aramaya başladı. Cevvaldi Gülhan, kocasının amcası yanı sıra kocasının çalıştığı işyerine gidip sigortasız çalıştırdığını ima ederek gerekli parayı almıştı, ne eksik ne fazla... Ve ertesi gün kocası dışarıdaydı.

Hemen kocasına sigortalı iyi bir iş buldu Gülhan. Ekonomik olarak işleri yolunda gidiyordu, sekiz ay sonra kocasının kardeşleriyle evi ayırdılar. Yeni eşyalar yeni bir ev belki hayatının zorluklarını biraz olsun unutturacaktı, yine de umutluydu Gülhan. Yaşadıklarını anlatırken ciddi olarak gerildiği halde o an umutluydu. Kocası kısa süre sonra çalıştığı işten kovuldu. Yine iş buldu Gülhan kocasına, hem de yalvar yakar. O işten de iki ay sonra kovuldu. Yaklaşık bir ay sonra iş bulma kurumu gibi çalışan Gülhan tekrar iş buldu. Kocası sivri dilli olduğundan tutunamıyordu işlerde. Oradan da kovuldu.

Dört ay sonra ev kirası birikmiş, faturalar ödenemez olmuştu. Gülhan borçları ödemek için bir öneride bulundu, eşyalar bir depoya konulacaktı, borçlar bitirildikten sonra tekrar ev tutulacaktı. Baba evine gitti Gülhan, ya kocası ne yapacaktı... Kocası Gülhan'ın babasıyla konuştu, o da onlarla birlikte yaşamak istiyordu, kabul edilmedi. Evini geçindiremeyen bir adamın kendi evinde yeri yoktu. Eşine hiç ısınamamış olan Gülhan tamamen soğudu bu evlilikten. Kocasına bir süre vermişti yine de.

Aradan iki ay geçmişti ama kocasından bir ses yoktu. Ve bir arkadaşından borç para alarak boşanma davası açtı. Ve tek celsede boşandı. Hiçbir isteği yoktu kocasından. Gülhan'ın ailesi de ona destek olmuştu. İki sene sonra yeniden baba evindeydi. Ailesi onu kabul etmişti. Şimdi ailesiyle beraber oğullarını büyütüyor, hayırlı birer evlat olmaları için uğraşıyor.

Ve Gülhan kaçarak evlenen genç bir kadın olarak aşk için ve genç yaşta evlenmeye dair düşünüyor?

"Dünyanın düzeni aşk üzerine kurulu değil. Dünyanın temeli gerçek sevgi üzerine kurulu. Sevgi sadece bir erkeği ya da kadını sevmekle kısıtlanan bir şey değil. Bir ağacı sevebilirsiniz ya da bir kelebeği, ya da size can katan annenizi ya da gökkuşağını... Her şeyi sevebilirsiniz. Ben aşkın var olduğuna da inanmıyorum aslında, çünkü anlık bir duygu, gelip geçici. Genç kızlar ne olursa olsun önce meslek sahibi olsunlar. Ailelerinin iki dudağının arasından çıkan her şeyi dinlesinler. Dinlemeseler de düşünsünler, çünkü aile ne söylüyorsa muhakkak yüzde yüz olmasa bile doğruluk payı var. Aileler de hata yapabilir, çünkü onlar da insan ama onların tecrübelerinden faydalanmak gerekiyor. Genç kızlar okusunlar araştırsınlar, sadece meslek için değil normal hayatları içinde de okusunlar.

Mantıklarını asla göz ardı etmesinler. Yaşadıklarını ailelerine anlatsınlar. Asla yalan söylemesinler. Genç kızlar dayak bile yiyeceklerini bilseler doğruyu söylesinler. Benim başıma ne geldiyse yalancılıktan gelmiştir. Arkadaşlarımla gezmeye gidiyorum deyip sevgilimle buluşurdum, ama en azından annemle ya da bir yakınımla paylaşsaydım en azından bana bir yol gösterirlerdi. Şu anda inanın karşımdakinin bana bağırıp çağıracağını da bilsem doğruyu söylüyorum.

Yaptığım hata hayat hatasıydı, tüm hayatımı derinden etkiledi. Çok şükür iki çocuğum var ama yine de çok genç bir yaşta evlendim. Şu anda evlenmek isterdim. Bence hiçbir genç kız kişiliği oturmadan evlenmemeli. Bir insanı tanıyarak çok sevebilirsiniz, ama bir insanı tanıyarak nefret de edebilirsiniz. Önce ne istediğinizi bilmelisiniz ki karşınızdaki insanı doğru seçebilesiniz. Ne istediğini bilmek de önce olgunlukla olur. İnsanlar kitap gibidir aslında, önce sayfalarını çevirip içinde ne olduğunu bilmek lazım. Belki de sayfaları çevirdiğinizde kitaptan hoşlanmayacaksınız. İşte bu yüzden evlenecekleri kişileri çok iyi tanımalı hatta araştırmalılar. Baba evinde ne kadar sıkıntı çekerseniz çekin, koca evinde yaşayacağınız sıkıntının yanına bile yaklaşılmaz. Kocadan dayak yemek, onun idaresi altında yaşamak hatta ondan izinsiz çöp atmaya bile gidememek çok ağır. Yüzünüz gözünüz morardığında sürekli olarak kapıya çarptım, düştüm cevaplarını verip de onları inandırmadığınızı bildiğiniz halde bir parça gururunuzu sakinleştirmek çok ağır."

Hayata dair bir analiz yapabilmiş bir kadın Gülhan, bir başarı hikayesi aslında. Artık kendi kuralları var. Kendini yeniden diriltebilmiş, çalışıyor, çocuklarına bakıyor, kitap okumayı ve şiir yazmayı seviyor. Onca yaşadığı olaya rağmen hayata son derece pozitif bakabiliyor.

PSİKOLOG UĞUR DALAN'IN YORUMU:

Gülhan'ın hikayesi pes etmemeyi anlatıyor bize. Hayat insanın üzerine gelir bazen bir, iki, üç... Bazıları çaresizce boyun eğip kaderine razı gelir, bazıları ise ne pahasına olursa olsun mücadele ederler. Ne kadar uzun sürse de mücadele edenler kazanır daima. İşte Gülhan'ın hikayesi de böyle bir hikaye.

Aile içinde yaşanan sorunlar, maddi ve manevi problemler nedeni ile "kurtuluşu" , "çareyi" dışarıda arayan Gülhan bir de âşık olunca tamamen kör bir hale gelmişti. Çevresindekiler, özellikle anne ve babası ne kadar uyarmaya çalışmışlarsa da dinlememişti onları ve kaçmıştı. Ona göre bu kaçış sevgiye çareye bir kaçıştı, fakat tabii ki öyle olmadı. Hazırlıksız, birbirini tanımadan ve sorumluluğu almaya yetecek olgunluğa erişmeden yapılan evlilik, alkolün de etkisiyle kısa sürede çatırdamaya başladı.

Kitaptaki pek çok hikaye de olduğu gibi Gülhan için de ilk problemlerin temeli ailede atılmış. Kendi ailesinde kadına uygulanan şiddeti görmüş ve buna alışmış. Bu şekilde şiddet ile iç içe büyümek onun gözünde şiddeti meşru bir hale getirmiş. Ve kendi evliliğinde de gördüğü şiddete gerektiği gibi tepki verememiş. "Geçer", "düzelir" umudu ile günlerini geçirmiş fakat her geçen gün doz daha da artmış.

Aldatılmış, dayak yemiş, hor görülmüş bir kadın Gülhan. Ve bunlara bağlı olarak hayattan, erkeklerden ümidini kesmişti. Mutlu bir evlilik, mutlu çiftler onun için bir "yalan"dan ibaretti.

Pek çok darbe aldı Gülhan. Bazen kaçtı, bazen üzerine gitti, bazen hata yaptı bazen de çıkış yolunu buldu. Ama pes etmedi ve pes etmeyerek kendi yolunu çizdi hayatta.

HATİCE Y.

Tokatlı
İlk evliliğini 16 yaşında yaptı ve 10 yıl sürdü
Şiddet ve alkol sebebiyle evliliği sona erdi
İkinci evliliğini imam nikahıyla kendinden 25 yaş büyük bir adamla yaptı
İkinci evliliği sırasında intihar girişiminde bulundu
Şu anda 39 yaşında
Oğlu ise 20 yaşında ve üniversitede eğitim görüyor

Esmer, güzel bir kadın. Kendiyle barışık. Yaşadıklarını arkada bırakmayı becerebilmiş. Ayaklarının üzerinde duruyor. Artık mutlu bir kadın.

Tokat'ın bir köyünde doğup büyüdü Hatice. Mutlu bir ailenin çocuğuydu. İlkokul bittikten sonra dayısı Almanya'ya çağırdı, orada okuması planlanıyordu. Hatice'nin en büyük isteği hemşire olmaktı, orada ortaokula yazdırıldıysa da iki sene sonra tekrar Türkiye'ye ailesinin yanına döndü. Döndüğünde ailesine "Okumaya devam etmek istiyorum" dedi fakat sıcak bakmadılar. Onlara göre erkek çocukları okuyabilirdi, ablası ve Hatice okutulmadı. Erkek kardeşi de okumadı.

Almanya'dan döndüğü için kendini farklı görmeye başlamıştı Hatice. Avrupa görmüştü, birdenbire ona köy yaşamı küçük gelmişti. Havalıydı. Köy muhtarının kızı olmak da ayrı bir statüydü. Çalışmıyordu da, köydeki yaşam ev temizliği ve rutin işler dışında koca beklemek olmuştu Hatice için. Köylüsü veya akrabası olan biriyle evlenmek istemiyordu, şehirli bir adamla evlenmek istiyordu Hatice.

Yaşı 16'ydı ama gösterişli bir genç kızdı. O sırada hasta olan anneannesine bakıyordu. Eşinin ailesi Hatice'ye görücü geldi. O günlerde uzaktan bir akraba da istiyordu Hatice'yi hatta öylesine ısrarcıydı ki kaçırmaya yeltenmişti.

Aile beğenilmişti, Hatice de damada göz ucuyla bakmış 'olur' demişti. Hemen söz kesildi, bir buçuk ay içinde nişan ve ardından düğünü yapıldı. Resmi nikah yapılabilsin diye yaşı bir yaş büyütüldü Hatice'nin. Nişan sırasında üç kez birbirlerini görmüşlerdi. Damat kasabada oturuyordu, Hatice için bu son derece olumlu bir durumdu.

Ve telli duvaklı bir köy düğünüyle dünyaevine girdi gencecik kız. Kocası kendisinden dokuz yaş büyüktü, Hatice'ye göre olgundu. Bir evin bir oğlu olduğundan biraz sorumsuzdu. Kayınvalidesi ve kayınpederiyle hep beraber yaşayacaktı. İlk üç gün yalnızdılar evde.

İlk günlerin rehaveti bittikten sonra kocasının kahve ve kumar alışkanlığı olduğunu öğrendi Hatice. Her gün dışarıda takılıyor, çalışmıyordu. Şaşkındı Hatice, erkekler çalışıp evlerine para getirmez miydi... Bir süre sonra kıskançlığı da ortaya çıktı. Kıskançlığı öylesine abartılıydı ki kendi öz yeğenlerinden bile sakınıyordu Hatice'yi. Ablasının eşi vefat edince ablası ve çocukları alt kata yerleşmişlerdi, yani hep beraber yaşıyorlardı.

Henüz beş-altı aylık evliyken, hamile kalmadığı için adı 'kısır kadın'a çıkmıştı. Kayınvalidesi hemen çocukları olsun istiyordu, çünkü çocuğu olan kadın evine daha bağlı olurdu, çocukları olmazsa gözü dışarıda olabilirdi. Hatice de gencecikti, eve bağlanmalıydı.

Evlilikleri beş ayı doldurmuştu ki ilk dayağını yedi Hatice. Kocası Hatice'yi yeğenleriyle sohbet ederken görmüş, kıskanmıştı. Kemerle yediği dayağın gerekçesi kıskançlıktı. Bu ilk dayak diğerlerinin başlangıcıydı, sonraki günlerde çeşitli bahanelerle kemerini konuşturdu kocası.

İki sene boyunca çocukları olmadı, sivri dilli kayınvalidesiyle, hocalar, büyücüler dolaşıldı; kısır kadın tedavi edilmeye çalışılıyordu. En azından ailesiyle rahatça görüşebiliyor ve kendi başına dışarı çıkabiliyordu Hatice. Para sıkıntıları da yoktu.

Evlilikleri üçüncü seneye girdiğinde hamile kaldı Hatice. Bütün aile sevince boğuldu. El üstünde tutmaya başladılar Hatice'yi. Kocasının kumar alışkanlığını bitirememişti yeni taze kan bile. Henüz 19 yaşındayken oğlunu doğurdu.

Hatice oğlunun doğumuyla mutlu olmuş, kendine güveni geri gelmişti. Yıllardır yaşadığı psikolojik baskı sona ermişti nihayet. Aile de memnundu. Küçük oğlan herkesin göz bebeğiydi. Kocası ilk günlerde evde kalmaya gayret ediyorsa da kumar illeti onu rahat bırakmıyordu.

Namus konusunda büyük sıkıntılar yaşamaya başladı Hatice. Kocasının eve gelen arkadaşları tarafından sözle taciz ediliyor, sokağa çıktığında rahatsız ediliyordu hatta kimliği belli olmayan kişilerden aşk mektupları geliyordu.

Hatice bu durumdan fazlasıyla rahatsızdı. Hatice son derece netti, kocasına anlatıyordu başına gelenleri ama kocası inanmıyor, "Yalan söylüyorsun" diyor ardından da dövüyordu.

Oğlu beş yaşına geldiğinde, Hatice ve kocası çalışmak için İstanbul'a taşındılar. Oğullarını eşinin annesine bırakmışlardı. İkisi de bir fabrikada çalışmaya başladılar. Asgari ücretle çalışıyorlardı, küçük bir ev tuttular. Hiç eşyaları yoktu, taksitle eşyalar aldılar. Hatice'nin hayali bütün düzeni kurup çocuklarını da yanlarına almaktı. Çalışıyor çabalıyordu. Kocası işten sonra kahveye gidip paraları yemeye başladı kısa zaman sonra. Hatice aldığı parayla tek başına evini geçindirmeye çalışıyordu. Kirayı, taksitleri ödüyor, mesaileriyle de yiyecek-içecek ihtiyacını karşılıyordu.

Kahvede sabahlayan kocasının kendince keyfi yerindeydi. Fakat yaklaşık dört ay sonra rahatsızlandı Hatice. Bağırsak rahatsızlığı ortaya çıkmıştı. Doğru düzgün çalışamaz hale gelmişti, dolayısıyla hayatları da aksamaya başladı. Kocasının içkiye düşkünlüğü de başlamıştı. İçiyor canı sıkıldığında Hatice'yi dövmeye çalışıyordu. Çalışıyordu, çünkü son dönemde Hatice onun kendisine vurmasını engellemeye başlamıştı. İsyan ediyordu. Zor günler geri gelmişti.

Kocası sürekli iş değiştiriyor kazandığı parayı içkiye ve kumara yatırıyor boş zamanlarında da Hatice'ye tehditler savuruyordu. O günlerde kayınpederi rahatsızlanan Hatice, kocasını memlekete gönderdi, bir haftalığına giden kocası bir ay sonra geldi. O sürede dayak atamadığından telefonla tehdit ederek yokluğunu hissettirmemeye çalışıyordu. Döndüğünde yine aynı tavırlara devam etti. Bir akşam Hatice'yi dövmeye kalkışınca o sırada evlerinde olan

Hatice'nin kız kardeşi isyan ederek, "Yeter artık yaptıkların, çek git, ablama daha fazla edemeyeceksin!" diye isyan etti.

Evden kovdular, zaten öncesinde de inanılmaz tatsızlıklar yaşanmış, büyük krizler atlatılmıştı. Öylesine dehşet verici detaylar ki benim elim yazmaya varmıyor. Sonuçta şu anda delikanlı bir oğlu var Hatice'nin. İnsan akla hayale gelmeyecek olayları duyunca inanmakta zorlanıyor. Bütün aileyi kapsayan sıra dışı bir olay yaşadıkları. Yine de kalemimi susturup detayları aktarmıyorum.

Karısını kendisini beğenen bir adamdan borç istetmeye kadar varan bir umarsızlığı vardı adamın. Para için her şeyi yapabilecek gibi duruyordu. "Bir zengin adam ayarla da sen yaşa ben de yaşayayım" dediğinde Hatice'ye sevgisini tamamen yok olan Hatice tiksinmişti kocasından.

Ve boşandılar. Kocasının ailesi Hatice'yi çok sevdiğinden üzülmüştü. Oğlunun vekaletini almıştı ama kayınvalidesine düşkün olan oğlunu koparmamaları için yalvarmışlardı. Gönlü dayanmadı "Peki" dedi. Kayınvalidesi ölene kadar da oğlu orada yaşadı.

Kız kardeşinin evinde yaşıyordu. Artık dul bir kadındı. Yeniden iş buldu Hatice. Bir doktorun çocuğuna bakıcılık yapmaya başladı. Hafta sonları evde temizlik yapıyor, eve parasal anlamda da yardımcı oluyordu. Ama önünde sonunda sığıntı gibi hissediyordu kendini. Eskiler ev ev üstüne kurulmaz derler, ne doğru laf. İşte Hatice için de böyle olmuştu.

Bir gün yurt dışında yaşayan bir adamla tanıştırdılar. Almanya'da çalışıyormuş adam Türkiye'ye de iş icabı gelmiş. Hatice'den yirmi beş yaş büyüktü adam ama gözü kapalı evet dedi, çünkü kendisinin de Almanya'ya gideceğini düşünüyordu. İmam nikahıyla evlendiler.

Yağmurdan kaçarken doluya tutulmuştu Hatice, fakat henüz bilmiyordu. Hala çok gençti, 27 yaşındaydı. Adamın yaşı geçkin olmasına rağmen yakışıklı ve karizmatikti. İlk başlarda hoşlanmıştı adamdan. İlişkilerinin başlarında ekonomik durumları iyiydi, adamın üç dairesi vardı, Mercedes arabayla dolaşıyordu. Beş yıl kadar ilişkileri son derece iyiydi. Hatice'nin oğlunu da seviyordu, bütün tatillerde hep beraberdiler.

Çalışmadığından "Hazıra dağ dayanmaz" der eskiler ya, mal mülk de erimeye başladı bir süre sonra. Son evi sattığında bir işyeri açtı. Son derece güzel ve lüks bir mekandı ama iflas etti.

Parası bitmeye başlayan adam Hatice'nin çalışmasını beklemeye başladı. Umutları yıkıldı, bu adam da çok içki içen bir adam olduğu gibi verdiği sözü tutmamış Almanya'ya da götürmemişti. Defineye de meraklıydı, arada define aramaya çıkıyor, iki-üç ay sonra eli boş eve geri dönüyordu.

İçki, parasızlık iyice hırçınlaşmasını sağladı. Hatice'yi dövmeye, evde krizler geçirmeye başladı. Hatice ondan ayrılmak istediğinde başına silah dayıyor, tehditler yağdırıyordu. İşsizlik ve parasızlık adamı iyice çıldırtmıştı. Kirada oturuyorlardı. Hatice çalışıyor her şeyi karşılamaya çabalıyordu. Başladığı noktaya geri dönmüş gibiydi Hatice.

Bir akşam adamın eniştesinin de evde olduğu sırada ev yüzünden şiddetli bir tartışmaları oldu. Adam kurulu sofrayı yerle bir ettiği gibi eniştesinin yanında vurdu Hatice'ye. Gururu kırılmıştı Hatice'nin, zaten dünyayı sırtına yüklemiş gibi hissediyordu. Ağlama krizine tutuldu Hatice. Hayatında yaşadığı her şey için ağlıyor gibiydi. Yatak odasına gitti ağlaya sızlaya Hatice. Elleri titreyerek bir mektup yazdı, veda mektubuydu. Dünyadan yorulmuştu.

Yatak odasının spot lambasına eşarbını geçirdi. Mektubu yatağın üzerine koymuştu. Gözyaşları hiç durmadan akıyordu. Oğlu gözünün önüne geldi, delikanlılığa yaklaşmıştı. Ona da iyi bir anne olamadım diye içlendi ama fikrinden vazgeçmedi. Eşarbı boynuna geçirdi...

Hatice'yi bulduklarında yüzü simsiyah olmuştu ve dili dışarıdaydı, ama hala can çekişiyordu. Alelacele indirdiler Hatice'yi. Kendinden geçmişti. Eğer adamın eniştesi "git bak" demese ve Hatice kapıyı kilitlemiş olsaydı şimdi toprağın altındaydı, gencecik yaşında.

Yatağa indirmişlerdi ama Hatice atak geçiriyordu, kendini oradan oraya atıyordu. Hatice onların seslerini duyuyordu ama konuşamıyordu. Korkudan hastaneye de götürmemişlerdi. Yıkadılar Hatice'yi, su içirdiler, yavaş yavaş sakinleştirdiler.

İki ay boyunca zor yutkundu, boğazına eşarp takıp gezdi. Kendini böyle bir şey yaptığı için kötü hissediyordu. Aileden kimsenin haberi olmadı intihar teşebbüsünden.

Ve ayrıldı kendisini sevdiğini iddia eden adamdan. Adamın tehditlerine aldırmadan yeniden kurdu hayatını. Dört elle sarıldı hayatına, çalıştı çabaladı. Şimdi oğluyla birlikte yaşıyor. Oğlu aslan gibi üstelik üniversitede okuyor. Oğluyla gurur duyuyor, mutlu bir hayatları var.

Yaşadıklarını anlatırken zaman zaman ağlasa da yaşama tutunduğunu hissediyorsunuz. Pişmanlıklarını, acılarını geride bırakmış gibi görünse de sızısı hala hissedilebiliyor. En azından acılarını küllendirerek yaşamayı öğrenmiş.

Peki genç bir kız ona gelip evlenmek istediğini söyleseydi ne derdi Hatice?

"Bir kız için her şeyden önemlisi bir meslek sahibi olmaktır. Kendi ayaklarının üzerinde durabiliyorsa evlenmeli genç bir kız."

Peki geri dönüş şansı olsaydı ve yollar da ona açılmış olsaydı ne yapardı Hatice?

"Bir üniversite değil iki üniversite okumak isterdim. Kendimi geliştirirdim. Çok istediğim hemşirelikle ilgili eğitim alırdım mesela. Almanca'mı ilerletirdim. Şu anda olduğum noktadan çok başka bir yerde olurdum. Çok azimliyim, yapardım inanıyorum."

PSİKOLOG UĞUR DALAN'IN YORUMU:

Pek çok kereler kızdık, belki de suçladık çiftlerimizi "daha evleneli 1 ay bile olmadan niçin çocuk yapıyorsunuz?" diye. Bu kitapta da "çocuk için acele etmeyin" dedik. Fakat bunu biz desek, gençler dinlese bile; çevre, aile rahat bırakmıyor yeni evlileri. Dört-beş ay geçip de hamile kalınmayınca hemen "kısır kadın"a çıkıyor sapasağlam kadınların adı.

Hatice de bu kadınlardan biriydi. Güzel başlamıştı evliliği, ilk günlerin güzelliğinden sonra kocası ile ilgili olumsuzluklar ortaya çıksa da en azından dayak yemiyor, aşağılanmıyordu. Evliliklerinin beşinci ayına kadar... Sonrasında ise kocasının dayakları, aşağılamaları başladı. Peki ilk beş ay olmayan şey sonra niçin başladı ve nasıl arttı?

Şiddet ve saygı evlilikteki en önemli unsurlardır. İkisinin de dozu yavaş yavaş artar ve tepki gelmedikçe artmaya devam eder. İlk şiddette kadının bir yerleri kanamaz veya kırılmaz; ilk saygısızlıkta ağır hakaretler işitmez. Doz yavaş yavaş artar. Daha en başından, ilk saygısızlık veya ilk dayaktan itibaren tepki verilmez, boyun eğilirse devamı mutlaka gelecektir. Bu yüzden ilk şiddette, ilk hakarette tepki vermeli kadınlar. Güçlü durmalı güçlü olmalılar.

Hakaret ve şiddetin olduğu, saygısızlığın olduğu bir evlilikte sevginin olduğunu düşünmüyorum ki sevgi olsa bile bir süre sonra bitecek yerini öfkeye, kine bırakacaktır. Hatice'nin evliliğinde de durum bu şekilde gelişti. Saygısızlık ve şiddet var olan sevgi kırıntılarını da yok etti ve yerine öfkeyi, hüznü bıraktı. Boşanabildiler.

Bu evlilik Hatice'yi çok fazla yıpratmıştı. İnsanlara, erkeklere olan güvenini, sevgiye olan inancını yitirmesine neden olmuştu. Ama boşandıktan bir süre sonra tekrar bir ümit ile bazı şeylerin üzerini çizerek bir beraberlik yaşamaya başladı. Bu ilkinden daha da önemliydi, çünkü çok daha büyük ümitlerle ve yaralı olarak başlamıştı bu ilişkiye. İlk beş yıl çok da güzel geçti. Ama sonrasında eski hikaye tekrar yazılmaya başladı, yine içki, yine hakaret, yine dayak. Hayat hep böyle olacaktı herhalde, kader Hatice'ye gülmeyecekti. Kendini buna inandırdı ve omzunda tüm yükleriyle yaşamına son vermek istedi. Belki birkaç dakika ile tekrar merhaba dedi hayata, daha güçlü olarak, sımsıkı sarılarak. Sadece birkaç dakika ile.

Hatice'ninki gibi hikayelerde ikinci beraberlikler çok önemlidir. Çünkü kişi zaten güvensiz ve yaralı başlar bu ikinci ilişkiye. İlkinde hasar görmüştür ve ikinci bir depremi zor kaldırır yaralı ruhları. Bu yüzden çok daha dikkat edilmeli, çok daha özenli seçilmelidir bu eşler.

IŞIN P.

İstanbullu
Şu anda 40 yaşında
Hollanda'da yaşıyor
Sosyal hizmetlerde tercümanlık yapıyor
İlk evliliğini 18 yaşında yaptı
Eşinin alkol düşkünlüğü evliliğin sonuçlanmasına yol açtı
İkinci evliliğini Hollandalı bir tercümanla yaptı

Sıra dışı ve alımlı bir kadın Işın. Ailesi eski İstanbullu. Anneannesi Büyükadalı. Köklü bir ailenin kızı. Eğitimli, kendini sürekli olarak geliştirmeye çalışan bir kadın. Yüzüne baktığınızda özgüvenini açıkça görebiliyorsunuz. Toplumsal baskılar onu hiç ilgilendirmiyor hatta aykırı denmesinden bile rahatsızlık duymuyor. Yüzünde saklı kalmış, belki kendine bile itiraf edemediği hüzünler var. Yaşı ve yaşadığı ülke neresi olursa olsun o bir kadın. Hollanda'da yaşıyor, kendine bir hayat var etmiş. İki kez evlilik yapmış.

İlk evliliğini 19 yaşında yaptı Işın. Ailesi son derece çağdaş bir aile olduğu halde genç yaşında aşk evliliği yaptı. Eşi taksi şoförüydü. Varlıklı bir ailenin oğluydu. Evlilikleri sırasında da Yeniköy'de oturmuşlardı. Eşi kendisinden on beş yaş büyüktü.

Işın turist rehberliği yapıyordu, işini yaparken tanıştığı kocasına aşık olmuştu, heyecan ve mutlulukla parlayarak evlenmişti. Genç ve saf dünyası eşinin gerçeklerinden habersizdi. Balayında ilk ipucu kendini gösterdi. Eşi ciddi bir alkol bağımlısıydı, kendini bilemez hale gelinceye içiyordu.

Marmaris'e gitmişlerdi düğün sonrası. Tatlı heyecanlarla geçirilen günün gecesi Işın uyandığında kocasını yanında göremeyince şaşırdı. Alelacele üzerini giyinip aşağıya indi. Kocasını lobide buldu. Zil zurna sarhoştu. Zor bela yukarı taşıdı Işın. Şaşkındı.

İstanbul'daki evlerine döndüklerinde tatlı vakitler geçirmeye devam ediyorlardı. Işın için o günlerde canını sıkan tek sorun kocasının yukarı oturan ablası ve karşı apartmanda oturan annesinin çok fazla etkisi altında kalmasıydı. Eşi annesini çok seviyordu, sevmesinde bir problem yoktu elbette ama annesinin sözünden çıkmamacasına sevmesi Işın'ın kıskanmasına sebep oluyordu.

Henüz cicim aylarındayken kocasının her akşam içki içmesi Işın'ı çok fazla üzmüyordu, eğleniyorlardı, mutluydu kocasının kollarında. İstanbul'un ve Boğaz'ın keyfini sürüyorlardı. Maddi durumları da iyi olduğundan rahattı Işın. Ailesiyle de rahatça görüşüyordu. Eşinin babası da onun için bir baba olmuştu. Kayınvalidesi ve görümcesiyle görünür olmayan gerginlikler yaşıyordu ama o günlerde önemsemiyordu.

Tatlı vakitler altı ay kadar sürdü. Altı aydan sonra başka bir iklime girdiler. Kocasının içkiye düşkünlüğü bitmediği gibi huzursuzlanmaya da başlamıştı. Her gün öğleden sonra bir gibi güne başlıyor, işe çıkıyor, gece onda, on birde eve dönüp de yemeğini yer yemez gece üçe dörde kadar içiyordu. Işın'ı kıskanmaya başlamıştı, kuruntuları başlamıştı "Ben yokken bu eve adamlar giriyor" diyordu.

Işın hayatında ilk kez o günlerde şiddetle tanıştı. Kuruntularıyla boğuştuğu bir gece Işın'a öyle şiddetli bir tokat attı ki kulağında duyma kaybı oluştu. Hala sağ kulağı sağlıklı olarak işitemiyor. Her akşam şiddet olmasa da her akşam kavga vardı.

Eşi annesine çok düşkün olduğu için Işın'ın kıskançlığı da artmıştı. Bütün olaylar zincir olarak çoğalmaya başladı. Eşinin görümcesi Işın'ı kıskandığından onunla uğraşıyordu. Yerli yersiz laf çarpmalar Işın için çekilmez hale gelmeye başladı. Soluk alabildiği tek insan eşinin kocasıydı. Onun desteği olması belki de o dakika çekip gidecekti.

Kendi ailesine yaşadığı problemlerden hiç bahsetmiyordu, biliyordu ki ailesi şiddet ya da aşırı kavgaları duysa büyük olaylar yaşanacaktı. Gözlerinden sakındıkları Işın'a vuran eller özellikle Işın'ın ağabeyi tarafından ağır şekilde durdurulurdu. Hem Işın kocasını çok seviyordu. Bir şekilde her şey düzelir umudundaydı gençliğin verdiği saf aşktan. Işın ailesine hiçbir şey belli etmeden kavgalarla, tartışmalarla bir seneyi bitirdiğinde olaylar durulmamıştı.

Işın o günlerde sevdiği adamdan bir çocuk sahibi olmak istiyordu. Hem çocuk olursa düzelebilirdi... Bir süre denediler, fakat Işın hamile kalamıyordu. Doktora gitmeye karar verdiler. Araştırmaların sonucu eşinin sperm sayısının düşük olduğuydu.

İçkiyi bırakırsa önlerinde bir şans olacaktı. Işın eşine içkiyi bırakması için telkinlerde bulunduysa da fayda etmedi. Kesinlikle alkolle ilgili bir sorun olmadığını düşünen eşi "Benim çocuğum olur" diyerek tepki göstermişti. Doktorun önerdiği ilaçları da kullanmak istemiyordu.

Işın'ın üzüntüsü yerini öfkeye bırakmaya başlamıştı. Durumu öğrenen kayınvalidesi Işın'a "Sen kısırsın, senin çocuğun olmuyor" diyerek baskı yapmaya başladı. Hatta komşularıyla toplanıp çeşitli otlar kaynatıp Işın'a içirmeye çalıştılar. Işın büyük bir tepki vermişti, "Bende bir şey yok" demişti.

Evliliklerinde üçüncü seneye girdiklerinde eşi kuruntularına yenik düşmeye başlamıştı. Kuruntularının hesabını da karısından soruyordu. Garip vehimleriyle Işın'ı korkutmaya başlamıştı, "Yatak odanda kim var?" "Kulağımdan böcek çıktı" ... Artık gerçekten bir hayatın içinde miydi düşünmeye başladı Işın.

Ve çocuk için kılını kıpırdatmayan, aşırı içkiyle hayatı cehenneme çeviren ve kafasına estiği zaman şiddet gösteren kocasını istemediğini hissetti Işın tam da o günlerde. Boşanmaya karar vermişti. Kocası önce itiraz etmedi, fakat sonra boşanmak istemediğini söyledi.

Hala aynı evde yaşıyorlardı, Işın elindeki bütün kartları oynamıştı ve artık elinde seçenek kalmadığından boşanmakta kararlıydı. Uzun tartışmalar sonunda Işın, kocasını, olan biteni herkese anlatmakla tehdit edince erkeklik gururuna yenilerek kabul etti boşanmayı.

Avukatı Işın buldu, davayı açtı, mahkeme celbi evlerine geldi. O gün beraberce evden çıkıp boşandılar. Işın tazminatı da almış yeni bir hayat için başlangıç yapmıştı. Şubat soğukları bedenini üşütürken ruhunu ısıtmak için bir umut ışığı belirmişti.

Emek verdiği, sabredip beklediği, aşkla sevip ona çeşitli öneriler sunduğu halde sonuç alamamış ve boşanmıştı. Ne İstanbul Yeniköy'de yaşamak, ne görgülü bir aileden gelmek ne varlıklı bir aileye katılmak bir kadın için yaşamı değiştirmiyordu. Kadın aşıksa sabreder, mücadele ederdi, aşkı bittikten sonra her ne olursa olsun çekip giderdi.

Baba evine döndü, yaralarını sarmaya uğraşıyordu, ülkede uzaklaşmanın iyi geleceğini düşünerek çalışırken tanıştığı Hollandalı bir arkadaşını aradı. "Ben boşandım, biraz param da var seyahat etmek, kafamı boşaltmak istiyorum. Oraya gelsem nasıl olur, yoksa Amerika'ya mı gideyim?" diye sordu. "Buraya gel, burada vatandaşlık alırsan Amerika'ya da vizesiz girersin" cevabını alınca rahatlamıştı Işın. Fakat onun devam eden konuşmasıyla şok oldu, "Ben seni yıllardır tanıyorum ve çok seviyorum, boşandıysan ben seninle evlenirim" dedi.

Henüz boşanalı bir ay olmuştu, kimsenin ona dul muamelesi yapmasını beklemeden yeni bir hayata açılmak iyi olacaktı. Nisan ayının bahar kıpırtıları Işın'a yeni bir armağan vermişti. Kabul etti Işın. Bir hafta sonra eşi İstanbul'a geldi. Sultanahmet'te buluştular. Işın'ın yanında ailesi de vardı. Tanıştılar, samimi bir havada geçmişti görüşme.

5 Nisan'da geldi eşi, 6 Nisan'da nişan yaptılar ve 25 Nisan'da kocasıyla aynı uçakta geleceğine uçuyordu Işın. O günlerde boşanalı tam iki ay olmuştu.

Aşık değildi hala eski eşine aşıktı ve eşi de bunu bilerek kabul etmişti Işın'ı zaten. Ama zamanla onu sevmeye başladı, mutluydu, huzurluydu, çok iyi bir adamdı çünkü. Yaralarını sarmasına yardımcı oluyordu. Bir aşk yaşamıyordu ikisi de belki ama mutluydular, keyifli vakitler geçiriyorlardı. Öylesine bağlandılar ve güvendiler ki birbirlerine hayatın tadını çıkardılar. Fakat ailesi henüz evlenmemiş olan Işın'ı sıkıştırmaya başlamıştı. Nihayet onların ısrarlarına tepkisiz kalamayıp Türkiye'ye dönüp evlendiler. Ağustos sıcaklarında kimliğinde de bir değişim yaşamıştı Işın.

Ailesiyle de görüşebiliyordu, her sene annesiyle babası yanlarına gelip üç ay tatil yapıyorlardı. Tam bir aile olmuşlardı.

Evleneli üç sene olmuştu ki hamile kaldı Işın, ikisi de mutluydular, ikisi de bebeği istiyorlardı, fakat bebek dokuz haftalıkken düştü. Öylesine üzüldü ki Işın uzun bir süre kendine gelemedi.

Kendini toparlamaya başlamışken hayatını derinden sarsan bir şey öğrendi. Hollanda'da yaşamaya başlayalı beş sene olmuştu. O bahar da annesi ve babasının gelmesi için vize işlemlerine koşturuyordu. Kız kardeşiyle konuşurken annesinin sırtının ağrıdığını öğrendi. Annesi hiç bahsetmemişti halbuki. Ve gerçeği öğrendi annesi meme kanseriydi. Hemen Türkiye'ye gitti. Hastane koridorları, gizli gözyaşlarıyla geçti vakitleri. Hollanda-Türkiye arasında arabasıyla yol alıp duruyordu. Acılı günlerdi.

Bir gün annesini ikna edip Hollanda'ya getirdi, oradaki doktorlara da gösterecekti. Mücadele ediyorlardı ailece, asla ölümü konduramıyorlardı. Kendine can veren canına, can vermeye çalışıyordu Işın. Hastalığının ileri safhalarındaydı halbuki, memesinde yara çıkmıştı, yapılacak pek bir şey yoktu, ama Işın iyileşeceğini düşünüyordu. Doktor yedi ay yaşayabilir dediğinde yıkıldı Işın. Üç ay Hollanda'da kaldılar, sonrasında yine İstanbul. Hastalık hızla elden ayaktan düşürmeye başlamıştı annesini.

O günlerde hamile kalmıştı Işın. Fakat kendisinin de haberi yoktu, tek derdi annesiydi. "Sebebi hayatımdı annem, 17-18 yaşında kızdım, annem tuvalete giderdi, onu kapıda beklerdim ona bir şey olacak diye..." diyor gözlerinde saklayamadığı hüzünle.

Çok acı çekiyordu Işın, annesine ne kadar düşkün olduğunu bilen ailesini annesinin ölümünü haber vermemişti. Ancak bir hafta sonra büyük bir güçlükle söylediler. Güz kapıya dayanmış soğuklara az kalmıştı. Kasım ayıydı. Yıkıldı Işın, ne yaptığını bilmez haldeydi. Halbuki o günlerde tam on iki haftalık olmuştu bebeği. Sahiden kendini kaybetmişti, gözlerini açtığında başında bir polis, bir psikiyatr vardı. Kanallara gitmişti ruhundaki dalgalanmayı bastırmak için kendini bilmez bir halde ve ne olduysa bayılıp kalmıştı. Eve götürdüler. Işın annesinin öldüğüne bir türlü inanamıyordu, annesi bir yerlere gitmişti ve gelecekti. Kocası hiçbir şey yapamıyordu, ulaşamıyordu Işın'a.

Ağır acısın dindirmek için içkiye, uyuşturucuya başladı. Tamamen dağılmıştı. Kocası onu sadece izliyor, kendi haline bırakıyordu, ama dokuz hafta sonra bütün içki ve uyuşturucuları evden attı ve bir kliniğe yatırdı. Klinikte karnındaki bebeğin öldüğünü öğrendiler. İkisi de bebeği bilmiyordu ki... Öylesine kritik bir durumdan kurtarılmıştı ki inanılmazdı çünkü bebek öleli dört gün olmuştu.

Hayatının bir buçuk yılı klinikte geçti. Altı ay sürekli oradaydı, kocası onu sıklıkla ziyarete geliyordu, onu hiç yalnız bırakmadı, altı ayı da hem eve gelip hem kliniğe giderek geçirdi. Annesinin ölümünü kabullenmek uzun zamanını alsa da fırtınaları nihayet dinmişti.

Tedavisi bittikten sonra yine klinikte kaldı, ama bu kez orada çalışmaya başlamıştı. Psikiyatrlara tercümanlık yapıyordu. Üç dil bildiği için hiç zorlanmadı çalışırken, hastalarla doktorların iletişim kurmalarını sağlıyordu. Her milletten insanın türlü acıları kendi acılarını arkaya itmişti. Onları dinliyordu, onları gözlemliyordu, kendini yeniden var ediyordu. Yeni bir doğum yaşıyordu Işın.

Evliliklerinin üzerinden on yıl geçmişti ki ilişkilerinin

bittiğini fark ettiler. Güzel bir paskalya günüydü. Mutluydular. Bir partiden gelmişlerdi. Evlerinde oturup sohbet ederlerken kocası "Biliyor musun Işın son zamanlarda hiç beraber olmuyoruz" dedi. "Evet dört-beş hafta oldu" dedi Işın. Bu konuşmadan sonra aralarındaki karı koca ilişkisi sona erdi. Birbirlerine bir türlü dokunamıyorlardı, çalıştığı klinikteki başhekim ailece görüştüklerinden onlara evlilik terapisi önerdi. Terapiye gidiyorlardı ama bir sonuç alamadılar. Hala birbirlerine dokunamıyorlardı. Odalarını ayırdılar. Artık evde bir karı ve koca yoktu. Aralarındaki dostluk bitmemişti, hala birbirlerinin sohbetinden keyif alıyorlardı. Hala birbirlerine sonsuz güveniyorlardı. Ama karı ve koca değillerdi.

Işın hayatta zorlamalardan hoşlanmıyordu. Temel felsefelerinden biri "Olmuyorsa olmuyordur" olduğundan üzerine gitmedi bu ilişki biçiminin. Olduğu gibi yaşadı. Boşandılar. Boşandılar ama aynı evde iki dost olarak yaşamaya devam ediyorlar. Yaşamlarında birbirlerine güvendikleri kadar kimseye güvenmiyorlar. Evlerinin belli kurallarına ikisi de uyuyorlar.

PSİKOLOG UĞUR DALAN'IN YORUMU:

Işın'ın hayatının iki önemli kırılma noktası var. Bunlardan ilki birinci evliliği, severek evlendiği, mutlu başladığı evliliği. Bir taraftan bakarsanız her şey dört dörtlük. Aileler iyi, maddi problemler yok ve en önemlisi birbirlerini seviyorlar. Fakat bunların arasında çok önemli bir sorun vardı. Eşinin alkol problemi.

Bir insan ne kadar iyi, ne kadar çalışkan, ne kadar sevecen olursa olsun; alkol aldıktan sonra bütün bu huylar değişebilir. O çok iyi adam bir canavara dönebilir. Işın'ın evliliğinde de böyle oldu. Alkol ile birlikte eşi kıskanç, sinirli bir adam haline geliyordu. Alkol arttıkça iş hayatı ve evlilik hayatı da olumsuz bir hale gelmeye başlıyor; içinden çıkılamaz problemler yaşıyorlardı. Işın'ın ilk evliliği severek bitti. Ayrılırken birbirlerini seviyorlardı, fakat alkol, evliliklerini, yaşamlarını engelliyordu. Pek çok mutlu çiftin evliliğini yıkan alkolün kötüye kullanımı Işın'ın evliliğini de bitirmişti.

Işın'ın ikinci evliliği duygulardan çok mantığın ağır basmasıyla oldu. Hayatının boş bir döneminde karşısına çıktı ikinci eşi ve evlendiler. Mantık ile başlayan evliliğin içine zamanla duygular da girmeye başladı ve her şey iyi gidiyordu. Taa ki Işın annesini kaybedene kadar.

Işın için hayatının ikinci kırılma noktası, hayatının en büyük travması bu dönemde başladı. Travma sonrası dönemde kendini bir türlü toparlayamadı, hem annesine çok bağlıydı, hem de farkında olmasa bile hamileydi ve bu sebeple psikolojik olarak da çok güçlü değildi. Onun için zaten zor olacak bu dönemde yaşadığı travma neticesinde uzun bir klinik dönemi bekliyordu onu. Şanslıydı ki eşi bilinçliydi ve onu alkol ve uyuşturucudan kurtarmak için tedaviye zorladı. Şanslı ve iradeliydi ki bunlardan kurtuldu.

Işın şu an güçlü bir kadın, kendine güveniyor, hayat ile barışık. Onunla konuşsanız geçmişindeki bu acıların hiçbirini fark etmezsiniz. Ama bunları yaşadı Işın. Ve buna rağmen hayata küsmedi.

İPEK Y.

Gaziantepli
Lise 2'den terk
18'in henüz başındayken çok severek evlendi
Evliliği 3 yıl sürdü
Eşinden ve ailesinden şiddet gördü
Şiddet yüzünden hafıza kaybı yaşadı, ağır bir travma geçirdi
Oğlu 3 yaşında.
İpek oğlunu parası olduğu zaman İcra Dairesi'ne para yatırabildiğinde polis zoruyla görebiliyor
Şu anda 23 yaşında

Esmer ve güzelce bir kız, içindeki acılara rağmen gözlerinin içi gülüyor. Mutluluktan mı gülümsemesi yoksa hala hayata iyi niyetle bakmasından mı... O, topraklarımızın doğusundan.

Antep'te doğdu büyüdü, ilköğretimi de orada okudu. Müstakil bir evleri vardı, anne, baba ve kardeşleriyle birlikte yaşıyordu.

Annenin de babanın kendi gayretleriyle ayakta tutulan bir ev. Anne evlere temizlik yapmaya gidiyor, baba da inşaatlarda çalışıyor, kendi emekleriyle çocuklarına bakıyorlar. Aile içinde zaman zaman hır gür çıksa da birbirlerini seven insanların bağlılığı var.

Çok iyi bir öğrenciydi o günlerde İpek okulunu da seviyordu. Öğretmenleri de onunla ilgiliydiler, bir gün okula gitmese, evi arayıp soracak kadar sağlamdı ilişkileri.

Ve işte lisenin o kanı kaynatan döneminde aşk girmişti düşüncelerine. Herkes âşıkmış o günlerde, tertemiz bakan pırıl pırıl gözleri niye birine değip de onu yakmayacakmış ki... Aşık olma fikri vardı ama henüz kimseye aşık olmadığından dersleri de güzel devam ediyordu. "Lise ikiye kadar her şey çok güzeldi" diyor ama lise ikinin ikinci dönemi aşk sahiden kapısını çalmıştı.

Komşularının oğlunu gördüğünde kalbinde kıpırtılar başlamıştı. Ona abi diyordu ama bir sokak ötedeki müstakil evlerinin önünden geçerken heyecanla kıvranıyordu. Henüz on yedi yaşındaydı ama aşkı bulduğuna yürekten inanıyordu. O yirmi üç, kendisi on yedi...

İlişkilerinin ilk başladığı günü gözünün önünde apaçık duruyormuş gibi anlatıyor:

"Askerden izne gelmişti, daha önceki konuşmalarımız hep abi-kardeş gibiydi, ya da kendisi öyle düşünüyordu, tabii ben abi diyordum ama içim içimi yiyordu, bana telefon açtı, ben parktayım gel diye, ben anneme pazara gidiyorum deyince annem niye filan diye sorguladı, arkadaşım geliyor, işim var bahaneleriyle fırladım sokağa. Çıktım evden pazara gittim, farkında değilim ama tam karşımda babam yemek yiyormuş ve bana çaktırmadan ne yapacağımı gözlüyormuş, benimse hiçbir şeyden haberim yok. Onunla buluşmaya gidiyorum, yanıma geldi, sarıldık birbirimize, hoş geldin, hoş bulduk kelimeleri filan. O an ben koptum zaten."

O güne kadar herhangi bir ilişkileri olmadığı halde o gün her şey bir anda değişmişti. İzinli olduğu dönemde İpek'i ailesiyle de görüştürmüştü. Onun ailesi İpek'e hemen onu istemeye geleceklerini söyledi. İpek telli duvaklı gelin mi olacaktı yani. Daha on sekizine bile girmemişti ki...

İpek'in ailesinde büyük bir tepki ile karşılandı bu olay. Kimse İpek'in okulunu bırakıp da evlenmesini istemiyordu. Babası küçük kızının dizinin dibinde kalmasını istiyordu. İpek inatla aşkını savunuyordu, aşığım diye ağlıyor mücadele ediyordu. Hatta intihar etmeye bile teşebbüs etmişti... Ailenin eli ayağı bağlandı, mecburen kabul ettiler. O hala askerdi, tezkeresine az kalmıştı ama ufak tefek kaçamak telefon görüşmeleriyle hasretlerini gidermeye çalışıyorlardı. Aşk ne güzel diye düşünüyordu İpek. Aşk güzel miydi sahi...

Tezkeresi bitip de memlekete döndüğünden iki hafta sonra İpek'i istemeye geldiler, tatlılar yenildi, söz yüzüğü takıldı. Evin en küçük kızı istemeye istemeye verildi. İpek öyle mutlu ve öyle aşık ki okumayı istediği halde okulu bıraktı. Artık hayattaki tek kıvılcımı onu görmekti İpek'in.

Babası çok üzülüyordu, küçüğü, en kıymetlisi okulu evi bırakıp bir adamın ardından gidiyordu, üzülüyordu ve İpek'e de söylüyordu. İpek'in annesi duygularını gösterebilen bir kadın değildi. Belki onu da hayatta çektiği sıkıntılar değiştirmişti, İpek'e göre çok müdahaleciydi, çok dır dır ediyordu, hatta evlenip kurtulmanın iyi olacağını düşünüyordu, rahat edecekti kocasıyla. İpek'in dünyasında her yer ipek gibi yumuşak ve güzeldi o günlerde.

İpek anlatırken duraksıyor bir an ve "Cahillik..." diyor

acıyla, anlıyor annesinin kıymetini, kendi de anne olmuş genç bir kadın, yeni anlıyor annesini ve diyor ki, "Keşke bağırsaydı, çağırsaydı hatta dövseydi ama ben böyle yanlışlar yapmasaydım..."

Evde büyük bir telaş yaşanıyordu, evin küçük kızı birkaç aya evleniyordu. Bu birbirlerine bağlı aile İpek'in inadıyla herkesi kırıp geçirdi, "Dikbaşlıyım aslında ben, anne babama çok dikbaşlılık yaptım, ama tabii o günlerde anlamadım ben anne olduktan sonra anladım." diye anlatıyor o günleri kendine kızgınlığını saklamadan.

Nişanlılık günleri çok az olsa da geleceğin sinyallerini veriyordu, ama İpek göremiyordu. O günlerde yaşadığı bir olayı hala çok net hatırlıyor:

"Bakkala eşofmanlarımla gittim, oradaki bir arkadaşı arıyor onu, 'Senin nişanlın markete gitti, orada bir çocukla görüştü, el ele, kol kola...' Bu duş alıyormuş o sırada daha saçları şampuanlıydı bize geldi, ev de yakın olduğu için koşturmuş gelmiş üzerinde doğru düzgün bir kıyafet yok. Kapıyı çaldı, babam onun pencereden tavrını halini görünce, 'açma kapıyı' dedi, ben de 'yok baba bir şey olmaz, herhalde bir şey söyleyecek bana' dedim. Babam ısrarla yok bunda bir şey var dediyse de açtım kapıyı. Kapıyı açar açmaz bir tane yumruk yedim. Çenem yüzüm mosmor oldu, öyle sert bir yumruk atmıştı ki anlatamam. Onu evin iç tarafına almadım, kimse görmesin diye kapıyı arkamdan kapayıp dışarı çıktım. Evdekiler ayaklanmıştı tabii, ben evdekilere 'Siz çıkmayın baba, benimle bir sorunu varsa da benimle çözsün' dedim. Olayı anlattı bana. Çağır o arkadaşını dedim, çağırdı, geldi bana baktı çocuk 'Yok abi ya İpek değilmiş, başkasıymış...' Arka arkaya özürler, seviyorum ya affettim. Allah günah yazmasın, tövbe Yarabbim,

Allah'ım beni affet, insanlar Allah'a taparlar ya ben de öyle tapıyordum ona. O kadar çok sevdim o insanı..."

Yüzünde büyük bir hüzün vardı, hala sevdiğinden değildi, o kadar sevip de kırıldığındandı, emeklerinin boşa çıkmasından ve şimdi yalnız olmaktandı hüznü.

Evdekilere hissettirmeden olayı kapattı İpek, babası, annesi yüzündeki morluğun ne olduğunu sorduğunda da kapıyı hızla açınca aniden yüzüne geldiğini söyledi. Eğer ailesine ne olduğunu anlatsaydı, işler iyice kopacaktı, biliyordu, çünkü daha olayın en başında söyleyeceğini söylemiş "Ya o taraf ya biz..." demişti. İpek dikbaşlılığından vazgeçmeyip o tarafı seçmişti. "Şimdi onlara karşı konuşacak dilim yok" diyor üzüntüyle. Babası o gün olanları görseydi evde bir kıyamet kopacaktı ve belki de İpek'in kaderi değişecekti. Ama İpek her şeyi gizledi, seviyordu...

Telli duvaklı gelin olmasına birkaç gün kalmıştı, kına gecesi olduğu gün de onu birbirinden farklı olaylar bekliyordu. Kına gecesi düğün salonunda yapılmıştı, salondan dönüp de evde kına yakma faslına geçilecekti. Eve geldiler, İpek birkaç gün sonra evli olacağı için mutluluk sarhoşu. Bu sırada yurt dışından ablası aradı, gelememişti ama en azından telefonla onların yanında olmak istiyordu. Evde bir telaş vardı, biraz sonra İpek kayınbabasına baktığında şok oldu, kınanın olduğu leğenin içine girip ayaklarıyla ezmeye başladı ve "Ben sizi böyle ezmesini bileceğim" dedi. İpek ve evdeki herkes şok olmuştu, ablası telefondan olanları duymuş, köpürüyordu, "Kov onları evden, hemen bitsin bu iş, evlenmiyorsun" diye çırpınıyordu ama İpek "Siz karışmayın o benim hayatım" diyerek telefonu ablasının yüzüne kapattı. Stres, sorun, sıkıntı peşini bırakmıyordu İpek'in. İki aile arasında çatışmalar bitmiyordu, ağabeyi bu kez üstüne gelmeye başladı, "Evlenmeyeceksin" diye. Tartışmalar sakinlemiyordu bile.

Nihayet o büyük gün gelmişti İpek için. Yaşanan onca sıkıntıyı bir kenara bırakmış eğleniyordu. Düğün biterken ailesi ile vedalaşma zamanı gelmişti. Hepsini tek tek öperken ağlıyordu. Ağabeyi İpek'in dizlerinin üzerine çöküp ağlayarak "Yapma, buradan geri dönsek de olur, ağabey ben ayrılacağım diyebilirsin" diyordu. Ama İpek seviyordu ve evlenecekti. Ailesinin gözü arkada kalsa da yeni bir hayata yolculuğu başlamıştı.

O gece evde kimse yoktu, normalde evde üç görümcesi, kayınvalidesi ve kayınpederiyle birlikte yaşayacaklardı. Karşılıklı oturup sohbet etmişler, biraz da içmişlerdi. İpek her şeye rağmen mutluydu, sevdiği adamla evlenmişti ama kocasının o gece söylediği şey dünyasını karartmıştı: "Sen beni sevmiş olabilirsin ama ben seni hiç sevmedim, inat uğruna evlendim, ama belki düzelebilirim, seni sevebilirim."

Meğer başka bir kıza inat olsun diye evlenmişti İpek'le, o kızı çok sevmiş ama ailesi vermemiş. Artık geri dönüşü olmadığını bilerek sineye çekti, yine de o kocasını seviyordu ve onun yanındaydı.

Ertesi gün uyandıklarında kocasının evlilikleri ile ilgili ilk cümlesi "Ailen bu eve gelmeyecek! Seninle görüşmeyecekler." olmuştu. İpek buna da razı olmuştu. Sabah eve giren aile fertlerinin ilk yaptığı onların kapısına vurup şöyle demek olmuştu: "Kalk bitti işin, şimdi bizim için kahvaltı hazırlayacaksın, artık bize hizmet edeceksin."

Bir yatak odası takımı bile olmayan odasında doğrulup yattığı çekyata baktıktan sonra gerçek hayata merhaba dedi İpek.

Günler geçiyor, ailesinin özlemini çekmeye devam ediyordu İpek. Aynı sokakta oturduğu ailesine selam vermek bile yasaktı, bakkala gittiğinde göz ucuyla baba evine baksa da gidemiyordu. Yazları kapı önünde otururdu insanlar, çay içip kimi zaman dedikodu ederlerdi, az ötede ailesinin oturduğunu görüyor ama yanlarına gidemiyor, canı gibi sevdiği babasına sarılamıyordu. Yasaktı. O başka bir evin namusuydu artık. Bir gün dayanamayıp ağabeyini arayıp durumu anlattığında ağabeyi üzüntüyle, "Sen yaptın çekeceksin. Eğer onunla mutluysan da biz önemli değiliz yeter ki sen mutlu ol, biz gelmeyelim ama huzurlu ol" dediğinde İpek daha da sarsıldı. Sarsıldı çünkü belki kaybettiklerini yeni yeni görüyordu. Ama yine de kocasını seviyordu. O günlerde hamile olduğunu öğrendi, sevdiği adamdan bir bebeği olması fikri umut yeşertmişti ruhunda.

Henüz birkaç aylık evliyken karabasanın ilk görüntüleri kendini göstermeye başlamıştı. Kayınvalidesi sebepsiz yere kadınlık gururunu zedeleyecek hakaretler etmeye başlayınca ortaya çıktı gerçekler. Öyle laflar ediyordu ki ağırına gidiyordu İpek'in, "Sen o... senin geldiğin yer belli." deyince tutamadı damarlarında gençliğin kanı dolaşan İpek. "Ben o.... isem senin kızların ne! Senin oğlun da p.... o zaman..." cevabını verince fesat kazanları kaynamaya başlamıştı. Kayınvalidesi çılgına dönmüş kısa zamanda telefonlarla herkes her şeyi öğrenmişti. Görümceleri çoktan üstüne yürümüştü bile, evde itişme kakışma başlamıştı. Akşam vakti kayınvalide kapıya çıkıp oğlunu beklemeye başlamıştı. İpek ise korkunun kollarına teslim olmuştu. Aklından binbir türlü düşünce geçiyordu, 'ya bana iftira atıp kovarlarsa, ya hepsi toparlanıp döverlerse...'

Ve beklenen saat geldiğinde önce konuşmaları duydu İpek, korkuyla odasına kilitledi kendini, bir yandan kulak kesilmiş konuşmaları duymaya çalışıyordu. Kayınvalidesi aralarında geçen konuşmalara başka başka olaylar ekliyor, oğlunun öfkesini kışkırtıyordu. Mahalledeki uygunsuz insanlarla sohbet edip bakıştıklarından hatta telefon numarasını verdiğinden bahsediyordu ama İpek evden bile doğru düzgün çıkmıyordu ki hatta İpek'in telefonu bile yoktu... Kocası İpek'in telefonu olmadığını söyleyip de yalanı ortaya çıkınca değişik ifadelerle hatta telefonu gizli gizli kullandığını ima ederek oğlunun aklına fitne bulaştırıyordu. Konuşmalar bittiğinde İpek de bitmişti. Az sonra öfkeyle üzerine gelen kocasının sesini duydu İpek çaresiz kapıyı da açtı. Kocası, annesi ve kardeşlerine hakaret ettiğini söyleyerek dövmeye başladı, görümceleri ve kayınvalidesi de arada vuruyorlardı, yeni gelin değil miydi İpek...

Dayak sonrası hamile olan İpek'te küçük bir leke belirmişti, bebeğe bir şey oldu diye kaygılanan İpek'e kocasının verdiği cevap, "Önemli değil bebek giderse gitsin, ben başkasından da çocuk yaparım" olmuştu. İpek yeni gelin, taze anne öylece odasında otururken içeride hazırlanan yemek sofrasından esirgenmişti, o akşam yemek yoktu genç hamile kadına. Yemek sonrası bulaşık için mutfağa girdiğinde tabaklardan kalanları ekmekle sıyırarak yedi İpek. Sadece kendisi aç değildi ki, vücudunda can bulmaya çalışan bir bebek de açtı.

O günü ve o anı anlatırken güzel gözleri yaşlarla doldu İpek'in, ne dediyse ne yaptıysa ne önemi vardı ki, hamile bir kadın aç bırakılır mıydı, vicdanları rahat mıydı o insanların, merak etmekten alamadım kendini. Durduk biraz gözyaşları dindiğinde anlatmaya devam etti.

Yemek o günlerde önemliydi İpek için, çünkü hamileydi. İçinde uhde kalanları anlatıyordu, sabahları yumurta yemeyi severmiş İpek. Kendilerine yumurta pişirip de bir lokmasını bile İpek'e vermeyen hane halkı karınlarını güzelce doyurdukları gibi içtiği şekerli çayın hesabını sormayı da unutmuyorlardı. Laflarından korkan İpek iki zeytin yerine bir zeytin yemeyi, ekmeğinin arasına çok az peynir koymayı ve çayına iki kaşık şeker yerine bir kaşık şeker atmayı öğrenmişti o günlerde.

Zorla götürdükleri ev ziyaretlerinde İpek'in pis, pinti olduğunu söyleyerek rezil ediyorlardı. Halbuki evde herkes uyuyorken evi temizleyip, kahvaltıyı hazırlayıp onların uyanmasını bekliyordu İpek. Baba evinin mahmurlu uykuları geride kalmıştı, eğlenerek sofra hazırlamak, keyfe göre temizlik yapmak birkaç ev öteye hapsedilmişti.

Hamallık yapan kayınbabasının akşamları eve gelmeden önce banyo suyunu, havlusunu, temiz kıyafetlerini hazır ettiği halde ona bile yaranamıyordu İpek. Kayınbabası banyosunu yaparken yemeğini ve çayını hazırlamış onu bekliyor olurdu hizmet etmek için, ne kayınvalidesi ne de görümceleri kıllarını bile kıpırdatmadıkları halde İpek yine kötüydü. Eline sağlık denmediği gibi hor davranmaya da devam ediliyordu.

Kocası eve geç geldiği gibi İpek'in yanında kızlarla telefonla da konuşmaya başlamıştı. O karnında onun bebeğini büyütürken kocası bambaşka bir alemdeydi. Bir gün İpek'in canı yeşil elma istemişti, kocasından istediğinden aldığı cevap "B..k ye" idi.

İpek'in düğünde takılan takıları hane halkına teslim edilmiş böylece yukarıdaki inşaat da tamamlanmıştı. En azından artık kendi evi vardı İpek'in, ev halkı yukarıya taşınmıştı. Bir parça rahatlamış ve kendine yeni bir dünya kurmaya başlamıştı. Ama yine ailenin hizmetini görüyordu, sabah kahvaltılarını kendi evlerinde değil yine onlarla birlikte yapıyorlardı. Eşi hiçbir zaman kendi evlerinde yemiyor içmiyordu. Sabah gözünü açtığı gibi yukarı çıkıyor rutin işlerini yapıyorlardı. Geceleri kocası annesi uyuduktan sonra kendi evlerine geçiyordu. Sebepli sebepsiz dayak yemeye de alışmıştı İpek.

Bir arkadaşa, bir nefese ihtiyacı olduğundan karşı komşusuyla görüşüyordu arada sırada. İki genç kadın samimi olmuşlardı, evin işleri bittikten sonra birlikte çay içip yaşamaya dair bir nefes almaya çalışıyorlardı. Ama durum kısa zamanda aile halkı tarafından fark edilmiş ve yasaklanmıştı. İpek normal insan gibi yaşamamalıydı, sanki onları rahatsız ediyordu bir parça mutluluk ya da rahatlama. Ama İpek'in de insani olarak ihtiyacı vardı güzel ve doğru bir iletişime gizli saklı kaçıyordu bir bardak çay içmeye.

O gün de çağırmıştı komşusu. İpek sonunda dayak olduğunu tahmin ettiği halde bir bardak çay içmeye geçti öğleden sonra. Dert yanıyordu arkadaşına, eğer birileriyle konuşmazsa delirecekti belki de. Kayınvalidesi İpek'in gittiğini görmüş sessizce pencereye yanaşıp konuşmalarını dinlemişti. İki genç kadının dertleşmelerini kafasına not etmiş akşam da oğlunun yolunu gözlemeye başlamıştı. Meyhane pilavı yapmak istiyordu o akşam İpek, canı çekmişti, "Eğer izin verirlerse yapacağım" demişti arkadaşına. İpek'in yemek yapması yasaktı, çünkü onlara göre pisti. Temizliğe sokuluyordu mutfağa sadece. Yemekleri az yemesi gerektiği gibi bulaşıkları iyice yıkaması da gerekiyordu.

Akşam vakti kayınvalidesi her zamanki merdiven başında oğlunu beklemeye başladı, durumu fark eden İpek de korkuyla camlarda bekliyordu. Kulak kesilmişti. Kocası eve doğru yaklaştığında yine bir sorun olduğunu anlamıştı. Eve geldiğinde anne de konuşmaya başladı. "Komşuya gitti bugün, her şeyi anlatıyor ona, gece nasıl ilişkiye girdiğinizi bile anlattı, senin dövdüğünü anlatıyor, ailemizi karalıyor, kızlarıma kötü laflar etti, bizden bahsediyor..." diyerek oğlunun ince noktalarını işledi. İpek halbuki o gün arkadaşına sadece "Ayrılsam bir türlü ayrılmasam bir türlü..." demişti.

Az sonra kocası paldır küldür eve doğru yaklaşıyordu, kapıyı tekmelemesiyle beraber birdenbire içeriye girdi. Evdeki malzemelerine doğru ilerledi. İpek'i çeşitli aletlerle dövmeye alışmıştı, hortum, kemer, değnek, hepsinin yeri belliydi, asla eliyle vurmuyordu. O günkü dayak aleti hortumdu. Dövmeye başladığı İpek, üç-dört aylık hamileydi, acımasızca vuruyordu. Komşu kadın dayanamayıp evlerine geldi, anlatmaya çalışıyordu gerçekte onları kadın ama onu da dinlemedi, sen çık diye kovaladı üzerine yürüyerek. Komşu kadın ağlaya ağlaya çıkmıştı, çünkü İpek çırılçıplaktı ve o haliyle dayak yiyordu. Banyodaydılar, kocası İpek'in üzerine bir yandan soğuk su döküyor bir yandan hortumla vuruyordu, bir süre sonra İpek kendinden geçmişti.

İpek kendine geldiğinde konuşamıyordu, çünkü dili boğazına kaçmıştı, ağlarken bir yandan da düşünüyordu, ne yapacaktı, kendini zorladığı halde konuşamıyordu, o sırada dilini yuttuğunu bilmiyordu. Kocası onu dövdükten sonra kahveye gitmişti. Yalnızdı evde, donakalmıştı, midesi bulanıyor başı dönüyordu. İpek'in aklına bir kalem kağıt almak geldi. Hemen bir kağıda "Ben çok kötüyüm, konuşamıyorum, çocuğu gönder kahveden onu alıp gelsin, beni bir doktora götürsün" yazıp komşusuna zor bela verdi. Kocası az sonra yanına geldiğinde İpek'in ağzında dilinin görünmediğini fark ettiğinde ilk kez paniğe kapılmıştı. Az sonra bayılan İpek'i acilen hastaneye kaldırmışlardı.

Hastanedekilere anlatacağı hikayeyi daha yolda hazırlamıştı: "Banyo yaparken gözüne birtakım görüntüler gelmiş ve korkmuş o yüzden böyle oldu."

Durumu anlayan doktorun cevabı oldukça çarpıcıydı, "Oğlum korktu anladım da peki bu vücudundaki morluklar ne?"

Kocanın cevabı oldukça komik duruyordu ama yine de söylemişti: "Korktuğu için bir tane vurdum."

Doktor bu kez iyice sinirlenerek, "Bir tane ile olacak iş değil bu, vücudundaki izler ya hortum ya kemer..." demişti.

İpek'in dili yerine getirilmişti, sakinleştirici iğne yapıldığından bir parça rahatlamıştı. Doktor İpek'in kocasını dışarı çıkardıktan sonra İpek'in yanına gitti ama kocası giderken bir bakışla gerekeni anlatmıştı İpek'e. Doktor ne olduğunu sorduğunda dayanamayıp yaşadıklarını anlattı, ama yine de şikayetçi değildi. Doktor, İpek'e "Ben senin arkandayım, mahkemene gelip şahitliğini de yaparım, gerekirse ben sana bakarım merak etme, ama şu adamdan şikayetçi ol ki bir daha ne sana ne başkalarına böyle bir şey yapmasın, bundan sonra daha kötülerini de yapabilir sana." oediyse de İpek'in cevabı, "Ben seviyorum, ben aşığım, çocuğumun babası o." demişti. Doktorun yapacağı hiçbir şey yoktu. Çünkü İpek kocasını hala seviyordu.

Böylesine koşulsuz bir sevgi beni son derece şaşırtıyordu. Ona göre "Kocasıydı, döverdi." Annesi de babasından dayak yiyordu, belki de normaldi bu. Aslında ne annesine göre ne kendisine göre normal değildi, fakat tahammül etme sebepleri farklıydı. İpek seviyordu, annesininse kaç yıllık kocasıydı, torunları bile olmuştu. Kocasından şikayetçi olunca ne değişecekti belki onun da annesi dayak yemişti babasından.

İpek sevdiği kocasıyla eve döndü, hiçbir şey değişmeyen hayatına. Her gün aynı sıkıntılar farklı şekillerde ortaya çıkıyordu. Kocasından öylesine korkmaya başlamıştı ki ayak seslerini duyduğunda kalp atışları hızlanıyordu. Kocası akşamları genelde eve geç geliyordu. Son günlerde iyice içip eve gelir olmuştu. Bir akşam yine zilzurna sarhoş geldi. Kocası yarı sızmış bir haldeydi. İpek yavaşça cep telefonunu aldı kocasının, kurcalamaya başladı, mesajlara bakarken kanı dondu adeta. Kocası bir kadına öyle bir mesaj atmıştı ki yıkıldı İpek: "Ben de seni seviyorum aşkım, eşimden ayrılıp seni alacağım. İster bekar ol ister dul ol benim için fark etmez. O zaten bir köle onu bir esir yerine aldım, ben onu sevmiyorum onu bir inat uğruna aldım."

Öylesine sinirlenmiş ve bozguna uğramıştı ki İpek büyük bir cesaretle kocasının yanına gidip onu sarsmaya başladı, o uyanmadıkça uğraşıyordu, yüzüne su döktü. Nihayet uğraşıları sonucu kendine getirdi kocasını.

"Ya bunu bana anlatacaksın, ya da ben gidiyorum" dedi elinde telefonu sallayarak.

"Gitmek mi istiyorsun?" diye sordu kocası.

"Açıklamazsan gideceğim" dedi İpek önünde bir duvar gibi durarak.

"Tekrar soruyorum, gitmek mi istiyorsun?" diye sordu yine kocası.

"Tekrar söylüyorum açıklamazsan gideceğim." diyerek diklenerek cevap verdi İpek. Gecenin bir yarısı İpek'i kolundan tuttuğu gibi kapının önüne koydu.

Oturdukları mahalle biraz karışık bir mahalleydi, ballycilerden kadın satıcılarına kadar her türden insan yaşıyordu. Korkmuştu İpek, ne yapacağını şaşırmıştı. Az sonra kapıyı çaldı onu içeri alması için.

Elinde sigarayla kapıyı açtı, normalde hiç sigara kullanmayan bir adamdı, şaşırdı İpek, "Sen sigara içmiyordun..." dedi.

"Sigarayı niye yaktım göstereyim mi?" diye sordu kocası.

"Göster!" dedi İpek yine cesaretle. Sigarayı hızlıca koluna yapıştırdı İpek'in. İpek aniden kolunu çekti ve itti kocasını.

"Yeter artık yaptıkların, seni tanıdığım güne lanet olsun. Allah belanı versin." diyerek yakınmaya başladı İpek. Daha birkaç gün önce hastaneden çıkmıştı.

"Ben senin için ailemi bıraktım, benin senin için okulumu bıraktım, derslerim ne kadar iyiydi halbuki." diyerek konuşmaya devam etti İpek.

"Okumayı çok istiyorsan haydi git." diyerek tekrar dışarı attı.

Gecenin kör vaktinde sokak kapısı önündeydi, içinden bir şeyler olmaması için dua edip ağlıyordu. Yanına bu sırada bir çocuk geldi, o semtin baly çeken çocuklarından biriydi, babasını da tanıyordu. İpek onun yanına geldiğini görünce korkudan kapıya yapıştı. Çocuk "Abla korkma" diyerek yanına geldi, "Çek git, ne olur bana karışma" dedi İpek sesindeki titremeyi durdurmaya çalışarak. "Benden korkma, gel ben seni ailene götüreyim" dedi bu kez. "Yok ben gelmiyorum, burada oturacağım, kocam işe gittikten sonra ben içeri girerim, yine de sağol" dedi biraz cesaretlenerek İpek. Çocuk hala evin önündeydi, kafası dumanlı olduğundan ne yapacağı belli olmuyordu, bir sağa bir sola gidiyordu, en sonunda İpek'in baba evine gitti.

Olayı öğrenen ailesi ayaklanmıştı ama ne yapacaklarına dair kararsızdı, kızlarının yanına gitseler bir türlü gitmeseler bir türlü. Çünkü biliyorlardı ki İpek kocasını seviyordu, elleri boş döndükleri gibi olayı da büyütmüş olurlardı. Baba evi için saç ağırtan bir geceydi, o balyci çocukla kızlarından haber aldılar bütün gece. Kızlarının bir onayıyla gidip alacaklardı onu. Ama İpek kocasını seviyordu. Sabahı bekliyorlardı hep beraber aynı sokakta ama ayrı evlerde. Çocuk bir gidip bir geliyordu, İpek dayanamayıp çocuğa bağırdı, "Sen niye benim ailemi telaşlandırıyorsun, çekilip gitsene buradan" diyerek itti. Korkuyla yine kapıya gitti, çocuk yuvarlanmıştı ama ne yapacağını belli olmazdı, gelip bıçak da saplayabilirdi, İpek kapıya defalarca vurdu ama açan yoktu. Nihayet sese kaynanası baktı.

"Ne arıyorsun sen bu saatte dışarıda?" diye sordu.

"Oğlun beni kapıya koydu." dedi İpek.

Kayınvalidesi alay ederek "İyi yapmış" dedi ve gülerek içeri geçti.

Sabaha kadar uyumamak için kendini zorlayan İpek kapının önünde büzüştü kaldı, korku ve acıyla iç içe geçerek sabahladı. Sabah kocası işe gitmek için kapıyı açtığında, "Sen hala burada mısın?" diye sorduğunda İpek "Buradayım" diye cevap verince "Gir içeri o zaman" diyerek içeri aldı karısını. İpek eve girer girmez ağlamaya başladı, kocası sadece "Sahte gözyaşı dökme benim karşımda" demişti.

Toparlandı İpek, kendine bir kahve hazırladı, içti, kocası sessizce onu takip ediyordu, çünkü daha önce "Kendimi öldürürüm" demişti İpek. Kahvesini içtikten sonra evi temizlemeye başladı sakince. Kocası işe gittikten sonra bile cam sildi, tertemiz halıları tekrar yıkadı. Çamaşır suyunu fazlaca kullanıyordu, belki bir ihtimal bebek düşer o da kurtulur kendisi de kurtulurdu. Artık iyice hisseder olmuştu o adamla bir sonu olmayacağını. Kendisini onun yanında tutan sadece sevgi miydi yoksa gurur mu... Kendi ailesine karşı dik durmak mı istiyordu belki kendisi bile bilmiyordu. Yaşıyordu tam da ne yaşadığını bilmeden. Çok nadiren dışarı çıktıklarında elini tutması onu delice mutlu ederken, her akşam dayak korkusuyla yaşıyordu, bazen kemer bazen hortum ile paylanıyordu.

İpek o günlerde kocasıyla konuşmaya başlamıştı, ailesinin yaptıklarını anlatıyordu, ondan yemek sakladıklarını ya da durup dururken ağır hakaretler ettiklerini. Kocası yavaş yavaş düşünmeye ve anlamaya başlıyor gibiydi. Kocası ona bir telefon bile almıştı, güveni sağlamlaşmıştı artık. İpek daha huzurluydu.

Bebeği giderek büyüyordu doğuma sayılı günler kalmıştı. O akşam İstanbul'dan misafirler vardı evde, kayınvalidesinin yeğeni, kocası ve kızı. Evden bir curcuna devam ediyordu. İpek'i her zamanki gibi mutfağa almıyorlar, çeşitli bahanelerle dışlıyorlardı. Hemen hemen aynı yaşlarda olan kızları İpek'i sevmişti, yenge yenge diye peşinde dolaşıyor gülüp eğleniyorlardı. Kayınvalidesi bu durumdan hiç hoşlanmıyor kız ne zaman aşağı inse yanlarına çağırıyordu. İpek hala kendisini o ailenin gelini gibi görmeye çalıştığından bu dışlanma ve horlanma ağırına gidiyordu. Akşam kocası geldiğinde dayanamayıp sızlanmaya başladı.

"Ben bu evdeyim köle miyim, annen seni bana karşı dolduruyor dövüyorsun, kardeşlerin geliyor benimle ve ailemle dalga geçiyorlar, annem evlere temizliğe gittiğinde orasını burasını elletiyor diye iftira atıp beni aşağılıyorlar, ben bıktım usandım artık, şimdi de beni dışlıyorlar, evde misafir var beni yanlarına almıyorlar..."

Kocası ilginç bir biçimde İpek'in tarafını tutmuştu bu kez, sinirle yanlarına çıktı. Biraz sonra beni yukarı çağırdı, hepsini mutfaktan çıkarmıştı, beni içeri soktu, "Haydi İpek şimdi istediğini yap, ben de seni takip edeceğim" dedi. Yemek hazırlanmıştı, İpek sadece yemekleri servis etti ama bundan bile mutlu olmuştu. Bu sırada kayınbabası, kocasına sürekli olarak "Gitsin, aşağı insin o, gözüm görmesin onu" diyordu, kocası "Ne oluyor niye?" dedikçe devam ediyordu. İpek artık dayanamayıp "Artık yeter lanet olsun size" dedi ve aşağı indi. Kayınbabası koşarak arkasından aşağıya indi, İpek henüz kapıyı kapamamıştı ki kayınbabası içeri fırlayıp karnına tekme atmıştı. İpek bu sefer çocuğuma bir şey oldu diye düşünüyordu. Kayınbabası çıkar çıkmaz kapının arkasına geçti, hane halkı kapının arkasından ittirip açmaya çalışıyordu. İpek kendini ve bebeğini korumak için tüm gücüyle kapıyı ittiriyordu, sanki Allah tarafından bir güç verilmişti, kapıyı açamıyorlardı. Yaklaşık yarım saat bir saat itişmişlerdi, İpek ara ara haykırıyordu: "Yeter gidin, yeter beni dövdüğünüz..."

Tam o sırada İpek'in doğum sancıları gelmeye başlamıştı. Onlar nihayet yukarı çekilmişlerdi, İpek dayanamaz hale gelmişti, yeğenlerinin telefonu orada bıraktığını fark ederek ablasını aradı. Ne yapacağını bilmiyordu, sancısını olduğunu söyledi, ablası kocasının nerede olduğunu sorunca yukarıda olduğunu o akşam da onu dövdüklerini söylediğinde ablası ağlamaya başladı. Ablası da aynı döngünün içindeydi, o da kocasından dayak yiyordu, o bazen evinden kaçsa da sonra geri dönüyordu. Ablasına "Gelin beni hastaneye götürün" dedi ama ablası "Bizi yanına almıyorlar ki..." demişti.

Çaresizdi, kocasına seslendi ağlayarak yalvardı, bir yandan sancılarıyla boğuşuyor bir yandan da yalvarıyordu, sancıları artmıştı. İpek'in sancılandığını gördükçe kocası da heyecanlanmaya ve şefkat göstermeye başladı, nihayet ikna olmuştu, "Ablanlar gelsin bizi götürsünler" dedi. Eniştesi arabasıyla gelmek için yola çıktığında İpek'in durumu kötüleşmeye başlamıştı, İpek paniklemişti, çocuk hiç hareket etmiyordu. Zor bela hastaneye yetiştirdiklerinde İpek ebelere ağlayarak karnına tekme yediğini çocuğunu hiç hareket etmediğini anlattı. Karnına bir cihaz bağladıklarında bebeğin kalp atışını duyamadılar. Ebe, "Ne yapalım ölmüş!" dediğinde İpek bağırmaya başladı.

"Sizi şikayet ederim çocuğumu kurtarın, hem sizi hem bana o dayağı atanları şikayet ederim, bu çocuğu yaşatacaksınız, o benim yaşamım, o benim nefesim, o benim her şeyim..."

Hemen sezaryene aldılar İpek'i, resmi prosedürler de çabucak halledilmişti.

Duraklıyor İpek, gözleri doluyor yine, şimdi çocuğunu göremiyor çünkü. Onun için mücadele eden kadın onsuz. Özlemiş mis gibi kokusunu. Yutkunup o günkü azmiyle anlatmaya devam ediyor.

Sezaryen ve ekibin azmi sayesinde, özellikle de Özgür ebenin, hem İpek hem bebeği kurtulmuştu. Hane halkı hastaneye görev başına gelmişlerdi. Kocası heyecanlı ve mutluydu, oğlu doğmuştu, kayınvalidesi başındaydı. İpek'i odaya aldıklarında henüz kendine gelmemişti, narkozun etkisiyle kıvranıp duran İpek'i hastanede de dayak bekliyordu. Kayınvalidesi o hareket ettikçe vuruyordu. Yanda yatan hasta şaşkınlıkla onu seyrediyordu. İpek kendine geldikten kısa süre sonra bacaklarındaki morlukları görüp şaşırdı. Kayınvalidesi terlikle dövmüştü yeni doğum yapan dikişli gencecik gelinini. O sırada karşıda yatan hasta kadın gözleriyle İpek'e sonra anlatırım sus diyordu. Kayınvalidesi tuvalete gitmek için çıktığında hemen lafa girdi.

"Bu senin üvey annen mi?"

"Yok kayınvalidem, sağ olsun, Allah razı olsun, benim yanımda, bana bakıyor." dedi İpek hafif gergin ama söz gelmesin diye sakin bir biçimde.

Kadın sinirlenmiş görünüyordu, "Sen öyle zannet kızım, annen yok mu senin?"

İpek şaşkındı, ama durumu kurtarmaya çalışıyordu. "Annem şeker hastası gelemiyor, geldi sağolsun bakıyor bana."

Kadın üzülerek devam etti, "Allah yardımcın olsun..."

Şaşırmıştı İpek, "Niye teyze?" diye sordu.

Kadın esefle cevap verdi, "Baksana bacaklarına..."

"Ne var ki doğumdan olmadı mı, belki kendimi sıkmışımdır, zorlamışım demek ki kendimi..." derken doğaldı İpek.

"Yok, doğumdan değil, sen kımıldadıkça terlikle dövdü seni."

Ağlamaya başlamıştı İpek, sessizce ve mahzun. Yanındaki oğlunu fark etmemişti bile, o sırada masumca ağlamaya başladı bebeği, şaşırarak baktı İpek bebeğe. Oğlunun öldüğünü düşünüyordu, sonra dikkatle baktı, İpek'in bebek için getirdiği kıyafetler vardı üzerinde. Battaniye özene bezene seçtiği battaniyeydi. Kendi kendine düşünüyordu, bu kıyafetler benim çocuğum için getirdiğim kıyafetler değil mi...

"Bu kimin çocuğu?" dedi gayriihtiyari.

Karşısındaki kadın şaşırarak, "Bu çocuk senin." dedi.

"Yok benim çocuğum değil, benim çocuğum öldü. Dayak yedim öldü." dedi inanmaz bir halde.

Kadın ısrar ediyordu, "Yok o senin çocuğun, al kucağına bebeğini."

"Yok ben onu kucaklayamam ki..."

Bir anda içinde bir yığın düşünce belirdi, herhalde kaynanası getirmişti bu çocuğu, başkasının çocuğuydu, belki de dava açmalarından korktuklarından birinin çocuğunu evlatlık mı almışlardı, anlayamamıştı İpek hiçbir şey.

"İnanmıyorsan doktoruna sorabilirsin" diyerek ısrar etti kadın.

O sırada doktor içeri girdi, "Hayırdır küçük hanım, çocuk kendi kendini öldürüyor, emzirsene bebeğini." dedi.

"Doktor bey bu benim çocuğum değil, öldüyse öldü deyin, başkasının çocuğu olduğunu söyleyin yine emziririm." diyordu ısrarla İpek.

"Yok kızım yaşattık biz o çocuğu. Senin çabanı gördüm, öylesine istekliydin ki hepimiz mücadele ettik, normalde böyle bir şey olmazdı, ölen bir canlıyı ben yaşatamazdım."

İpek bunları anlatırken bile mutlulukla gülümsüyordu. Kendi canına can katmanın mutluluğuydu. Hastanede bebeğini öpe koklaya geçirdi kısa günlerini.

Bebeğiyle kapıdan evine girdiğinde mutluydu, evin halini görene kadar. Yokluğunda tertemiz bıraktığı ev dağıtılmış ve kirletilmişti. Mutfak yığınla bulaşık doluydu, sobasının kapağı yere düşürülmüş halısı da yanmıştı, birkaç günde ev tanınmaz hale gelmişti. Lohusalığı bir kenara bırakıp kolları sıvama vaktiydi. Sezaryenin acısı hala üzerindeydi, ne oturabiliyor ne kalkabiliyordu ama evini eski haline getirmeliydi. Yorgun bedenini dinlendirdikten sonra işlere girişecekti, uyuyup dinlenmeye ihtiyacı vardı. Uzanmak için çekyatı açmıştı ki kaynanası dürtükledi, "Yatamazsın", İpek "Anne çok yorgunum biraz uyuyayım yapacağım işleri, zaten çok uyumayı sevmiyorum" dedi.

Kayınvalidesi hakaretlere başladığında İpek'in de tepesi attı, "Hepiniz yukarı çıkın, yalnız bırakın beni" dedi. Bebeği de yanlarına alıp yukarı çıkmaya hazırlanırlarken İpek kaynanasına bağırdı.

"O çocuğu bırak yerine, yeter artık, doldum zaten, parçalarım kadın seni! Beni evlenmeden önceki halime çevirmeyin, yeter artık, saygımdan kimseye laf etmiyorum ama çocuğumu kimse alamaz! Gerektiğinde hepinizle mücadele ederim."

Bir annenin çocuğunu koruma içgüdüsü birden ortaya çıkmıştı. Kimse yavrusunu ondan koparamazdı, biliyordu ki kendi kokularına alıştırıp çocuğunu ondan alacaklar ve İpek'i de kapı dışarı edeceklerdi. İpek adı gibi emindi.

Kayınvalidesi az sonra geri çekilmeye başladı ama bebek hala kucağındaydı, İpek diklenmeye devam etti.

"Bırak o çocuğu."

"Bırakmıyorum."

"Bırakacaksın."

İki kadın bebeği çekiştiriyorlardı ve bebek bas bas bağırarak ağlamaya başladı. İpek en sonunda kaynanasının yakasını çekiştirerek duvara doğru itti ve bebeği aldı, görümcelerinden biri gelip İpek'e vurmaya başlamıştı bile. Gözünün morardığını fark etmeden görümcesine vurdu İpek bir yandan bağırıyordu.

"Yukarıya çıkın, sizin eviniz ayrı, gidin, beni yine dövdürmek mi istiyorsunuz kocamı bekleyin."

Onları zor bela yukarı gönderdikten sonra telefona sarıldı İpek, kocasını aradı ve olanları anlattı ve ardından ekledi, "Bu sefer üzerime gelip de beni dövmeye kalkışma çocuğu da alıp giderim."

Kocası korkmuştu çünkü babalık duygusuna alışmaya başlamıştı, seviyordu oğlunu. Akşam eve geldiğinde ilk olarak İpek'in yanına girdi kocası. Gözündeki morluğu görünce şaşırdı, kimin yaptığını sordu, İpek olanları anlatınca ilk kez sinirlendi kocası. Israrla sordu, "Sana vurdular mı İpek?" Hışımla yukarı çıktı kocası, İpek'in kocası kız kardeşini de döverek cezalandırdı. Yukarıda ortalık karışmıştı, babası da oğluna saldırmıştı. Olanları duyan İpek korkmaya başladı, çünkü hırsını alamayan kocası gelip onu da dövebilirdi, yeni anne korkuyla bekliyordu. Aşağı indiğinde bebeğin ağlamaları eşliğinde kemerle dövdü kocası İpek'i.

O günden sonra kocasında gördüğü iyi tavırlar yerle bir oldu. Yine dayak dolu geceler başlamıştı İpek için. Kocası yine geç geliyor, hayata tüm hıncını İpek'ten çıkarmaya devam ediyordu. İpek ısrarla bir çözüm arıyordu bu kabus hayatın sona ermesi için. Sonunda aklına gelen fikri kocasına açtığında o da kabul etti bu öneriyi. Başka bir yerde kiraya çıkmak gerçekten iyi bir fikir gibi görünüyordu. Kocası o gün İpek'e "Ben de bıktım kavgadan gürültüden, hatta seni dövmekten bıktım" demişti. Bir umut belirmişti, güzel günler için bir umut. Ucuz bir ev aramaya başladı İpek, kendilerini toparlayana kadar küçük ve ucuz bir evde yaşayacaklar, durumlarını toparlayınca daha iyi bir eve çıkacaklardı. İpek için evin küçük ya da büyük olması önemli değildi, oradan uzaklaşmak en büyük hayaliydi. Belki her şey çok daha güzel olacaktı.

İpek o gün hevesle dışarı çıktı, ev arayacaktı, yeni bir hayatın kapısı aralanıyor muydu ne?.. İpek kapıdan çıkar çıkmaz kocasına telefon edildi. "Karın dışarı çıktı." Kocası bilgisi olduğunu söylediğinde şaşırmışlardı. Ardından kocası İpek'i arayıp, "Galiba sen doğru söylüyorsun İpek beni dolduruşa getirmeye çalışıyorlar, sen dışarı çıkar çıkmaz beni aradılar. Ben niye inandım ki onlara, hem düşünüyorum niye hiç sana inanmaya çalışmadım ki. Ben çok salak biriymişim" dediğinde İpek derin bir nefes aldı.

Kendilerine göre uygun ve iyi bir ev buldular, ikisi de beğenmişti. Ve inanılmaz bir şey olmuştu, kocası İpek'in annesini arayıp onlardan yardım istemişti. İpek mutluluktan havalara uçuyordu, artık ailesiyle görüşebilecekti. Ev sahipleri de babacan bir adamdı, karı koca kavga ettiklerinde aralarına girip onları barıştırıyordu. Fakat bir gün kocası ev sahibiyle kavga edince başka bir ev aramaya koyuldular. Yeni bir ev bulup taşındılar fakat burada onları dengeleyebilecek kimse yoktu. Sıkıntılar yeniden baş göstermeye başladı. Kocası yeni evde tamamen değişmişti, dayaklar geri gelmişti.

İpek'in dermanı kalmamıştı. Tam da o günlerde yeni bir olay belirdi. O gün telefonla arayarak akşama bir arkadaşını yemeğe getireceğini söylemişti... İpek akşam için yemekler yaptı, sofrayı oldukça özenle hazırlamıştı, dolmadan sıcak yemeğe kadar her şey vardı, misafirleri bekliyordu. Kapıyı açtığında şaşırdı çünkü gelen evli bir çift değildi, kocasının yanında sadece bir kız vardı. İpek'in ailesi zaman zaman arayıp kocasının kızlarla el ele kol kola dolaştığını söylediklerinde, "Erkektir yapar, bir şey olmaz" deyip konuyu kapatmıştı İpek ama böylesine ciddi bir durum olduğunu hiç düşünmemişti.

İpek hiç ses etmeden normal misafir ağırlıyormuş gibi ağırladı kızı. Yemekler yenildi, çaylar içildi fakat gece on iki olduğunda hala gitmemişti. İpek kocasını mutfağa çağırdığında kocası "Üzülme İpek ama sana bir şey söyleyeceğim" dedi. İpek şaşırdı "Niye üzüleyim ki söyle..." dedi. "Sen çocuğu yatır sonra hep beraber oturur konuşuruz" dedi kocası.

İpek sersemlemiş bir halde aceleyle oğluna süt ısıttı. Kaynar süt çocuğun ağzını yakıp da ağlayınca fark etti sütün sıcaklığını. Neredeyse biricik oğlunu yakıyordu. Sütü soğuttuktan sonra biberonu eline verip yatağına yatırdı. Çocuğunu tatlı tatlı konuşarak uyuttu.

İçeri girdiğinde daha şaşırmıştı, çünkü biralar açılmış, mezeler hazırlanmış yeni bir sofra kurulmuştu. Kız kendi eviymiş gibi donatmıştı masayı, İpek'in eşofmanları da üzerindeydi. İpek içinden hayırdır neler oluyor diye geçiriyordu. Sonra birden kıza dönüp konuşmaya başladı.

"Burası senin evin değil buraya yemeğe gelmiştin hatırlıyor musun? Yemeğini yiyip defolup gitmesini bil. Benim eşimle senin aranda ne var?"

Kızdan bir ses çıkmıyordu, İpek bu kez kocasına döndü,

"Ne var bu kızla aranda? Benim seni aldattığımı düşünsen ne yapardın? Ben de bu kadar olaydan sonra dışarıya yönelebilirdim, seni aldatabilirdim, ama yapmadım, çünkü namusumu ben kendim için taşıyorum senin için değil, sen rahat ol bu konuda."

Kocası lafa girdi, "Üzülme ama sana bir şey söyleyeceğim."

"İşin üzülmesi mi kalmış? Görünen köy kılavuz mu istiyor? El ele kol kola..."

İpek konuşurken kocası ve kız birbirlerine sarılarak oturuyorlardı, İpek ayakta onların karşısında kendini parçalıyordu, İpek'in bağırışlarından oğlu bile uyanmıştı. İpek içeri gidip oğlunu sakinleştirdikten sonra tekrar yanlarına geldi. İkisi de istifini bozmuyorlardı.

"Bu iş böyle yapılmaz, insan gibi ben başka birini seviyorum, seni istemiyorum artık, ayrılalım deseydin ben zaten oğlumu da alıp giderdim." dediğinde İpek kocası pişkin bir ifadeyle, "Çocuk senin kanını mı taşıyor?" demişti.

Mücadele ediyordu hala İpek, "Benim kanımı taşımıyor ama o çocuğu yaşatan benim. Ben o çocuğun yaşaması için mücadele etmeseydim şu anda sen baba olamazdın..."

Kocası nihayet yerinden kalkmıştı ama İpek'e vurmak için bozmuştu rahatını.

"Bir daha vurursan ağabeyimi çağırırım" diye diklenmişti İpek. Zaten daha ne olabilirdi ki... Bu sırada kız aralarına girmek için ayağa kalmıştı, İpek kızın saçına yapışıp bağırmaya başladı, "Sen o... niye evli bir adamın evine geliyorsun kahpe... Dışarıda bir halt işliyorsunuz da ne cüretle benim evime geliyorsun?.. Bir de utanmadan evde rahatça dolaşıyorsun, benim eşofmanlarımı giyiyorsun, senin derdin ne?"

Kız pervasızca cevap verdi, "Ben senin kocanı seviyorum, bugün onunla yatacağım."

İpek bıkkın bir ifadeyle, "İyi tamam yatın..." dedi.

Oğluyla aynı odada sabahladı İpek. Bütün gece oğluna baka baka ağladı, sessizce, hüzünle ve büyük bir acıyla. Ne yapacaktı İpek? Kocası dediği adamın yanında mı kalacaktı, ailesinin yanına mı gidecekti... Ne yapacaktı İpek?

Sabah olduğunda kocası ve o kadın gelip öptüler İpek'i. İpek uyandıklarını duymuştu, kendilerine mutfakta kahvaltı hazırlarken cilveleşmelerini, kendi çaydanlığından kendi bardağına o kadının kendi çayını koyduğunu duymuştu. Hissizleşmiş gibiydi İpek. İlk kez o gün kocasından nefret ediyordu İpek. Ona yaşadıkları arasında en ağırının ne olduğunu sorduğumda şöyle demişti:

"Ne şiddet, ne dayak, ne laflar hiçbiri bunun gibi canımı acıtmadı. Kocamın onunla uyuması beni perişan etti."

O sabah gururu kırılan İpek kalktı kocasının karşısına geçip sigara içti, sanki intikam alıyordu her şeyin intikamını kendince yapabildiği buydu, sonra kızın kolundan çekip sokak kapısından dışarı itti. Kız ağlayarak aşağıya iner inmez, kocası onu ölesiye dövdü, kollarını kırdı, kemerle dövmekten tatmin olmamış hortumu eline almıştı. Komşular geldiler, kimse kocasının elinden alamadı İpek'i. Oğlu annesini döven babasını izleyip ortadan kaybolmuştu. Sadece bir buçuk yaşındaydı. Bir yetişkin gibi fark etmişti yaşananları. Hayır sadece bir buçuk yaşındaydı aslında. Kocası dayağa doyduktan sonra zor bela yerinden kalkan İpek oğlunu beşiğinin arkasına oturmuş içli içli ağlarken buldu. Bir çocuk ağlaması gibi değildi, ciğeri yanmış bir yetişkin gibi ağlıyordu... İpek'i görünce "Annem" deyip sarılmıştı. Babasından nefret eder gibi bakıyor öylesine sıkı sarılıyordu annesine. İpek kocasına bağırdı.

"Artık bitti."

Kocası dışarı çıkar çıkmaz ağabeyini aradı İpek, anlattı her şeyi ve şöyle dedi:

"Gelip beni almıyorsanız ben gidip geneleve kaydımı yaptırıyorum başka çarem yok."

Telefonu kapar kapamaz kocasından telefon geldi.

"Özür dilerim İpek beni affet."

Bir kadın "bitti" dediğinde gerçekten bitmiştir her şey, kocası bilmiyordu belki, bir erkek bir kadının kadınlık gururuyla oynamanın tehlikeli bir şey olduğunu da bilmiyor olsa gerekti. İpek bitmişti ve evliliğini de bitirmişti. Ağabeyi geldi, kocasını da çağırdı, hep beraber konuştular, kocası geri adım attığı halde İpek bu kez geri adım atmadı. Sineye çekmedi.

Çocuğu çekiştirdiler aralarında, İpek oğlunu bırakmak

istemiyordu, kocası da soyunun devamı oğlunu bırakmak istemiyordu. İpek bayıldığında abisi onu kucaklayıp evlerine götürmüştü. Oğlu onlarda kalmıştı. Bir hafta yattı İpek. Hafıza kaybı yaşadığından her gün hastaneye götürüyorlardı onu. Ağır bir travma geçiriyordu, ne yaptığını bilmez bir haldeydi. Günlerce donuk oturmuştu. Herkese farklı isimlerle hitap ediyordu. Ara ara kucağında bebek varmış da uyutuyormuş gibi sallıyordu kollarını. Ara ara mutfağa gidip "Aliş'in süt zamanı" diyerek süt arıyordu. Sabahlara kadar ağlıyordu İpek.

İpek yok olmuştu. İpek kendisinin bile bilmediği bir diyara çekilmişti. Dayaklar geride mi kalmıştı... Sahi geride miydi her şey...

Anlatırken ağlayarak anlattı İpek. Aynı acıyı tekrar yaşıyordu, yine Aliş'ini göremiyordu ki İpek. Ondan saklıyorlardı canını. İnsan canından nasıl ayrı kalabiliyordu ki... Mecbur olunca yaşanabiliyor her şey. İnsanın canını canından koparabiliyorlar... Hayatı biz mi yönetiyoruz sahiden...

Ve boşandı İpek.

İpek'in hayatta tekrar bir şansı olsaydı ve lise 2'ye dönseydi ne yapardı acaba?

"Okuyup polis olurdum hatta hiç evlenmezdim. Evliliği ancak okuyup meslek sahibi olduktan sonra düşünürdüm."

Peki lise 2'ye giden gencecik bir öğrenci gelseydi yanına, "Abla ben çok seviyorum evlenmek istiyorum" deseydi İpek'e, İpek ona ne derdi?

"Yapma evlenme. Aşk bir yere kadar, sevgi bir yere kadar, zaman geçtikçe sevgi, aşk bitiyor, mantığa dönüyor. Yapma!"

Ve İpek'in genç kızlara son cümlesi:

"Ayağınızı denk alın, herkese güvenmeyin, seviyorum demek çok kolay bir şey, ama onun arkasında durmak çok zor. Güvenmeyin dışarıda tanıdığınız erkeklere. Kendi kendinize tek başına karar almayın, ailenizi dinleyin. Benim gibi dik başlılık edip ailenizi atarsanız yalnız kalırsınız, hayatınızdaki zorlukları kaldıramazsınız. Sizi düşünen bir anne babanın kıymeti hiçbir şeyle ölçülemez. Yapmayın."

PSİKOLOG UĞUR DALAN'IN YORUMU:

Okurken zaman zaman tüylerinizi diken diken eden bir hikaye İpek'in hayatı. Romanlarda bile okuduğumuzda inanamayacağımız türden travmalarla, acılarla dolu bir yaşam. Onunla empati kurduğumuzda içimizde oluşan öfke, hırs, üzüntü bize neler yaşadığını anlatıyor İpek'in.

İpek için ilk problem ailesini karşısına alması oldu, o zaman hisleri, sevgisi her şeyin önüne geçiyordu ve tüm karşı çıkışlara rağmen inatla evlenmek istiyordu. Aşkın kör edici etkisi onu da etkisi altına almıştı. Tabii ki bu körlük ilk şiddetle birlikte ortadan kalktı.

İpek'in hikayesinde sözün bittiği yerdeyiz. Aşağılanan, en ağır biçimde aldatılan, kayınvalidesi, görümcesi, kocası tarafından pek çok kez dövülen bir kadın İpek. Yaşadıkları çok ağır, her insanın kolay kolay kaldıramayacağı travmalar.

Peki İpek nasıl kaldırdı bu travmaları, o nasıl bunlarla

yaşıyor derseniz, o bunların hepsinin izini içinde taşıyor, ruhunda bu travmaların izleri mevcut. Hayata tutunmasını sağlayan en önemli şey çocuğu oldu İpek'in. Şimdi ondan da uzakta, ama onu görebilme umudu hayat için motive ediyor umudu.

Vücudundaki izler geçti İpek'in, ama ruhundaki izler ömür boyu onunla kalacak, hayatının her alanında onu etkileyecek.

İSİMSİZ (Ç.)

Muğlalı
36 yaşında
İlkokul mezunu
18 yaşındayken bir evlilik yaptı
Evliliği şiddet yüzünden sona erdi
Bu evlilikten bir oğlu dünyaya geldi
Oğlunun velayeti babasında

Genç ve heyecanlı bir kadın Ç. Güzel gözleri genel olarak neşeli bakıyor. Telaşlı bir hali var, konuşurken, anlatırken bir yerlere yetişecekmiş izlenimi yaratıyor.

Güzel ve huzurlu bir ailede çocukluk yaşarken 11 yaşındayken babasını kaybedince düzenleri bozulmuştu. Ç. okumayı çok istiyordu, eğitime önem veriyordu, fakat babası vefat edince dengeler değişmek zorunda kaldı. Bütün aile el ele verip çalışmak zorundaydılar. Ç. de ailenin bir ferdi olarak yaşı 11 olmasına rağmen çalışmaya başladı. Tezgahtarlık, market görevlisi, tekstil alanlarında çalışmaya başladı. O da eve ekmek parası getiriyordu. İçine kapandı sadece çalıştı Ç., babasının yokluğunu da bastırmaya çalıştı.

Okumayı, insanlara faydalı işler yapmayı öyle çok istiyordu ki en azından okul hayatı olmasa da okumayı bırakmadı. Gazete, kitap okuyordu. Kendini geliştirmeyi önemsiyordu. Öylesine okuma tutkusuyla doluydu ki sokakta gözüne çarpan atılmış bir kitap varsa onu temizliyor okuyordu.

Huzurlu ve güzel bir aile yaşantısı içinde geçirdi ilk gençliğini. Yaşıtları okula giderken çalışsa da ailesini seviyordu, ekonomik sıkıntıları hep birlikte aşmanın keyfini yaşıyorlardı. Genç kız olup serpilmeye başladığında göz doldurmaya başladı. Görücüler gelmeye başlamıştı, yirmi yaşına geldiğinde artık evlenme yaşına geldiği düşünülmüştü.

Genç bir edebiyat öğretmeni istemeye geldiğinde sevindi Ç. Bir öğretmen olarak ona destek olabilir, okulunu dışarıdan bitirebilir ve nezih bir hayat sürebilirlerdi. Herhangi bir sevgi hissetmemişti ama iyi bir hayat yaşayabilirdi, öğretmendi, hem evlilikte keramet vardı... Dürüst ve güvenilir görünüyordu, edebiyat öğretmeni olduğundan olsa gerek düzgün bir Türkçeyle hoş laflar etmesini biliyordu. Müstakbel eşi 30'lu yaşların başındaydı. Her şey mantıklı görünüyordu.

Yaz mevsimiydi, hemen düğün olmasını istiyorlardı, çünkü okullar açılacaktı. Bir ay içinde düğünü yapılacaktı Ç.'nin. Öğretmen bey maddi durumunun iyi olmadığını söylediğinden basit bir düğün salonunda fazla masraf yapılmadan düğünleri yapıldı. Gergindi herkes, eş adayının ilginç tavırlarını evlilik telaşına verse de tedirgin olmaya başlamıştı Ç. Çevresine durumu açtığında "geçer, takma böyle şeyleri, adam heyecanlı" demişlerdi. Ç. eş adayının kendisini horlayan tavırlarını görmezden gelmeye karar vererek hazırlıklarına devam etti. Ç.'nin kendi çalışıp biriktirdiği parayı evleri için harcama bahanesiyle almıştı, tavır tuhafına gitse de kendi evlerine gidecek olduğundan çok üzerinde durmamıştı.

Düğün günü hem hüzün hem heyecanı yaşatıyordu küçük ailelerinde. Beyaz teni ve güzel gözleriyle gelinliğin içinde prenses gibi görünüyordu. Ağabeylerinin bile gözleri doldu. Annesi kızının gidişine üzülse de seviniyordu. Memur adamdı, öğretmendi, kızını yaşatacaktı. Kocası dışarıdan gururlu görünüyordu, fakat bir sorunun varlığı hala kendini hissettiriyordu. Ç.'yi aşağılar gibi görünen tavırlarına şaşırdı Ç. Kültürlü bir bey değil miydi, okumak insana görgü ve alçakgönüllülük vermez miydi... Heyecandan diye kendini avutarak, hayatının en güzel gününü yaşamaya karar verdi.

Telaşla geçti düğünleri, Ç.'nin yavaş yavaş hayal kırıklıklarıyla beslendi. Düğün ertesi hemen yola çıktılar yeni hayatlarına doğru. Balayına gitmemişlerdi, para israfıydı balayı. İzmir'deki evlerine doğru yola çıktılar. Bütün aile bir apartmanda oturuyorlardı. Ç. ve eşinin de daireleri ayrıydı.

Henüz üç günlük evlilerken öğretmen beyin gerçek yüzü ortaya çıktı. Sabah uyandıklarında kalın perdeyi açıp güneşi evi doldurmasını istemişti genç gelin. Tül perde yerinde duruyordu. Fakat kocası onun dışarıda birilerine baktığını düşündü. Perde açmak normal değildi anlaşılan bu evde. Perdeyi çekmek için kocadan izin almak gerektiğini de düşünmemişti Ç. Fiziksel şiddetin ilk aşaması tokatla başladı evlilik hayatına. Üç günlük evli yeni gelin gün ışığının içeri girmesini istediği için ağzının payını almıştı. İçinden "Eyvah! Ben ne yaptım?" dedi Ç.

Kocası o gün ve ertesi gün pişman görünmüyordu, niyeyse üç gün sonra pişman olduğunu söyleyerek özür diledi. İlerleyen yıllarda da ağzına pelesenk olacak cümleleri ilk duyuşuydu Ç.'nin. Affetti Ç. Zaten affetmek istedi, hayal kırıklığını ileri boyutta yaşamak istemiyordu.

Kocası özür dilese de sorunlar çeşitleniyordu. Kayınvalidesi ilginç fikirleriyle kocasının aklını çeldiği gibi yeni evli bir çiftin evine destursuz girip çıkıyordu. Ç. mutfaktayken oğluna öğütler veriyordu: "Sakın karına yüz verme, başına çıkarırsın, eğer yüz verirsen adam olamazsın. Erkek dediğin sert olur..."

Kayınvalidesinin söylediklerini duymasına rağmen hiçbir saygısızlık yapmıyordu Ç. Büyüğümdür deyip ne gerekiyorsa onu yapıyordu. Hizmette kusur etmemeye çalışıyordu. Buna rağmen kayınvalidesi içinde sakladığı kıskançlığından olsa gerek oğlunun zihnini dolduruyordu. Eğitimli bir adamın annesine böylesine kör bir biçimde itaat etmesi ilginç geliyordu Ç.'ye ama yine sesini çıkarmıyordu.

Bir ay sonra Eskişehir'e taşındılar çünkü eşinin tayini oraya çıkmıştı. Hemen hamile kalmıştı Ç. Yeni gelin evliliğin ne olduğunu bilemeden anne adayı olmuştu. Ç. için artık geri dönüş yoktu, sabretmeliydi, o adamı sevmese de sabretmeliydi. Çocuğu babasız büyümemeliydi. Eğer hamile olduğunu öğrenmese de belki de her şeyi geride bırakıp ailesinin yanına gidecekti ama artık çok geçti. Kaderin çizdiği yolu takip edecekti.

Kocası hamile kaldığına sevinmiş görünüyordu ama Ç.'nin moralini bozuyor, "Sen çok zayıfsın, doğumda kesin ölürsün..." diyordu. Aşerdiğinde bile kocasına söylemek gelmiyordu içinden çünkü paraları giderdi, isteğini yapmadığı gibi alay ederdi öğrenmişti Ç.

Hamileyken de şiddete devam etti kocası. Ç. porselen tabakları yıkarken asla ses çıkarmamalıydı, elektrik süpürgesini nasıl oluyor da sessiz çalıştıramıyordu. Beyefendinin huzuru nasıl bozulurdu... Dayak için sebep çoktu. Karnında kendi çocuğunu taşıyan kadını dövmek için bahanesi çoktu, edebiyat öğretmeni olup kelimelerle oynamayı öğrenen bu adam için. Edebiyat kişilere zarafet getirmez miydi, okumak insanları çok yönlü yapmaz mıydı... Şaşırıyordu Ç. Sabrediyordu ve susuyordu tek derdi porselen tabakları yıkamak konusunda ciddi bir teknik geliştirememiş olmalıydı, kocasına göre. Hamile olması, hormonlarının sürekli değişiyor olması, vücudunda bir bebeğin gelişimi için yaşanan yorucu hazırlıklar asla önemli değildi.

Ç.'nin mide bulantıları da çok önemli olmayacak ki evlerinde besledikleri Van kedisinin dışkılarını temizlemesini istemişti o gün. Ç. peki deyip eline bir kürek aldı, kedinin balkondaki kumunu kürekle eşeleyip bir torbaya doldurmaya başladı. Kocası ne yaptığını gözetlemeye geldiğinde sinirle bağırdı.

"Ne yapıyorsun sen?"

"Temizliyorum kumu..."

"Nasıl kürekle temizlersin?"

"Neyle temizleyeceğim?"

"Ellerinle temizleyeceksin."

"Peki..." deyip bu kez ellerine poşetler geçirip bağladı ve temizlemeye başladı. Az sonra kocası yine yanına geldi. Büyük bir öfkeyle yine bağırmaya başladı.

"Ne yapıyorsun sen?"

"Kumu temizliyorum."

"Nasıl poşetlerle temizlersin?"

"Neyle temizleyeceğim?"

"Çıplak ellerinle... Böyle temizlenir mi?"

Yapmadı Ç. bu kadarı fazlaydı artık, normalde bile mide bulandırıcı olan bu iş hamileyken insanı daha fazla etkilerdi.

Kedinin kumunu çıplak elleriyle temizlemediği için dövdü edebiyat öğretmeni.

Yine bir gün taze fasulye ayıklamak için yere eski gazete kağıtlarını sermişti. Üst üste konulmuş kağıtları görünce köpürdü adam.

"Neden ayıklamak için üç tane kağıdı harcıyorsun?"

Ve Ç. yine dayağını yedi.

Ç.'yi sadece komşuları anlıyordu, kocası ona bir şey istiyor mu canın demezken komşuları evde ne pişirirlerse bir parça götürüyorlardı. Gözünü sevdiğimin ülkesi komşuluk ne kadar da güzel. Hamile kadının canı bir şey ister diye nasıl da kendi lokmasından kısıp genç geline götürüyor...

Kocası parayı kendisi için harcamak mevzusuna gelince sakınmıyordu. Kıyafetleri son derece şık ve bakımlıydı. Kendi gezmesi tozması için de parası vardı. Sadece karısı için parası yoktu. Ç.'ye kıyafet alma ihtiyacı da hissetmiyordu. Ç. baba evinden ne getirdiyse onları giyiyordu. Ayakkabıları eskimiş olsa da gıkını çıkarmıyordu. Çünkü öğrenmişti ki Ç. kocasına bir şey söylese "Bu benim kendi kazancım istediğim gibi harcarım" diyordu.

Hamileliği yedinci aya girdiğinde Ç.'yi memlekete gönderdi kocası. Elinde ölür kalırsa başı belaya girebilirdi. Doğurduğu kendi çocuğu bile olsa aman kendinden uzak olsundu. Sevinerek gitti Ç. Yedi aylık hamileydi ama bakımsızlıktan iyice zayıflamış bir haldeydi. Hamileliğinin son iki ayı şahane geçmişti. Ailesi onu yedirmiş, beslemişti, morali yerindeydi.

Bebeğini ailesinin yanındayken doğurdu. Oğlu olmuştu. Doğuma gelme gereği bile hissetmemişti. Hamileliği boyunca doktora da gitmemişlerdi. Teknik geri filan değildi pekala ultrasondan cinsiyetini öğrenebilirlerdi ama para giderdi, candan kıymetli para... Telefonda bir oğlu olduğu söylendiğinde çok şaşırdı çünkü hamileliği boyunca Ç.'ye "Senin kesin kızın olur" deyip durmuştu. Sevindi kocası, bir oğlu olmuştu. Edebiyat öğretmeni cahiliye dönemini iyi öğrenmiş olacak raconu biliyordu, kız kötüdür, erkek iyidir. Kayınvalidesi yanlarına gitmediği gibi bir telefon bile açmadı. Bebekle kimse ilgilenmiyordu Ç. ve ailesinden başka.

Kendisi çocuğunu ve karısını almaya zahmet edip gitmedi, Ç. ağabeyi eşliğinde bebek yirmi günlükken yola çıktı. İlk geldiklerinde pek ilgili olmadığı gibi terslikler de yapmaya başlamıştı. Bebeği battaniye serip koltuğun üzerine koyduğunda kızdı Ç.'ye. Koltuğa yazık değil miydi... Ya pislenirse ne olacaktı?... Yere bir minder konulup üzerine yatırılmalıydı...

Bu dönemde de şiddet kendini gösteriyordu. Bahaneler çeşitlenmiş olsa da bir azalma yoktu.

Bebek sekiz-dokuz aylık olduğunda evde bir değişim havası yaşandı. Oğlu büyüdükçe kocasının tavrı yumuşamaya başlamıştı. Keyif alıyor görünüyordu. Tombul ve tatlı erkek çocuğu o katılaşmış yüreği bile yavaş yavaş eritmeye başlamıştı. Oğlunu benimsemişti. Bebekten sonra daha sosyal bir hayatları olmaya başladı, dışarı çıkıyor, geziyorlardı.

İki sene sonra tayin İzmir'e çıkınca hep beraber evlerinin yolunu tuttular. Kayınvalideli günler başlıyordu Ç. için. Artık evden hiç çıkamaz oldu Ç. Üç-dört ay evden çıkamadığı oluyordu. Dertleşecek sohbet edecek kimsesi de yoktu. Yakınlarda akrabaları oturduğu halde onlara bile göndermiyordu. Tek ilgisi ve sevgisi oğlunaydı. Onunla yatıyor, onunla kalkıyordu. Evde mecburi bir hapis hayatı başlamıştı.

Bu sıralarda Ç. şiir yazıyor, kitap okuyordu. Evdeki telefon, televizyon kilitliydi. Ancak kocası eve geldiğinde izin verdiği vakitler açılıyordu her şey. Ç.'nin annesi aradığında ulaşamıyordu. Her şey yasaktı. Kocası Ç.'nin çalışmasına da izin vermiyordu, etraf ne derdi, koskoca öğretmen karısına mı bakamayacaktı...

Evde çamaşır makinesi de yoktu, öğretmen bey teknolojiye karşıydı anlaşılan. Eskişehir'de bozulan elektrik süpürgesinin yerine yenisi alınmamıştı. Ç. çamaşırları eliyle yıkıyor, evi gırgırlarla temizliyordu. Tam zamanlı bir işçi gibi çalışıp çabalıyordu. Çalışayım ben kendim alayım diye ısrar etti ama boşuna, kocası onu kıskanıyordu ve el kapısında çalıştırmazdı. Halbuki bir alt katta annesinin evinde çamaşır makinesi vardı. İsteseler alamayacak durumda değillerdi. "Bana ne yıka..." cevabından başka elinde bir şey yoktu. Ç. evlenirken para verip kendince katkıda bulunduğu halde kocası "benim evim" diye sayıklıyordu ve evde Ç.'nin hiçbir söz hakkı yoktu.

Kayınvalide hayatlarının vazgeçilmez bir parçası olmuştu. Sürekli denetime geliyordu. Kışın bile evin kapısının kapalı olması ciddi bir sorun teşkil ediyordu. "Bu kapı açık kalacak" diye bağırıyordu. Evde hiçbir sorun yoksa bile kayınvalidesi geldiğinde ortalık karışıyordu. Kocası herhangi bir bahane bulup hakaret ediyordu. Bir seferinde Ç. kocası ona hakaret ettikten sonra annesiyle bakışıp gülüştüklerine şahit olmuştu.

Ç. düşünüyordu, 'Ben bu evde ne yapıyorum?' Düşünüyordu ama içinden çıkamıyordu, çocuğu küçüktü, annesiz babasız mı yaşayacaktı. İlkel yaşam şartları içinde kendine bir hayat kurmaya çalışıyordu.

Bir bayram sabahını unutamıyor Ç. Kocasının geniş bir ailesi vardı. O bayram da yaklaşık on beş kişi evlerine misafirliğe gelmişti. Ç.'nin ailesinin eve gelmesi yasaktı. Ç.'nin annesi bir gün bile evlerinde kalmamıştı. Buna rağmen Ç. onun ailesinden insanlara saygısızlık etmiyor, elinden geldiğince iyi ağırlamaya çalışıyordu. O bayram günü de en güzel şekilde misafirlerini karşılamıştı. Çikolata ikramından sonra kaseyi salonda bir yerlere bırakıp mutfağa geçmişti. Misafir çocuklar madeni keşfedince bitirmişlerdi. Misafirler gittikten sonra kocası çikolatanın bittiğini fark etmişti. Son derece sert bir ifadeyle, "Çikolataları sen mi yiyip bitirdin?" diye sordu. Ç. yemin ederek kendisinin yemediğini anlatmaya çalışıyordu, "Misafirlerimiz geldi ya, onlara ikram ettim en son, salonda vitrinin kenarına koyup mutfağa gitmişim, o sırada ufaklıklar yedi herhalde..." dediği halde ikna olmayan adam, kasığına sert bir yumruk attı. Acıyla yere düştü Ç. halının üzerinde kıvranıyordu. Arada acı çığlıkları atıyordu, kocası "Sus, komşular duyacak" diyerek susturmaya çalışıyordu. Anlatırken hala ağlıyor Ç. sanki yeniden o halının üzerinde kıvranıyor...

Zayıf vücudu o yumruğu kaldıramamıştı. Aylarca canı acıdı, doktora gitmesine izin de vermemişti. Hala ara ara canı acıyor. Çocuğu da her şeyi görüyordu. Minik elleri onu avutmaya çalışıyordu. Annesi ağladığında yanına yanaşıp onu teselli etmeye çalışıyordu.

Her geçen gün kocasından ve hayatından soğuyordu Ç. Kocasına tahammülü zayıflamıştı, şiddeti gösterip de af dilemelerinden bıkmıştı. Yanına bile yanaşmasını istemiyordu. Tek ilgisi oğluydu, oğlu okula başladıktan sonra yeni bir meşguliyetleri olmuştu, onun dersleriyle ilgileniyor, evinin temizliğini yapıyor, yemekleri layıkıyla pişiriyordu. İyi bir anne ve eş olmak için çaba göstermeye devam ediyordu.

Kocası annesinin korkusunda karısını gezmeye bile götürmüyordu. Annesi geline yapılan en ufak bir insani hareketi taviz olarak görüyordu. Bir gün kayınvalidesi dışarı çıkmıştı, kocasına yalvardı yakardı, aylardır dışarı çıkmamıştı, nasıl olduysa ikna oldu kocası, ama Kordon'a filan gidemezdi, uzaktı ve yol parası mı vardı... Yürüme mesafesinde bir yerlere gidebilirlerdi. Ona da şükür diye düşünerek hazırlandı Ç. Çıktılar, o bile iyi gelmişti, döneceklerken kocası, "Sen önden eve git ben geliyorum" demişti.

Tam dış kapıdan içeri giriyordu ki kayınvalidesiyle karşılaştı, "Sen nereden geliyorsun böyle?" deyince, "Biraz dolaştık geldik" diye cevap verdi Ç. Bunun üzerine kayınvalidesinin yüzü allak bullak oldu. Ç. evine yeni girmişti ki aşağıdan sesler duydu, kayınvalidesi kocasına bağırıyordu, kocasının cevaplarını da duyuyordu.

"Sen nasıl olur da onu gezmeye götürürsün?"

"Otobüs parası vermedim ki alt tarafı şurada azıcık yürüdük."

"Olsun oraya da götürmeyeceksin!"

O akşam kocası Ç.'ye bir şey yapmadı ama Ç. evi kimin yönettiğini daha net anlamıştı. Kimseyle dertleşemeyen Ç. şiir yazarak kendini rahatlatıyordu. Oraya buraya sıkıştırıyordu yazdıklarını. Edebiyat öğretmeni kocası bulduklarını okuduğunda şaşırıyordu, "Sen nasıl bu kadar güzel şeyler yazarsın..." diyordu. Ç.'nin inanamadığı kelimelerinin akıbeti ya yırtılıp çöpe atılmak ya da sobada yanmak oluyordu. Sahi niye yaşıyordu Ç... O evde ne için vardı Ç...

İki senede bir ailesine gitme izni vardı Ç.'nin. Ailesinin son görüşünden iki sene geçmişti, o sene de hazırlıklara başlamıştı Ç. Mutluydu, biraz olsun rahatlayacaktı. O sene kocası gitmesini istemiyordu, Ç. çok özlemişti ailesine kocasına yalvarmaya başladı. Kocası Nuh diyor peygamber demiyordu, en son olarak "Gidemezsin, gidersen de eve dönemezsin" dedi. "Dayanamıyorum" diyerek çocuğunu da alıp gitti. Bu kadar zaman dayanması bile mucizeydi zaten.

Gittiğinde hiç iletişim kurmadılar. Tatili bitip eve döndüğünde kocası son derece tepkiliydi, "Niye geldin? Ben sana gidiyorsan gelme demedim mi, sen nasıl bana saygı duymazsın..." diyordu. Daha içeri girer girmez elini kapıda kıstırdı Ç.'nin. Bu tabii şiddete girişiydi kocasının, sağlam bir dayak yedi. Aşırı sesler yüzünden durumu hisseden komşular polise haber vermişti.

Polisler geldiğinde vücudu darp izleri doluydu. Kocası kendisinin kapıya çarptığını filan söylüyordu. Kayınvalidesi de Ç. kendisi yaptı diye oğlunu korumaya çalışıyordu. Hastaneye götürdüler Ç.'yi. Raporlar alındı ve mahkemeye sevk edildi, kısa zamanda evden uzaklaştırma cezası aldı kocası. Altı ay boyunca kendilerine ait başka bir semtteki evlerinde kalmaya başladı öğretmen bey. Kocası gitmişti ama alt kattaki kayınvalidenin gözü üzerindeydi. Ç.'ye sürekli baskı kuruyordu. "O ev benim evim, evimi terk et, boşalt evimi..." diyen bağırtılarını dinliyordu her gün. Evi terk etmesi için tartaklamaya kadar vardırmıştı işi kayınvalidesi.

Ne yapacağını bilemiyordu Ç. işi gücü de yoktu ki her şeyi bırakıp gitsin. Sonunda kendine bir iş buldu ama hiç huzuru yoktu, sürekli takip altındaydı. Oğlu için ayakta durmaya çalışıyor, direniyordu Ç. Artık hayattan hiçbir beklentisi yoktu. Öylesine yaşayıp gidiyordu. Biraz para biriktirme şansı oldu Ç.'nin kısa süre sonra da kendine bir ev kiraladı. Bu sırada kocasını ara ara yolunu kesiyordu, "Gel barışalım, hatta istersen resmi nikahla boşanalım ama dini nikahla başka bir yerde beraber yaşayalım, seni seviyorum, anneme uydum, sana çok kötü davrandım beni affet, bana bir şans daha ver" dediyse de Ç. için her şey bitmişti. Senelerdir aynı cümleleri ondan duyduğundan ufak bir etkilenme bile hissetmiyordu.

Boşanma davası başlamıştı. Mahkeme oğlunu babaya verdi, Ç. oğlunu almak için mücadele ediyordu ama babasının maddi durumu çok iyi olduğundan velayet babasına verildi. Yıkıldı Ç. Hayatının amacını yitirmiş gibiydi, zaman zaman büyük umutsuzluklarla boğuluyordu. Bazı zamanlar da moralini düzeltip oğlunu yanına almak için hayata dört elle sarılıyordu. Yol iz bilmediğinden dava baba lehine sonuçlandı. Ayda bir kez görme şansı vardı.

Ailesinin yanına dönmedi Ç. Oğlunun yakınlarında olmak için İzmir'de kaldı. Oğlunun babası, Ç.'nin onu görmemesi için mücadele ediyordu ama parası olduğu zamanlarda İcra Müdürlüğü vasıtasıyla oğlunu görebiliyordu Ç. Parası olmadığında göremiyordu. Bir süre sonra okula gidip teneffüs aralarında görmeyi keşfetti. Az da olsa oğlunu görebilmek onu hayata bağlıyordu. Anlatmadığı bir sürü şiddet olayı var, hem gözleri hem dili itiraf ediyor aslında. Anlattıkça yaşadığı için yaralarını daha fazla deşmek istemiyorum.

Oğlunun civarında kalmak için ailesinin yanında yaşamayan bu küçük dev kadına ve mücadelesine hayranlıkla bakıyorum. Kolayı seçip baba evine sığınmayıp oğluna yakın olmak için mücadele etmeye devam ediyor. Oğlunun hayırlı bir çocuk olması için içimden dua ediyorum. Bütün umudunu oğluna bağlamış bu kadın içimi acıtsa da susuyorum.

Eğitimli ve kültürlü diye düşündüğü, hatta sırf bu yüzden evlendiği bir adamın bu kadar cahilce davranması da içimi acıtıyor. Hatta öğretmen olduğu için daha çok üzülüyorum. Karısına bu kadar bağnaz ve acımasız olan bir insan küçük beyinlere ne verebilir acaba…

Peki kızlara ne diyor Ç.?

"Evlenecekleri insanı iyi tanısınlar. Sıfatlara, konumlara aldanmasınlar, kısa zaman içinde evlenirlerse gerçeği göremezler. Birbirlerinin beklentilerini iyi öğrensinler."

PSİKOLOG UĞUR DALAN'IN YORUMU:

Önyargı, hayatımızın en büyük hatalarından, yaşamımızın en büyük etkenlerinden biri. Çoğu zaman olumsuz önyargılarımız ön plandadır. Ama olumlu önyargılarımız da zarar verebilir bize. Ç. İçin de böyle gelişti her şey. 'Öğretmen olduğu için iyidir, ileri görüşlüdür, anlayışlıdır' diye düşündü. Ama okumakla adam olunsaydı...

Peki niye bu kadar bekledi Ç. İlk günlerde belliydi aslında her şey. Çünkü güçsüzdü. Daha çok gençti, 11 yaşında çalışmaya başlamıştı, ama evlilik hakkında, ilişkiler hakkında bildikleri çok azdı. Ç.'nin evliliğinin ikinci önemli sorunu kayınvalidesiydi.

Kocası kendi benliğini ortaya koyamadığı, birey olamadığı için annesinin gölgesindeydi hep. Annesi evin içinde olduğu sürece de biz olamazlardı. Belki kayınvalidesi de kendi kayınvalidesinden böyle görmüştü ama demek ki o düzeltmeyi değil aynı eziyetleri kendi gelinlerine çektirmeyi seçmişti.

Kendinde ayaklarının üstünde durabilecek gücü bulana kadar bekledi ayrılmak için Ç. . Sonra mücadele etti çocuğu için ama mahkeme öğretmene verdi. Şimdi ara ara görebiliyor çocuğunu, biraz temkinli hayata ve insanlara karşı. Ama bu yaşadıkları karşısında normal değil mi?...

İSİMSİZ (K.)

Trabzonlu
45 yaşında
Meslek lisesi mezunu
İyi bir ailenin kızı
18 yaşında bir evlilik yaptı
Evliliği 19 yıl sürdü
İki oğlu var
Aşırı alkol ve şiddet yüzünden evliliğini sona erdirdi

Güzel ve neşeli bir kadın K. Yaşadığı hayat, yaşam enerjisini azaltmamış. Enerjik. İnsanın içini ısıtan bir samimiyeti var. Evliliğini çok gerilerde bırakmış, kendine çocuklarıyla güzel bir hayat kurmuş. Şu anda 40'lı yaşların keyfini sürüyor. Bir şarap gibi güzelleşmiş, yılların yorgunluğunu yaşam enerjisiyle gizlemeyi başarıyor.

Trabzon'da tanınmış bir ailenin kızıydı. Mutlu ve uyumlu bir aileydi. Nazlı büyümüştü K., ailenin tek kızıydı, üç erkek kardeşi vardı. Ailedeki herkes tarafından seviliyordu. Ortaokulu bitirdikten sonra sanat okuluna gitmişti. Neşeli, tatlı bir genç kız olduğunda herkes tarafından beğenilmeye başlamıştı. Güzelliği dilden dile dolaşır olmuştu. 18 yaşına geldiğinde görücü geldi. Müstakbel kocası uzaktan görmüş, beğenmiş, ailesine gidip istemeleri için ısrar etmişti.

K. için heyecanlı ve değişik bir olaydı görücü gelmesi. Ne ailesinden ayrılmaya meraklıydı, ne de evlenmek için bir ısrarı vardı. Müstakbel kocasını gördüğünde fizik olarak beğenmişti, çok yakışıklıydı, ama K. evliliğin ne olduğunu bilmiyordu. Evlenmeleri uygun bulundu, aileler birbirinden hoşlandı. Kocası da iyi bir ailenin oğluydu. Damat 27 yaşındaydı.

İki aylık nişanlılık döneminden, daha doğrusu mobilyacıya verilen siparişin tamamlanıp eve yerleştirilmesi sürecinden sonra anlı şanlı bir düğünle evlendiler. Gelini gören hayranlıkla bakakalıyordu. Düğün iki gün iki gece sürmüştü. Davullu zurnalı şahane bir düğündü. Bütün aile gözyaşlarıyla uğurladılar K.'yı yeni hayatına. K., düğün bitince anne babasının evine gideceğini zannediyordu. Yabancı bir adamla aynı evde yaşamaya başlamayı aklı kesmiyordu.

Düğün bitip de eve geldikleri son derece şaşkındı, çünkü düşündüğü gibi olmamıştı. Bir kadının hayatında en önemli gecelerden biri olan o gece ilk tokadını yedi. "Benden önce erkek arkadaşın oldu mu?" sorusuna K. "Oldu, ilkokul dördüncü sınıfta..." diye cevap verince gece şiddetle sona ermiş oldu. K. Daha henüz karısı bile olmamıştı. Yıkıldı K. 'Evlilik bu mu yani... Ben ne yaptım?..' diye düşündü. Sırtını dönüp yattı K. içten içe ağlayarak geçirdi geceyi. Bir fiske vurulmadan yaşadığı hayatta kocasından ilk gece tokadı yemişti. Ertesi gün ilk çocuğuna hamile kaldı K.

Kayınvalidesi ve kayınpederiyle birlikte yaşamaya başladılar. K. gencecik evin nazlı kızı yemek yapmayı bilmiyordu, ama annesini dikkatle izlediğinden bir şeyler öğrenmişti. Ne kayınpederi ne kayınvalidesi K.'ya toz kondurmuyorlardı, kendi kızları gibi sahiplenmişlerdi. Ellerinden geldiğince K.'ya yardımcı olmaya çalışıyorlardı. K. da elinden geldiğince yemek yapıyor, kocasını da memnun etmeye çalışıyordu, fakat kocası çatalda leke var diye kendi anne-babasının yanında vuruyordu K.'ya. Kayınvalidesi ve kayınpederi üzüldüklerinden ağlıyorlardı, ama kocası onlara da karşı geliyordu, hiç kimseyi takmıyordu.

Evlenirken karısını her hafta anne-babasına götüreceğine dair söz veren koca gerçekten de sözünü tutuyordu. Henüz iki haftalık evlilerdi, K. istese onlara söyleyebilirdi yaşadıklarını ve babası da gereğini yapardı ama K. gıkını çıkarıp bir şey söylemiyordu. Sadece ondaki durgun hali fark ediyorlardı. Evin bülbül gibi şakıyan kızı birkaç haftada nasıl böyle olmuştu...

Kara günler başlamıştı. Sudan sebeplerle sıklıkla dayak yer olmuştu. Hamile olduğunu bildiği halde kocasının acıması yoktu. İnanılmaz sinirli bir adamdı. Onu kimse durduramıyordu. Yedi hamileyken yaşadığı bir olay hala canını sıkıyor. "Şimdiki aklım olsaydı, ne kadar gençtim..." diyor hatta.

Bir gece kocası yatağa yattığında kendisine sarılıp yatmadığı, arkasını döndüğü için K.'ya tek ayak üzerinde durma cezası vermişti. Konsolun yanında ayakta duruyordu, yorulunca ayak değiştiriyor cezasına devam ediyordu. Karnında kendi bebeğini taşıyan kadına verdiği ceza son derece sarsıcıydı. Bir yandan ağlıyor, bir yandan bu cezayı kesmesi için yalvarıyordu K. Birkaç gece sonra kocası kendisiyle ilişkiye girmek istemişti. K. ondan o kadar tiksinmişti ve soğumuştu ki, "Rahatsızım, yedi aylık hamileyim, olmaz" dediğinde yine aynı cezayı uyguladı.

İkinci cezanın ardından K. kayınvalidesine şikayet etti kocasını. Kayınvalidesi oğluna çıkışmıştı ama kocasının karşılığı annesini evden kovmak oldu. O günden sonra evlerini ayırdılar. Yeni bir ev tutuldu K.'ya, kocasının ailesi kendi evlerinde yaşayacaklardı. Üzüldü ailesi çünkü tüm aile çok seviyordu K.'yı. Hürmetli, saygılı bir gelindi, tatlı dili ve neşesiyle herkesi cezp etmişti.

Şiddet hiç azalmıyordu, hatta bir gün döverek parmağını çıkarmıştı K.'nın. K. baba evine ziyarete gittiği bir gün annesine ufaktan çıtlattı kocasının yaptıklarını. "Beni dövüyor, mutsuzum." Demişti ağlayarak. Annesi, "Karnında onun çocuğunu taşıyorsun, düzelir, çocuk doğsun her şey yoluna girer." diyerek konuyu kapadı. K. babasına hissettirmemeye çalışıyordu, ama babası bir aksilik olduğunun farkına varmıştı. Çok üsteleyince babası K. bir şeyler anlatmak mecburiyetinde kaldı, "Düğünde takılan altınları aldılar, borçları varmış onları kapadılar." dedi. Yaşadıklarının küçük bir kısmını anlatmıştı babasına. Bu öyle ufak bir detaydı ki babası yine de sinirlendi. "Benim biricik kızımın düğünde takılan altınlarını nasıl bozarlar. Bu kadar..." deyip masaya vurdu.

Babasının bilmediği kısımda altınları vermek istemeyen K.'yı hırpalayarak zorla altınları almasıydı.

Üzüntüyle dışarı çıktı K.'nın babası, kahvehanede oturup düşünürken kendine kızdı. 'Ben biricik kızıma ne yaptım... İşsiz güçsüz adama kız verdim, benim kızım kıymetli değil mi... Evlenirken adam adam olsun işi olmasın önemli değil ben bakarım diyerek yanlış yapmışım anlaşılan...'

K.'nın babası eve döndüğünde kızını evde bulamayınca annesine kızının nereye gittiğini sordu. Kocasının alıp götürdüğünü, kızlarının mutsuz ve pişman olduğunu, adamın altınları almak için kızlarını hırpaladığını anlattı. K.'nın babası bir anda olduğu yere çöktü kaldı, göğsü sıkışıyordu. Annesi üzülmemesini, karı-koca arasında bunların normal olduğunu anlatmaya çalıştıysa da dinletemedi kocasına. "Biricik kızımın başını ben yaktım" deyip duruyordu. Üç gün sonra üzüntüden felç indi K.'nın babasına. Üç sene o şekilde yaşamak zorunda kaldı.

Kocası onu deliler gibi kıskanıyordu. Hatta bir gün K.'nın annesi ve babasını bile kıskandığını söylemişti. Bu aşk mıydı... Bir insanın hayatını karartacak kadar ona sahip olma isteği aşk mı...

Çocuğunu kendi evinde doğurdu K. Düşünülen olmadı ilk oğlunu doğumu hiçbir şeyi değiştirmedi. Ne loğusa olması umurundaydı ne süt vermesi. Çocuğu doğduktan sonra aşırı içer hale geldi. İçiyor, eve geliyor, sebepli sebepsiz dayağını atıyordu. K.'nın kafasını duvarlara vuruyordu.

"Sen benim malımsın, hayatının sonuna kadar benim olacaksın, böyle kabul ediyorsan et, etmiyorsan git." diyordu K.'ya.

Yaklaşık bir buçuk sene sonra ikinci oğlu dünyaya geldi. İki güzel oğluyla kendine yeni bir yaşam kurmaya başlamıştı. Tüm dünyası çocuklarıydı. Onların hatırına katlanmaya başladı her şeye.

Hasta babası onu her ziyarete geldiğinde "Boşan, kurtul!" diye ısrar ediyordu yattığı yerden. Maalesef yatağa bağlanıp kalmıştı babası, yine de o haliyle biricik kızını düşünüyordu. Nasıl mümkündü bu, kocası kardeşlerini bile dövüyordu hem annesi ona destek olmuyor, kocasıyla kalması gerektiğini söylüyordu. "Benim balımı yeme ...

Dayağını ye" diyerek şaşırtıyordu kızını. Annesi erkek çocuklarına daha çok düşkün olduğundan olsa gerek kızını bir anlamda başından savıyordu.

İkinci çocuktan sonra K.'nın babası da vefat edince berbatın berbatı günler başladı K. için. Önce babasından kalan mirası yedi, içki ve yeni moda Nataşa'larla... Canı isteyip eve geldiğinde karısını dövmeyi tercih ediyordu. Yüzüne vuruyordu sürekli olarak K., yüzü gözü mosmor dolaşıyordu çoğunlukla. Ve çoğunlukla yüzüne yumruk atıyordu. Bir keresinde öyle çok vurmuştu ki daha sonra kulağını dikmek zorunda kalmışlardı.

Kocası her dayaktan sonra özür diliyor kanlı gözyaşlarıyla ağlıyordu. K. ilk günler inandığı gözyaşlarına sonraları aldırmaz oldu. Çünkü dönüp dolaşıp yine aynı şeyleri yapıyordu. Bazı günler dayak dayanılmaz olduğunda polise şikayet ediyordu K. ama onun da bir faydası olmuyordu. Yine şikayetler geri alınıyor, yine şikayetler yapılıyordu. Kaos hayatlarının temeliydi.

İlginç ama kocası K.'ya hiçbir zaman ismiyle seslenmemişti, genel hitap tarzı "Hişt, hey..." idi. Sözde adet böyleymiş. K.'yı insan yerine koymuyordu kocası. Dövüyor, aşağılıyor, hakaret ediyordu. K.'ya ait bütün parayı yiyip bitirdiğinden çocukları için bir harcama yapamıyordu K. Muhtaç hale gelmek ağırına gidiyordu, ama kocasının sayesinde parasızdı.

Çocukları hala küçükken yaşadığı bir olay hafızasında hala kilitli kalmış. Kocası kaç gündür eve uğramamıştı ve giderken de para bırakmamıştı. Hepsi açtılar. K. her gün evde kalmış zeytinyağıyla patates kızartıyordu. Üçüncü günün sonunda büyük oğlu, "Anne artık ben bundan yemek istemiyorum" diye sızlanmıştı. Yüreğine taş oturmuştu K.'nın içinden lanet savurarak tatlı tatlı ikna etti oğlunu.

Eve döndüğünde komşu kadın da misafirliğe gelmişti K.'ya, "Para ver de bir şeyler alayım" dediğinde kocası "Paran yoksa şeyin de mi yok?" dediğinde buz kesti, utancından ne yapacağını şaşırdı. Komşu kadın bile adamın utanmazlığına utanırken adam son derece pervasızdı. Bazı akşamlar eve gelirken 1 tane ekmek alırdı da "Bu ekmeği üç gün yiyeceksin, sakın fazla kullanma" derdi.

Ne yapacağını düşünüyordu K. Nasıl ayrılabilecekti bu adamdan! Gece gündüz düşünüyor bir çözüme varamıyordu K.

Küçük oğlu bir gün kucağına oturmuş, "Anne bu adamdan niye yaptın bizi, Münir Özkul gibi bir babamız olsaydı ne güzel olurdu..." dediğinde içi yanmıştı K.'nın sanki bir şeyleri değiştirebilme yeteneği varmış da yapamıyormuş gibi içinden gözyaşları akıtmıştı. Suçluluk duygusu hissediyordu hiç suçu olmadığı halde.

Gece hayatı, kumar, kadın, içki bütün meşguliyeti buydu, hayatının temeli bunlardan ibaretti, ne pırlanta gibi iki oğluyla ilgileniyor ne de karısına gerçek bir koca gibi davranıyordu. K. ile normal bir cinsel ilişki yaşamıyorlardı, kocası onun ellerini kenetleyip tecavüz etmeyi tercih ediyordu. K. ağlaya ağlaya o dakikaların bitmesini bekliyordu.

Bir ara tekrar evleneceğim diye tutturdu kocası. K.'nın annesinde kaldığı günlerde evde boş durmamış komşunun kızıyla arkadaşlık kurup onu ayartmıştı. Onunla evleneceğim diye ısrar ediyordu. Kabul etti K. Ancak bir şartı vardı, "Her şeyimi sana veriyorum, çocuklarımı alıyorum, bana nafaka bağla evlen, hayırlı uğurlu olsun" dedi. Adam biraz düşündükten sonra vazgeçmişti. Ne düşündüğünü kim bilebilirdi ki...

O gün kendi kendine bir yemin etmişti K. "Kaç yaşında olursam olayım isterse 80 olsun, senden ayrılacağım ve tekrar evleneceğim." İleride bu hayali gerçekleşir mi bilinmez ama kendine bir söz vermişti K. kadınlık gururunu belki de sadece böyle onarabileceğini düşünüyordu.

Anneleri dayak yerken bacaklarına sarılan oğulları büyümüş, delikanlı olmuştu. Okutamamıştı çocuklarını K. Çünkü eğitime harcanması gereken paralar sözde evin babası olan adam tarafından içkiye yatırılıyordu.

Bir gece yine geç vakit geldi adam eve. K.'yı uykusundan uyandırdı, "Bana kadınlık yap" diyordu. K. "Hem aybaşıyım hem de içkilisin sana kadınlık yapamam" deyince hiddetlendi. Az sonra büyük oğlu geldi yanlarına, ardından küçük oğlu.

"Yeter yaptıkların ben artık büyüdüm." dedi büyük oğlu.

Küçük oğlu yumruklarını sıkarak, "Senin yaptıkların yeter!" dedi.

K. çırpınıyor, "Annem yapmayın, babandır, karşı gelmeyin beddua eder size..." diyordu.

Büyük oğlu ileri doğru atılarak, "Annemi dövme, beni döv" diye bağırdı ve karşısına dikildi.

Baba kararsızlık bile geçirmeden oğluna vurdu. O an her şey bitmişti K. için. Son noktaydı. Çocuklarına dokunmuştu, ileri doğru atıldı ve vurmaya başladı kocasına. Kaç kere vurmuştu kendisi bile hatırlamıyordu K.

Artık bitmişti, çocukları da her şeyi anlayacak yaştaydılar, daha önce kocasının savurduğu tehditler boşa çıkmıştı, "Benden ayrılırsan çocuklara orospuluk yaptığını söyler adını çıkarırım" demişti defalarca ve oğulları için yaşayan K. geri adım atmıştı. Ama artık 19 yıl süren eziyete son verme zamanıydı. Çocuğuna uzanan eller bir daha ne kendisine ne çocuklarına uzanacaktı. Keskin bir iradeyle karşı durdu kocasına.

Ertesi sabah K. "Ya içki ya ben!" diye son bir hamlede bulundu.

Kocası "Seni bırakırım içkiyi bırakmam" dedi karşılık olarak.

Ayrıldı K. Sistemli olarak attığı dayaklar, yaptığı işkenceler sona ermişti. Dayak yerken ağlaması bile yasaklanan K. gerçek bir hayata adım atıyordu. Kocasının, "Seni kıskandığımdan dövüyorum, hem benden gençsin, hem de güzelsin" diyerek yaptığı eziyetler bitmişti.

Ayrılırken mahkeme kapısında kocasının bağırışları hepsi için birer kamçı olmuştu adeta, "Göreceksin geçinemeyeceksiniz, sokaklara düşeceksin..."

"Aç bile kalsam sana o lafı söyletmem" diyerek gururlu bir ifadeyle cevap verdi K.

Ayakta durdular hep beraber, büyük oğlu çalıştı, K.'ya babasından maaş bağlandı, K. küçük oğluna kredi çekerek bir işyeri açtı, kendisi de bir mağazaya dikiş dikiyordu. Mutlu ve huzurluydular. Geçinebiliyorlardı, karınları doyduğu gibi para da biriktiriyorlardı. Başlarında bir musibet yoktu, kurtulmuşlardı. O günden itibaren yaşamaya başladılar. Yaralarını birer birer kapamaya çalışarak ve birbirlerini severek.

Her şey yoluna girmiş bir gün aniden hastalandı K. Acilen doktora gittiler. Teşhis acı vericiydi, bağırsak kanseri olmuştu K. Onca acının ve sıkıntının sonucuydu bu hastalık. Hayata duraklamadan devam etti K. Kemoterapiye gitti, düzenli doktor kontrolünde ilaçlarını aldı ve deva buldu. Doktorlar 5 yıl ömür biçmişti ama o aradan geçen 5 yıldan sonra hala dimdik hayatta, gayet sağlıklı bir kadın. Çocuklarına ve yaşama aşkı onu hayata bağladı.

Çocukları evlendi, K.'nın gelinleriyle de arası çok iyi. Torunlarına bayılıyor.

Peki geri dönüş şansı olsaydı ne yapmak isterdi?

"En büyük hayalim okuyup polis olmaktı. Bir şansım olsaydı polis akademisine giderdim ve erken yaşta asla evlenmezdim."

Peki bir genç kız gelse aşık olduğunu evlenmek istediğini söylese ne derdi K.

"Oku, meslek sahibi ol. 25 yaşından önce evlenme. Ayaklarının üzerinde dur. Benim bir işim olsaydı asla bunları çekmezdim."

"Alimden zalim, zalimden alim doğar." derler ya diyor K. çocukları için "Benim çocuklarım da birer pırlanta, o adamdan çıktıklarına inanamazsınız." Çocuklarını çok seviyor, "Onlar olmasa yaşayamazdım, çok saygılı çocuklar, ben hiç kırmazlar." diyerek bahsediyor onlardan. İnsanları imrendirecek kadar kuvvetli bir bağ var aralarında. Allah nazardan saklasın tabii.

"Dil yarası, beden yarası var bende. Her günüm kötüydü. En büyük hayalim ıssız bir adada doya doya ağlamak. Azrail olsam canını alırdım, ona o kadar kinliyim. Hayatımı zehir etti." diyor K. kocasından bahsederken.

Gençken hayatı zehir olmuş hala güzel olan K. aşkı tatmak istiyor. "Hiç bilmedim ki aşkı, kadınlık nedir onu bile öğrenemedim, aşkla birbirine dokunmak nasıldır hayal bile edemiyorum" diyor acıyla.

PSİKOLOG UĞUR DALAN'IN YORUMU:

Hikayesi aynı, yaşantısı farklı K.'nın. Onu seven, hatırı sayılır bir aileden, yine onu seven ve hatırı sayılır bir aileye gelin gidiyor K. Yakışıklı bir kocası, onu seven, saygı gösteren kayınvalidesi ve kayınpederi var. Babası, annesi de onu seviyor, ona sahip çıkmaya çalışıyor. İlk etapta her şey kulağa çok hoş geliyor. Ama maalesef sonu hiç de böyle değil.

Tanımadığı, tanıyamadığı bir adamla evleniyor. Huyu suyu nedir, nelerden hoşlanır, anlaşabilirler mi? Bunlara bakmadan evleniyorlar, çünkü aileler iyi anlaşıyor ve onay verdiler. Bu evliliğin daha ilk gününde K. eşinden ilk tokadını yiyor. Evliliğinin ikinci günü ise hamile kalıyor. K. gibi pek çok kadının elini kolunu bağlayan, yaşadığı eziyetlere katlanmasına neden olan şey erkenden gelen çocuk ve "aman çocuğum babasız büyümesin" baskısı.

Tüm çiftlerin, özellikle genç çiftlerin en çok dikkat etmesi gereken konu, erken gelen çocuk. Henüz birbirinizi tanımamış, henüz evliliğinizi yaşamamış iken çocuk sahibi olmayın. Birbirinizi tanıyıp, evliliğinizin tadını çıkardıktan sonra çocuk düşünün. Erken gelen çocuk, henüz birbirlerini tanımamış ve evliliklerini sağlam temellere oturtamamış çiftler için çok büyük problem demektir.

İkinci değinilmesi gereken bir konu var ki, bu da çocuğu olan kadının bu şiddete katlanıp katlanmaması. Bir çocuk için doğru olan; huzursuz, şiddet içeren, mutsuz, saygısız bir anne- babanın yanında büyümektense, huzurlu, mutlu, saygılı ama anne veya babanın olmadığı bir ortamda büyümektir. Halen pek çok kadınımız "çocukları için" mutsuz bir evliliğe, mutsuz bir aile ortamına katlanıyorlar. Fakat bu hiç doğru değil. K.'nın örneğinde olduğu gibi böyle bir ortamda büyüyen çocuklar hem mutsuz olur hem de anne veya babaya karşı düşmanlık beslerler.

K.'nın da yaptığı buydu, önce pek çok kadın gibi "çocuktan sonra düzelir" dedi, sonra ise "çocuğum için katlanırım" dedi. Kötü giden, şiddet içeren, saygıdan uzak bir evlilik ne çocukla düzelir ne de böyle bir evliliğe çocuk için katlanılır.

K. şiddet görmüş, aşağılanmış, aç susuz bırakılmış, kocası tarafından tecavüz edilmiş bir kadın. Bu zorluklarla savaşmış, uzun süre direnmiş ve en sonunda da kazanmış bir kadın. Hayata tutunmayı bilmiş, bu yaşadıkları karşısında güvenini yitirip kaderine boyun eğmemiş bir kadın. Bu zorluklardan sonra kanseri de yenmiş, hayata daha da sıkı sarılmış, çocuklarına iyi bir gelecek hazırlayıp onlara her zaman sahip çıkmış bir kadın. Aşkı hak ediyor, sevilmeyi, sevdiği birinin elinden tutmayı hak ediyor. Bunda biraz zorlanacak, tekrar birine güvenmekte güçlük çekecektir. Ama bunu hak ediyor...

İSİMSİZ (M.)

28 yaşında
Kastamonu'da doğup büyüdü
İlkokul mezunu
Babası okutmadı
13 yaşında patronunun oğlu tarafından tecavüze uğradıktan sonra zorla evlendirildi
17 yaşında resmi nikahı bile yapılmadan evden atıldı
Evliliği boyunca hemen her gün dayak yedi

Genç, güzel ve son derece alımlı genç bir kadın. Aynı zamanda bir anne. Kimliğini gizli tutmak istiyor. Öylesine ağır bir hayat yaşamış ki saklanmak ihtiyacında belki kendinden bile. Şu anda 28 yaşında. 12 yaşında bir kızı var. Kastamonu Tosya'da doğdu büyüdü, şu anda İstanbul'da yaşıyor.

Evde anne babası ve üç ablasıyla hep beraber yaşıyorlardı. M. en küçükleriydi. Ailedeki iki kız amcasının kızlarıydı ama amcaları ölünce onlarla beraber yaşamaya başlamışlardı. M. onları da ablası olarak kabul ediyordu. Hiçbir kız okutulmadı ailede. Zamanı geldiğinde önce çalıştırıldılar, sonra da ya traktör ya da ucuz bir ev fiyatına evlendirildiler. Baba mal varlığını hem abisinin hem kendi kızlarının üzerinden yapıyordu. Akşamları içki sofrasını donatmak için de kızların maaş gününden bir gün önce işyerlerine gidip tahsil ederdi. Eğer arada alınacak paradan eksilten olursa dayağını yerdi. Herkese eşit davranıyordu babası, hepsinin parası kendi cebindeydi, komşusuyla rahat içki içebilmek önemliydi. Anne ise saf bir köylü kadınıydı.

M. de zamanı geldiğinde yani 13 yaşında bir tekel bayisinde kasiyerlik yapmaya başladı. O da eve para getirmeliydi, evdeki diğer kızlar gibi. Patron ve onun oğluyla muhatap oluyordu. Patronun oğlu 23 yaşında, alkol bağımlısı bir gençti. Kimi zaman aç gözlerle M'ye baksa da kendince belli etmiyordu.

M. küçük ve hayalperest bir kızdı. Evde mutlu değildi, işyeri onun için dünyaya açılan pencereydi. Cebine beş kuruş para girmiyordu ama yine de memnundu çalışmaktan. Tek kaçamağı babasından habersiz gittiği çıraklık eğitimiydi. Haftanın üç günü gidiyordu gizlice. İlk sene kalfalık belgesini almıştı. Stilist olmak istiyordu. Ama ikinci sene babası paranın eksikliğini fark edince bir şeyler döndüğünü fark etti. M. parayı zor bela veriyordu, hatta son taksitini öğretmeni yatırmıştı, bu sayede ustalık belgesini aldı. Onun hayatındaki tek güzel soluk gizlice gittiği okuldu.

M. iyiden iyiye serpilmeye başladı, hala küçük bir kız olsa da göz dolduruyordu. Patronun oğlu "18 gibi görünüyorsun" dediğinde mutlu olmuştu M. Saf dünyasında ona hayranlık beslemeye başlamıştı, masum gözlerle onu takip ederdi, niye hayran olduğunu kendi de bilmiyordu ne de olsa o bir ağabeydi. Gerçek dünyayı da oyun görecek kadar masumdu. Her gün işine gidip geliyor, akşamları babasının bağırtıları arasında günlerini geçiriyordu.

Rutin hayatını etkileyen ciddi bir olay yaşayacağını bilmeden ucuz kumaştan yapılmış kıyafetlerini giyip aynaya bakma ihtiyacı bile hissetmeden çıkıp gitti işine o sabah da. Akşama olduğunda yorulmuştu, her akşam kolilerdeki malları aşağı depoya taşırlardı. O akşam da patronunun oğlu ile beraber aynı işi yapıyordu. Fakat aşağı indiğinde nefesinde sürekli alkol olan genç üzerine çullandı M.'nin. Direndi M. ama sert darbeleri karşılayacak kuvveti yoktu ki, gücü yetmedi. 14 yaşında tecavüzle kadın olmuştu. Evet ondan hoşlanıyordu, ama bu değildi ki istediği, onunki masum bir hayranlıktı. Zorla onu kadın yapmasını kim istemişti ki... Telli duvaklı gelin olup kocasına sunmalıydı, kocası onun duvağını açmadan önce yüz görümlülüğü takmalıydı. Sonra şefkatle öpmeliydi onu. Ama olmadı, bir tekel bayisinin deposunda küçük kızlıktan küçük kadınlığa geçti.

'Şimdi ne olacak' diye düşündü M. kalakaldığı yerde. O kocası mıydı... Bilemedi, genç adamın homurtuları sonrasında doğruldu yerinden. Üzerini giyindi alelacele. Hala seviyor muyum onu diye baktı dikkatle yeni kadın olmuş gözleriyle. Seviyordu galiba. Seviyor olmalıydı. İyi bir şey miydi şimdi bu. İyiydi galiba. Kocası mı olmuştu... Karar veremedi. Bir şeyler yapması gerektiğini biliyordu sadece, namusu gitmişti, eğer bunu ispatlamazsa kimse ona inanmazdı, sonrasında başına büyük dertler açılabilirdi.

Çantasını alarak kaçtı dükkandan. Hemen bir karakola gitmek için koştura koştura yürüdü. Karakol binasına yürüdükçe içini bir korku kapladı. Ya inanmazlarsa... Yüzü kızardı, sahi nasıl söyleyecekti. Yine de yürüdü biliyordu ki sonrası felaket olurdu. İçeri girdi çekine çekine, zor bela derdini anlattı:

"Patronumun oğlu beni iğfal etti."

Polisler inanmadılar önce, fakat rutin işlemleri yapmak gerektiğinden hastaneye götürdüler. Evet küçük kız doğru söylüyordu. Aileler çağrıldı, müstakbel kocası yine zil zurna sarhoş karakola getirildi. İçten içe titriyordu M. Korkuyordu, titriyordu ve susuyordu. Müstakbel kocası içeri alındı, aileler uzlaştı, iki aylık hapis sonrası evlendirileceklerdi.

Evlenmek, diye düşündü M. Mecburdu, istememesi söz konusu olabilir miydi... Hem sevmiyor muydu, hayırsız da olsa evleneyim onunla diye bir ara aklından geçirmemiş miydi... Hayalleri gerçek oluyor diye sevinmeliydi galiba ama tam olarak sevinemiyordu.

2 ay 20 gün bekledi M. Karmakarışık duygular içinde geçiyordu günleri. Kah heyecanlanıyordu, kah üzülüyordu. Bir kocası olacaktı, bu evden kurtulacaktı, hem zenginlerdi de. Ama kocası sahiden istiyor muydu onu... Babası memnun olmuş gibi görünüyordu, gerekli parayı almıştı, kızı da zengin bir aileye gitmişti.

Kocası çıkar çıkmaz evlendiler. M. nihayet kocasına kavuşmuştu. Kayınvalide, kayınpeder ve iki görümcesiyle birlikte yaşamaya başladı.

M. mutlu hissediyordu kendini, o yanındaydı, kocasıydı. Kocası mutlu görünmüyordu, her akşam içiyordu, her akşam M.'den nefret ettiğini söylüyordu, her akşam "ucube, mıymıntı" gibi laflar sıralıyordu. Daha çok sinerek ve hastalıklı bir biçimde bağlanıyordu M. Haftanın dört günü dayak yemesi onu etkilemiyordu, onu sahiplenen bir kocası vardı. Ona hakaretler etse de, dövse de asla etkilenmiyordu M. Seviyordu kocasını. Ama kocası her fırsatta başka birine aşık olduğunu onunla mecburen evlendiğini söylüyordu. Anlayamıyordu M. madem başkasını seviyordu niye zorla ona sahip olmuştu ki...

Kocasına göre çirkindi M. Hatta şu anda M. o günlerdeki hali için "Kezban gibiydim" diyerek aşağılıyor kendini çirkin buluyor. Şu anda bakımlı bir kadın saçlarını sarıya boyamış, motora biniyor, dövmeleri var, yüksek topuklu ayakkabılar giyiyor. Değişmiş M., çok değişmiş, belki değişmesi gerektiğini düşünmüş, belki bu dünyada böyle kadın olunuyor, o kadın kadın değil. Öyle küçük bir yaşta M. henüz ergenlikten çıkamamışken nasıl kadın olabilir ki zaten...

Kocasının dayak attıktan sonra kendisi ağlarken yanına gelip sarılıp öpmesi bile onu delicesine mutlu ediyordu. "Kendimi sadist gibi hissediyordum, sanki zevk alıyordum durumdan" diye anlatıyor. Kocası aksini söylese de "sevmese dövmezdi" diye düşünüyordu M. Camdan bakması bile dayak bahanesiydi, dövdükten sonra pişman oluyordu kocası. Öpüyor okşuyordu "Bir daha yapmayacağım" diyordu kocası. Ertesi gün içtikten sonra tekrar dövüyordu.

Kocasının ailesi acıyor, üzülüyorlardı M.'ye "Çocuk yaşta ne hale gelmişti!" Evet çocuk yaştaydı sahiden ve ondan kadın olmasını bekliyordu kocası. Halbuki kocasının kız kardeşi M.'den büyüktü ve hala bekardı doğal olarak.

Günlerinde renk yoktu M.'nin her gün diğerinin aynıydı, akşam kocası geliyor, dışarıda içtiği içkiyi evde devam ettiriyor, M.'yi dövüyordu. 14 yaşında bir kıza uygun gördüğü hayat buydu kocasının. İğfal ederken başına kalacağını düşünmemişti belli ki. Kocası için o bir ayak bağıydı, başka bir kıza deliler gibi aşıkken bu sümsük kızla evli olmak onu sinir ediyordu.

Sevgilisiyle rahatça görüşüyordu kocası, aynı yatakta yatıyorlarken sevgilisiyle konuşuyordu M.'ye arkasını dönerek. Hatta zaman zaman karşılıklı görüşmek için M.'yi ailesinin evine götürüyordu, ama kendi ailesinden korktuğu için M.'nin yalan söylemesini istiyordu. Kocası M.'yi baba evine bıraktığı gibi sevgilisinin yanına koşuyordu. Kocasının ailesi hep beraber o evde kalacaklarını biliyordu ama M. gözyaşlarıyla geçiriyordu öyle akşamları. Seviyordu çünkü.

Kocasının sevgilisi ne düşünüyordu acaba diye düşünmeden edemiyorum. Sevgilisi küçük bir kıza tecavüz etmiş, bu sebeple birkaç ay da olsa hapis yatmış ve o kızla imam nikahlı olarak evli. Acaba sevgilisi hala sevmeye devam mı ediyordu böyle bir insanı. Sahiden ilginç geliyor bana. İnsanların sevgi kavramlarını sorguluyorum, anlayamıyorum. Bu hayat hikayesindeki tüm kişilerin sevgi kavramları karmakarışık. M.'nin kocası başka birini seviyor ama küçük bir kıza tecavüz ediyor. M. kendisine tecavüz eden alkolik adamı seviyor. Küçük bir kıza tecavüz edip onunla evlenmek zorunda kalan bir adamı seven başka bir kadın...

M. kocasının ailesine gerçeği bir kez söylemeye kalkışmıştı ve feci bir dayak yemişti. Sonra susmayı ve sineye çekmeyi öğrenmişti. M. ile ayık kafa ile hiçbir şekilde beraber olmuyordu, ama zil zurna sarhoş olduğu akşamlar yanaşıyordu M.'ye.

Kocası ayıkken konuşmuyordu bile M. ile. Sanki orada yokmuş gibi davranırdı. M. sofrayı kurarken sanki bir hizmetli varmış da muhatap olunmaması gerekiyormuş gibiydi. Sadece bir kez M.'nin orada olduğunu fark etmişti, tişörtü arkasından sıyrılıp azıcık teni gözüktüğünde tespihi fırlatmıştı da oradan anlamıştı M. kocasının ona dikkat ettiğini. Kocasının ailesi diyalog kurardı M. ile. Hiç değilse ailesi zulmetmiyordu.

Kocasına göre M.'ye tecavüz etmiş olması bile M.'nin suçuydu, bile bile yapmıştı M. her şeyi. Delilleri vardı, içkili olduğu geceler M.ye seni seviyorum dediğinde M. ona ben seni daha çok seviyorum diyordu. Bundan daha önemli bir delil olabilir miydi, M. onu seviyordu ve tecavüz etmesi için onu zorlamıştı. Küçük bir kız filan değildi. "Kendine tecavüz ettirdin." diyordu. Nasıl olduğunu anlamak mümkün değil doğrusu. Abi dediği adama kendini tecavüz ettirmiş olması inanılmaz.

Aradan yıllar geçtiği halde durumlarında hiçbir değişiklik yoktu. Kocası sevgilisi için yanıp tutuşuyor, M. ise kocasını saplantılı bir biçimde seviyordu. İçkiyle yanaştığı akşamlardan birinde hamile kaldı M. yaşı on yediydi. Belki bebek durumu düzeltir diye içten içe seviniyordu. Kocasının ailesi sevinmişti torunları olacak diye. Kocasınınsa tek derdi sevgilisiydi.

M. yine her akşam aşağılamalar ve dayaklarla karnının büyümesini izliyordu. Doğum yaklaştıkça sorunlar artmaya başladı. M.'nin babası resmi nikah istiyordu, kocası ise yanaşmıyordu çünkü sevgilisi onu tamamen terk ederdi böyle bir durumda. Günlerce süren tartışmalarda kocası "Kızın istiyorsa bu evde kuma olarak kalabilir, ama ona elimi bile sürmem. Fakat ben sevgilimle evleneceğim" diyerek diretiyordu.

Sürekli göz yaşı akıtmaktan başka yapabileceği bir şey yoktu. Doğumuna günler kala kocası sevgilisiyle Kastamonu'ya kaçtı. Şaşkındı M. ne yapacaktı şimdi?...

Kocasının ailesi M.'yi bulmuştu fakat eve gelmek istemiyordu. Konuşmalar konuşmalar konuşmalar...

Ve M. doğum yaptı. Hastaneden eve tekrar dönemedi. Artık o evin gelini değildi, kocası kocası değildi. M.'nin babası ne kadar diretirse diretsin işe yaramadı. M. o evde bir sığıntı gibi kalmak istemiyordu artık, kucağında bebeği baba evine döndü. Onlarla yaşayamazdı, o ve sevgilisinin güle oynaya geçirdikleri vakitlere şahitlik edemezdi.

Bebeği ona bir can olmuştu. Dünyadaki tek mutluluğu artık kızıydı. O kızını asla bırakmayacaktı, anneler kızlarını bırakmazdı ki...

Baba evine döndü ama büyük bir huzursuzluk vardı, babası memnuniyetsiz gözlerle bakıyordu onlara iki doyurulacak karın çıkmıştı, içki parasından eksiltmesi gerekecekti. Bebeği toparlanana kadar kalmalı sabretmeliydi.

Kızı iki yaşına geldiğinde artık yuvadan uçmanın zamanı geldiğini düşündü, bir ablası İstanbul'da yaşıyordu, onu aradı. İstanbul'da ablasının yanında belki bir iş bulur kendine kızıyla beraber bir hayat kurabilirdi. Ağlaya sızlaya yola çıktı kızını da yanına alarak.

Otobüse bindiğinde hem üzgün hem umutluydu. Her şeyi unutabilirdi belki, yeni bir hayat onlara deva olabilirdi. İstanbul'a indiğinde ablasına telefon açtı, ama kimse bakmıyordu telefona. Cep telefonu yoktu o günlerde, ev telefonu cevap vermiyordu. Panikledi M. Sonra yanlış bir yerde indiğini öğrendi. Kastamonu Tosya'dan başka bir yeri bilmiyordu ki yanlışlıkla Harem'de indiğini anlasın. Karşıya geçmesi gerektiğini anladığında ne yapacağını şaşırdı, sonra bir taksiye bindi, adam onu gezdire gezdire Esenler'e götürdü, vardıklarında taksimetre 183 milyon lira yazmıştı, M.'nin o kadar parası yoktu, kolundaki dört bilezikten birini çıkarıp taksi şoförüne verdi. Adam memnuniyetle aldı bileziği, kendisi için iyi iş olsa gerekti. Cahil bir genç kızı kazıklamak çok zekice olsa gerekti ona göre.

M. Esenler'e gelmişti ama hala ne yapacağını bilmiyordu, ara ara ablasını arıyordu ama ulaşamıyordu, otogar da ürkütmüştü onu. Sabahın köründe şaşkın öylece bakınıyordu etrafına sonra minibüsler gördü, koşturdu bindi, Avcılar'a gidiyormuş, umursamadı. İndiğinde bir cami gördü, aceleyle camiye girdi, en güvenli yer orasıydı. Kendisine simit, bebeğine de süt almıştı, orada kaldı bir süre. Sonra ablasını aramak için tekrar çıktı, kartlı kulübe arıyor fakat bulamıyordu. Bir dükkana girdi telefonlarını kullanmak istiyordu, ama adam yardım etmek yerine sarkıntılık yapınca kaçtı oradan. Sinirleri bozulmuştu. Kucağında küçük bir çocuk olduğunu da mı görmüyordu bu insanlar!

Ablasına da sinirlendi, geleceğini biliyordu. Neydi şimdi bu?

Buz gibi havada tanımadığı bir şehirde yapayalnızdı ve her şeyden korkuyordu. Ağlamaya başladı. Akşama kadar kah oturarak kah arada dolaşarak vakit geçirdi. Düşünüyordu, sıkılıyordu, korkuyordu. Karar verdi, ablasını aramayacaktı, kendi kendinin başının çaresine bakmalıydı. Kolundaki bilezikleri iyice geriye itmişti. Haberlerde izliyordu kadınların başına neler geliyordu, yanlarından geçen her insan tehlikeydi. Yatsı ezanı okuduktan sonra cemaatin dağılmasını bekledi, en son hocanın camiden çıktığını görünce daldı içeri, kadınlar bölümüne geçti. Cami sıcak ve güvenilirdi. Kızını battaniyesine sardı, kendi de onun yanına kıvrıldı. Güzel bir uyku.

Bir-iki saat sonra hoca onları bulduğunda tatlı bir uykunun kollarındaydı hala. Uyandığında polisi gördü başında. Onları kadın sığınma evine gönderdiler, en azından korkulacak bir şey yoktu.

Ablası onu almaya geldiğinde kızgındı hala ama evlerine gitti. Yeni bir hayat başlamıştı onun için. En azından babasının dırlanmalarından uzaktaydı. Güvenli bir yerdeydi, nispeten mutluydu. Kocasını hala unutamıyordu, özlüyordu. Ara ara İstanbul'dan kaçıp onu görmeye gidiyordu, kızı kucağında uzaktan onu izliyordu. Birkaç kez yeni karısı ve çocuğuyla da görmüş gözyaşlarıyla izlemişti. Onu uzaktan görmek bile rahatlatıyordu.

Ablasıyla beraber vakit geçiriyorlardı, ara ara eniştesinin işyerine gidip gelirlerken bir adam M.'yi görüp beğenmişti, evlenmek istiyordu, adamın durumu iyiydi. M. düşündü henüz 20 yaşındaydı hayatında ona bakacak, koruyacak, kollayacak bir koca olması iyi olabilirdi. Adamı ne sevmiş ne de beğenmişti ama belki zamanla severdi...

Evlendiler bu kez resmi nikahla. Adam iyi bir adamdı, 32 yaşındaydı, öyle yaşlı başlı bir adam değildi ama M. hala eski kocasını seviyor, özlüyordu, adam ona dokunmaya kalksa çığlıklar atıp kaçıyordu, hayatı cehenneme dönmüştü. Adamcağız yine de ona asla kötü davranmıyordu, M. delirecek gibiydi. Acaba kocam da mı böyle hissediyordu diye düşünmeye başladı. İstemediği biriyle aynı evde yaşamak böyle mi oluyordu, adamı görünce cin çarpmış gibi oluyordu adeta. Sekiz ay sonra artık evliliğin yürümediği kesinleşmişti ayrıldılar.

Evliliği sona erdikten sonra Kastamonu'ya gitti bir süre. Eşinden ayrılırken biraz para almıştı, bu parayla eski kocasına inat olsun diye teyzesinin kocasının Kastamonu'daki dükkanına ortak oldu. Tek derdi eski kocasına rakip olmaktı. Ortaklıktaki tek isteği kendisinin de dükkanda satış yapmasıydı. Kızı o sırada 4 yaşındaydı. Aradan seneler geçmişti. İstanbul gören M. artık farklı bir kadındı, giyinip süsleniyordu dükkana giderken. Kocası o günlerde onu fark etti.

M. istediğini elde etmişti, eski kocası sürekli onun peşindeydi, "Hala benim karımsın" diyordu, kendisinin resmi nikahlı bir eşi olduğu halde. M. ile tekrar beraber olmak istiyordu, ama karısını el üstünde tutmaya da devam ediyordu. M. istemiyor görünüyordu ama peşinde olmasından çok mutluydu. Nihayet kocası tarafından istenen biri olmuştu. Hemen her gün dükkana gelip yalvarıyordu. Bir gün kızlarını kaçırdığından ardından gitmek zorunda kaldı. Bağ evine gitmişlerdi. Eski kocası M.'ye saldırdı yine, bir yandan "Sen de istiyorsun, haydi eski günlerdeki gibi..." diyordu, yanlarında henüz 4 yaşında da olsa kızları vardı. M. çok bozuldu, değişen bir şey yoktu anlaşılan, o bodrum katı geldi aklına, dağılmış eteği, parçalanmış gururu, büyük bir bozgun yaşıyordu, yerde eski bir bıçak gördü, aniden fırlayıp bıçağı aldı ve eski kocasının bacağına sapladı. Karşı atağa geçen adam bıçağı elinden alıp M.'nin kasığının biraz üstüne sapladı bıçağı. İtişip kakıştılar. M.'nin üstü başı kan olmuştu. Bu sırada kızları bağıra bağıra ağlıyordu. M.'nin gözü dönmüş öfkesini fark eden adam arabasını da bırakıp kaçtı.

Canı acımıyordu M.'nin bu kez ruhu acıyordu. Kızına sarıldı, onu sakinleştirmeye çalıştı, bir süre ağladılar beraberce. Bambaşka biri olmuştu M. artık o adamı sevmiyordu, sanki her şey bir anda bitmiş gibiydi, adam ona yabancılaşmıştı. Dünyaya farklı bakmaya başladı. Kalktı kızını da alarak yenilenmiş bambaşka bir M. olarak eve döndü.

Alelacele İstanbul'a döndü. Bu kez ardında hiçbir şey bırakmayarak. Aşk bitmişti. Bütün defterleri kapadı.

Şimdi bir sevgilisi var, çok mutlu, kızı büyüdü, şu anda 12 yaşında. Bütün acıların kapısını kapamış görünüyor, ama travmaları atlatıp atlatmadığı belli değil. Sürekli bir telaş halinde. Çocuğu babasını görmek istemiyor, çünkü 4 yaşında gördüklerini unutamamış.

Peki M.'nin elinde bir şans olsaydı ne yapardı?

"Okumayı hep istedim ama babam parayı seviyordu. İlkokulu birlikte okuduğum arkadaşlarım ortaokula başlamışlardı, onlar işyerinin önünden geçerken çantalarına, önlüklerine bakar üzülürdüm, çok istedim aslında okumayı ama izin vermediler. Ama aslında tam olarak hangi işi yapmak isterdim bilmiyorum çünkü çok şey olmak istiyorum. Bazen bir gazeteci olmak istiyorum birini görüyorum hoşuma gidiyor, bazen bir mimar olmak istiyorum mimar bir kadını gördüğümde. Sahiden bilmiyorum, bildiğim tek şey bir meslek sahibi olmak istediğim.

Yaşadıklarımın hiçbirin hak etmedim. Ama hala yaşadığım için, elim ayağım tuttuğu için, kızım sağlıklı ve zeki olduğu için Allah'a şükrediyorum. Elbette isyan ettiğim, çok ağladığım, mutsuz olduğum günler de oldu ama atlattım.

Şu anda en büyük korkum kızımın birilerine kapılması, bir çocuk çıkacak ve onun aklını çelecek diye ödüm kopuyor, sürekli kontrol ediyorum. Kendi yaşadıklarımı hatırlıyorum ve dehşetim artıyor. Gergin bir haldeyim."

M. babasından ve eski kocasından yediği dayaklar yüzünden epilepsi hastası olmuş. Yeni dünyasına uyum sağlamış, gece hayatından ve içkiden hoşlanıyor. Çok fazla sigara içiyormuş. Kendini bu şekilde rahatlatıyor belki de. İçten içe eski saf halini özlediği fark ediliyor. Yirmi yaşındaki resmini gururlanarak gösteriyor, hala çok güzel halbuki. Aksanını değiştiremediği için canı sıkılıyor.

Kafası hala karışık görünüyor. Tedirgin bir hali var. Sevgilisini gerçekten seviyor, en kötü günlerinde o destek olmuş, korumuş, kollamış. Ondan bahsederken yüzü ışıldıyor ama evlenmek istemiyor, korkuyor. Küçük şeylerden mutlu olmaya çalışıyor.

Kızı hayatındaki en büyük dayanağı. Bütün umudu, hayatının ışığı. Onu okutmak için elinden geleni yapıyor. Kızını asla bırakmayacak hemen hemen tüm anneler gibi üzerine titriyor. O kızının kendi yaşadıklarını yaşamaması için elinden geleni yapıyor. Kendi geçmişini değiştiremez ama kızının geleceği için çabalamaya devam ediyor.

PSİKOLOG UĞUR DALAN'IN YORUMU:

Hepimiz için travma sayılabilecek bir şekilde başladı M.'nin hayatı. 13 yaşında çalıştırılmayı, gelir kaynağı olarak görülmeyi, sık sık dayak yiyip aşağılanmayı normal karşılıyor. Bu olumsuzlukların içinde mutluluk yaratmaya çalışıyor kendine o küçük dünyasında. Hayatı mutsuz, ailesi huzursuz, çocukluğunu yaşayamamış, sevgiyi alamamış bir kız M. Ve kurtulmak, mutlu günler yaşamak istiyor.

Kendi içinde kurduğu hayatını yaşarken 14 yaşında çok büyük bir darbe alıyor. Tecavüze uğruyor. Hayata karşı savunmasız, saf bir kız iken, bir anda tüm yaşamı değişiyor.

Tecavüzcüsü ile evlenmek zorunda kalan pek çok kızdan biri olarak o da 14 yaşında tecavüzcüsü ile evleniyor. Çok da seviyor kocasını, çok şaşırabilirsiniz ama ondan bir türlü ayrılmak istemiyor, onsuz yapamayacağını düşünüyor, ondan dayak yemesi bile üzmüyor, kırmıyor kendisini. Peki niçin?

Bu durum travma mağdurlarında zaman zaman gördüğümüz bir sendrom, bir savunma mekanizmasıdır. Bu sendromun ortaya çıkmasındaki başlıca faktör yaşama içgüdüsüdür. Dış dünya ile bağını koparan ve dışarıdan gelecek bir yardım olmayacağını düşünen kurban, yaşam için gereksinimlerinin hepsini kendisine travmayı yaşatan kişi ile karşılayabileceğini hisseder. Ona bağımlı olduğunu düşünür. Travmayı yaşatan kişinin gösterdiği en ufak bir iyiliği veya sevgiyi bile aşırı büyütür, zamanla kendine baskı uygulayan kişi ile empati kurar ve ona hak vermeye başlar. Travma yaratan kişinin ona uyguladığı şiddeti görmez ve umursamaz, hayattaki tek bağı, olumlu tek ilişkisi travmayı uygulayan kişidir ve bu ilişkiyi kaybetmemek için elinden gelen her şeyi yapar.

M.'nin de yaşadığı aynen buydu. Hayatta kalmak için ruhunu bir yere bağlaması gerekiyordu. O da kocasına, kendine tecavüz eden adama bağladı. Kocasının zoruyla ayrıldı, kendine yeni bir hayat kurmaya çalıştı, fakat ona o kadar bağlanmıştı ki, yapamadı. Ta ki 14 yaşında yaşadığı travma ile tekrar yüzleşene ve onun gerçek yüzünü görene kadar.

Zor ve travmalarla dolu bir hayatı olmuş M.'nin. Tabii bunun getirdiği olumsuzlukları ruhunda ve bedeninde taşıyor. Atması çok zor, ama uyum sağlamış hayatına, eski hayatının tam tersi bir hayat sürüyor şimdi, o saf kız göstermiyor artık kendini. Ama derinlerde bir yerde o saf kız hala var. Ama çok acı çektiği için saklanıyor.

İSİMSİZ (T.)

64 yaşında
13 yaşındayken bir evlilik yaptı
10 sene evli kaldı
Evliliği boyunca hem kocasından hem de kocasının ailesinden şiddet gördü
Çocuklarını yalnız başına büyüttü
İki çocuğu var

Yarım asırdan fazla yaşamış bir kadın. Yaşama ve çocuklarına sarılarak ayakta kalmış. Hala güzel bir kadın ama yorulmuş belli. Şimdi çocukları ve hayatının neşesi torunlarıyla yaşıyor. Eski ve acılı günlerini ardında bıraksa da gözlerinde derin bir acı var. Kimliğinin bilinmesini istemiyor, çünkü çok acılı ve ağır günler yaşamış. Çocukları ve torunları rahatsız olsun istemiyor. Onun hassasiyetine saygı göstererek ona kısaca "T." diyeceğim.

60'lı yılların başıydı. T. ve ailesi Adana'da yaşıyorlardı. T.'nin babası Selanik göçmeniydi. Büyük dedeleri binbaşı, dedeleri de yüzbaşıydı. Köklü bir aileden geliyorlardı.

Ama T. hiç okula gitmedi, sadece Kur'an kursuna gönderildi. Babası "Kız okula giderse, sevgilisine mektup yazar" düşüncesiyle kızının okuma yazma öğrenmesini istememişti. Babasına hiç karşı gelmemişti, ama çok üzülüyordu.

Genç yaşta başladı hayata T. On bir yaşındayken komşuları görüp beğenmişti T.'yi. Sadece on bir yaşındaydı, çocuktu ama demek onların gözüne yetişkin gibi gelmişti. Genç irisi bir kızdı, bedeni büyümüştü ama henüz çocuktu. Ailenin en büyük kızıydı T. Diğer iki kardeşi henüz bebek sayılacak yaştaydı. T. kaç yaşındaydı ki zaten. Şimdiki zamana göre ilköğretim çocuğu, üzerinde önlükle okulda ders dinleyip teneffüste koşturacak yaşta. Gelip istediklerinde ne babaannesi ne babası razı olmamıştı.

Babaannesi bir sene sonra ölür ölmez bu kez başka bir aileymiş gibi gösterip tekrar istediler T.'yi. Aracılar gidip geliyordu, en son babasının çok sevdiği bir arkadaşı araya konulmuştu. Asla vazgeçmiyor, ısrar ediyorlardı.

Nihayet ısrarları sonuç verdi, on iki yaşındayken nişanı yapıldı. Babaanne yeni vefat ettiğinden mevlit yapılmıştı sadece. T.'ye göre koca bir herif getirildi yanına yüzük takıldı. T.'nin eşi kendisinden on iki yaş büyüktü, askerliğini yapmıştı. T., kocası olacak adamı görmemişti bile, zaten evlilik nedir tam olarak bildiği de yoktu ki...

Babaannenin ölümü ve acele yapılan nişandan sonra T. ve ailesi başka bir şehre taşındılar. Nişanın üzerinden bir sene geçmişti ki aile aceleyle nikah istedi. Anne ve babasının imzasıyla yıldırım nikahı yapıldı ve T.'yi gelin olarak götürdüler. Evliliğin ne olduğunu bilmiyordu, deftere parmak basmıştı. Babası nikah sırasında tehditkar bir biçimde gözünün içine bakıyordu. Babası tükürdüğünü yalamazdı, söz vermişti ve bu evlilik gerçekleşecekti. Çaresiz boyun büküp neye parmak bastığını bilmeden parmağını siyah mürekkebe boyayıp tanımadığı adamla bir yola çıkmak için ilk adımı atmış oldu. Orada başlamıştı T.'nin hayat mücadelesi.

Düğüne kadar baba evinde kaldı T., düğünleri bir ay sonra yapılacaktı. Evde hummalı bir hazırlık vardı, T'nin anlayamadığı annesinin gözyaşlarıyla karşıladığı bir hazırlık. T.'nin içinde heyecan yoktu, ancak okula gitseydi heyecanlanırdı T. Pencereden bakıyordu zaman zaman kara kara önlükler beyaz beyaz yakalarla önlerinden onun yaşında çocuklar geçtiğinde üzülürdü. Ev işlerinde annesine yardım ediyordu, hamarattı yaşına göre ama evlilik nedir bilmiyordu ki T. Çamaşırları asarken çocuk çığlıklarını duyduğunda bahçenin kapısından usulca bakardı ama çocukluğu da tam olarak bilmiyordu ki T. Anlamıyordu telaşı. Evlenecekti. Neydi ki evlilik? Aslında annesinin kuzusuydu T. Ama evleniyordu işte.

Bir ay çok çabuk geçti. Düğünü yapıldı. Eğlendi insanlar, annesinin saklı gözyaşlarına kendisinin şaşkınlığına aldırmadan. Salona girerken kocası "Sakın dans etme otur yerine!" demişti. Kocasının direkt olarak onunla konuştuğu ilk cümle buydu. Sakın dans etme. Durakladı, zaten dans etmeyecekti ama kocası denilen adamın korkulması gereken biri olduğunu fark etti.

Bir eve getirdiler onu. Kayınvalidesi, kayınpederi, kayınlarıyla birlikte yaşayacaktı. Küçük kadın hayatı kalabalık başlamıştı.

Ne olduğunu anlamadan gelin oldu, kocasını ilk kez o odada dikkatle baktığında görmüştü. Masumca sorular sormuştu kocasına:

"Herkes karısını dövermiş sen de beni dövecek misin, herkes karısına küfür ediyormuş sen de bana küfredecek misin?"

Anlatılamayacak kısımları geçiyor T., o anlatılmayacaklar sadece onda saklı kim bilir ne yaşadı ilk gece, ne hissetti ilk soyunduğunda kocasının karşısında. Kocası ona bir insan gibi mi davranmıştı, yoksa... Hepsi muamma, hepsi T. ile mezara gidecek. Eski kadınlardan o, asla ifşa etmez ne yaşarsa yaşasın.

İlk haftadan evin işlerine koşturuldu T. Balayı var mıydı o senelerde?... Ne balayısı canım. Küçük kadın T., genel işleri becerebiliyordu da ekmek açma işi ona epey zor geliyordu. Kayınvalidesi yanına oturtup "hamur aç" dediğinde öylece bakakaldı. Tahta sofaya oturmuştu ama unları oraya buraya saçmaktan başka bir şey yapamıyordu ki. Gayret edip yapamayınca oklavayla ellerine vuruyordu kayınvalidesi. "Ocağı yak" dediğinde kayınvalidesi yakmasına yakmıştı ama ekmekleri pişiremiyordu ki, külün üstüne inerken hamurlar korkuyla beklemişti. Onun için de vurmuştu kayın validesi. Zamanla öğrendi ama öğrenene kadar bedeni de dayağı öğrenmişti.

Kocası ne yapıyordu? Kocası gündüzleri çalışıp akşamları da T.'yi dövüyordu. Her akşam iki mesaisi vardı kocasının. Kayınvalidesi ve kayınpederinin mesaisi de sokağın başında kocası göründüğünde başlıyordu. Hemen günlük şikayetler ediliyor ve dayağın sebepleri sıralanıyordu.

Hayat demek dayak demekti küçük kadın T. için. Çok isteyerek aldıkları gelinlerinin her akşam bedenine yapılan darbelerle ruhu zedeleniyordu. Kocası dövüyor dövüyor gece de başka şeyler yapıyordu. Anlayamıyordu T. Evlilik demek böyleydi. Hayvanlara da vuruyorlardı, ama sonra onları koyunlarına almıyorlardı ki. Anlayamıyordu ama ses de çıkarmıyordu. Ergenliğin hırçınlığını bilmiyordu ki. Çocukken kadın olmuştu birdenbire, asilik de neydi. Usluydu, evde babasına boyun eğmişti, burada da kocasına ve kocasının anne babasına boyun eğiyordu.

Bir avluya bakan tekli odalardan oluşuyordu evleri. T. ve kocası ayrı bir oda, az ileride kayınvalidesi ve kayınpederinin odası, onların yanında mutfak ve kiler. Ve banyo gibi bir bölme ve su tulumbası.

O günlerde evlerde musluk yoktu, tulumbadan su çekilip kullanılıyordu. Banyo yapmak isteyen T., yaz-kış buz gibi sularla aceleyle işini hallederdi. Kendisi için su ısıtması zinhar yasaktı hem ayıptı da niye yıkanıyordu ki… İlk zamanlar bilmediğinden ocağın üstüne su kazanını koyup ısıtmaya kalkışmıştı. Ama kayınpederi, T. sıcak su kullanmasın diye fitilli ocağın altını kapatmış, kazanı da boşaltmıştı. Hemen öğreniyordu T., sıcak su yasaktı kendisi için.

Sabaha erken başlıyordu T. O çocuk yaşında sabahın en tatlı uykusundan kocasının dürtüklemesiyle kalkardı. Sabah ezanı okunduğunda ayakta olmak zorundaydı. Koşarak kalkıp önce su çekerdi tulumbadan. Bir eliyle onlara su dökerken diğer eliyle havluyu tutardı. Abdestleri bittikten sonra namaza durulmalıydı. Allah için değil kocası ve ailesi için namaz kılmak zorundaydı T. Boy abdesti olup olmadığını bilmeden namaz kıldırırlardı. Çok sabah yüreğinde günah korkusuyla namazını kılmıştı. Boy abdesti olmadan namaza yönelmek günah olmalıydı, kendisinin isteği dışında olsa bile. Namaz sonrasında tövbeler etse de yüreğindeki dalgalanma durulmazdı.

Yemek saatleri ayrı işkence saatleriydi. T. bir gün, başına ne geleceğini bilmeden çocukça bir saflıkla, o anda pişen yemeği sevmediğinden bahsetmişti de bir daha asla o yemekten yedirilmedi, o akşamlar aç yatıyordu T.

Evleneli üç ay olmuştu ki çocuk kadın T. hamile kaldı. T.'nin normal hayatında hiçbir değişim yaratmadı hamilelik. Utana sıkıla kayınvalidesine söylemişti zaten. Akşam rutin dayağını yemeye devam ediyor, kimi akşamlar aç bırakılıyor, kimi akşamlar yine soğukta banyo yapıyordu. Aşerme yoktu, karnını doyursa yeterdi.

Kadınlar bilir, hamile kadının açlığı çok fenadır, gözü görmez insanın, hemen bir şeyler yenmelidir. Kayınvalidesi bilmiyor muydu acaba...

T. bir günü hiç unutamıyor, anlatırken yaşadı adeta. Aynı korkuyu ve çekinme dışarıdan hissediliyordu. "Allah günah yazmasın" diye de ekliyordu. Hâlâ ne kadar masum bir dünyası var.

Mutfaklarında "zahre" sandıkları vardı. O sandıkta tereyağlar, ballar, peynirler, turşular ve yaptıkları yufka ekmekler saklanırdı. Her yemek öncesi ekmekler çıkarılıp ıslatılır yumuşatılır öyle sofraya konurdu. O sandığın üzerinde her zaman bir kilit olurdu ve bu kilidin anahtarı T.'de yoktu.

O gün kayınvalidesi evde yoktu, açlıktan perişan olmuştu T., mutfağa girdi, kilidi kurcalayıp açmıştı, aceleyle içinden kuru yufkayı çıkardıktan sonra yeniden taktı kilidi. Kimse onu yakalamadan odasına kaçtı. Odasının kilidi olmadığından bir kenara sindi, eteğinin içine serdi kupkuru yufkayı, üzerine bastıra bastıra ufalatmaya çalışıyordu ama acele etmeliydi, her an biri onu bulabilirdi. Gözü kapıda eteğinin kenarındaki yufkaları ağzına tıkıştırdı. Ağzından kanlar aka aka yedi ekmeği, öylesine açtı ki T., öylesine sertti ki yufkalar ve öyle de acelesi vardı ki T.'nin...

T., baba evinde sabahları porselen beyaz fincanlarda süt ya da çay içerdi. Evde herkes ne yemek varsa özenle yerdi. Kocasının evinde ise sabahları kayınvalidesi mahluta aşı pişirirdi. Şimdilerde bizim hazır çorbalardan öğrendiğimiz bir çorba. O günlerde T.'nin sabah kahvaltısı.

Baba evinde kimse kimseden yemek saklamazdı. Kocasının evinde görmüştü yemeklerin saklanabildiğini. Pişen yemeklerden herkesin yiyemeyeceğini o evde öğrendi. Çok sevdiği dolmayı hamile olduğu halde bile yiyememişti. Bambaşka bir dünyadaydı T. Anlayamadığı hiçbir şeyi bir yere koyamadığı bir dünya.

Her anısı acılarla örülü T., tam olarak toparlayamıyordu anlatacaklarını, parça parça geliyor olaylar aklına, duraklıyor, düşünüyor sonra birden aceleyle anlatıyor. Kayınpeder ve kayınvalidesinin yaptıkları saymakla bitmiyor ki. Kayınpederiyle yaşadıklarını anlatırken ağlıyordu. Aradan yarım asır geçmişti neredeyse ama onda yaşıyor gibiydi. Öylesine eziyetler etmişlerdi ki inanıyorum ki bana anlattıkların yaşadıklarının sadece bir kısmı.

Sabahları kayınpederinin kapısını açtığı zaman ortalık yere kakasını yapmış olurdu. T. bu pisliği temizlemek zorundaydı. T. masum elleriyle onun kakasını temizlerken hakaretler ederdi: "Senin baban benim .... kılı, ... kızı."

Bazı sabahlar da kakasını yaparken kapıyı vurup bağırarak T.'yi çağırırdı, T.içeri girdiğinde kayınpederi domalır arkasını T.'ye dönerdi. T. onun kıçını yıkamak zorunda kalırdı.

Ağlayarak ve duraklayarak anlatırken aynen şu ifadeleri kullanmıştı T.:

"Domalırdı ve ben kayınpederimin kıçını yıkardım... ve kıçını yıkardım... Ondan sonra oranın pisliğini temizlerdim... Ve böyle ezildim."

Annesi ve babasıyla görüştürmüyorlardı, ancak onlar gelirlerse hasret giderebiliyordu T. Anne-babası kısa zaman sonra evlatlarının açlık yaşadığını öğrenmişlerdi, gelirken her zaman bir şeyler getiriyorlardı kızlarına. Bir ziyaretlerinde gizlice çay, küçük ispirto ocağı, küçük bir çinko demlik getirmişlerdi. Hiç değilse odasında çay yapsın da içsin diye düşünmüşlerdi. Beyaz porselen bardaklı güzel günleri geri veremiyorlardı ama hiç değilse bari küçük kızları çay içebilseydi. Annesinin içine sakladığı haykırışları, babasının içten içe pişmanlığıyla dar vakitler yaşayabiliyorlardı ancak.

Küçük yaşta nasırlaşmaya yüz tutmuş elleriyle çamaşır da yıkıyordu T. Çamaşır yıkamanın da kuralları vardı, bir kalıp sabunu dörde böler bir parçasını T.'ye verirdi kayınvalidesi. O kadarcık sabunla büyük bir temizlik olmasını da bekliyorlardı. Paçalı donlar, terle kararmaya yüz tutmuş fanilalar... Ellerini parçalayana kadar çitilerdi T. Ellerini resim boyalarına süreceği yaşta, kayınpederinin pislenmiş donlarını yıkıyordu.

Evlilikti adı tüm yaşadıklarının. Neyi sürdürdüğünü bilmeden bir şeyleri sürdürüyordu T. Üstüne üstlük karnında kendini hissettiren bebeğiyle. Hala bebek oynayacak yaştaydı aslında ama karnında kendi canlı bebeği vardı.

O avludaki hayat dışında çok fazla hayatı da yoktu T.'nin, arada kayınvalidesi mevlitlere götürüyordu. Sosyal aktivite gibi sayılmış olabileceğinden kayınvalidesi "Yüzüne bir şeyler sürün gelin olduğun belli olsun" dediğinde acemice bir şeyler yapıyordu T., ama bu kez henüz askere gitmemiş kaynı karışıyordu, "Ne o .... gibi sürünmüşsün" diye. Herkes kocasıymış gibi karışıyordu T.'ye.

Evdeki tek insan yerine konulmayan kişi T. idi. Görümceleri vardı ama evliydi ikisi de, durumları da iyiydi. Nadiren de olsa onlara da götürülürdü T. Bir gün görümcesinin evine gitmişlerdi kayınvalidesiyle beraber. Gelin T.'den karpuz kesilmesi istendi, T. karpuzu keserken iki görümcesi karşılarına geçmiş fısır fısır konuşarak gülüşüp alay etmişlerdi onunla. Ya karpuz dilimleri büyüktü ya da çekirdekleri ayıklamamıştı. Her yaptığı hor görüldü T'nin.

Kızı doğduktan sonra da köleliği devam etti. Hatta kızı olduğu için de epey ayıplandı T. Kız evlat, tam olarak çocuktan sayılmıyordu ne de olsa. Yine susuyordu T.

Kızı henüz bir-iki aylıkken şehir değiştirdiler, bu kez ne kayınpederi, ne kayınvalidesi ne de kaynı vardı, belki biraz rahatlayabilirdi, fakat işte dikiş tutturamadı. Bu kez yine şehir değiştirdiler ve T.'nin annesinin mülkünde yaşamaya başladılar. Kira dertleri yoktu, daha rahat yaşayabilirlerdi. Fakat burada da işinden memnun olmadı ve ayrıldı. Aşçıydı, kıymetli bir mesleği vardı ama kocası ters bir adamdı, sıkılıyor, ceketini alıp çıkıyordu.

O günlerde İstanbul sevdasına düştü kocası. Orada iş bulacaktı ve T.'yi de yanına alacaktı, her şey yoluna girecekti. Gitti İstanbul'a kocası ama üç ay ortadan kayboldu. Giderken ne dolu bir mutfak bırakmıştı ne de para. Üç ay komşuların ve babasının akrabalarının yardımıyla yiyip içtiler. Kimi bir parça ekmeğin içinde peynir, kimi ekmeğin içinde birkaç zeytin tanesi, kimi kuru ekmek, kimi de bebeğe bir şişe süt getiriyordu. Çekiniyor ve üzülüyordu T. Muhtaç olmak ağırına gidiyordu. Bebeğine bakıp bakıp ağlıyordu herkesin sıcak yataklarında uykuya daldığı saatlerde. Karanlık evinden dışarıya bakardı, belki kocam gelir, belki bu muhtaçlıktan kurtulurum diye. Suskunluğu giderek artıyordu.

Ayağında eskimiş bir şalvar, kucağında çocuğuyla kalakalmıştı kupkuru bir evde. Amcasının oğlu T.'nin ailesine haber verdi de rahatladı T. Gelip aldılar onu. Ana baba sıcaklığı gönlünü avutmuştu biraz. İki ay sonra bir adam çıkageldi, kocasının ortağıymış, o dükkanın başındaymış, o yüzden T.'yi almak için onu göndermiş. T.'nin babası "Gitme kızım, tanımıyoruz adamı, orada ne yaşayacaksın ne belli" demişti ama T. kendini artık o evden göremiyordu, onlara yük olduğunu düşünüyordu, ilk kez karşılık verdi babasına.

"Yok bu benim kaderim, gideceğim, siz verdiniz beni ona, iyi de olsak kötü de olsak biz gidiyoruz."

Yumuşak görünen taş gibi bir laftı ailesine söylediği. Evet onlar vermişti çocuk yaşta -ki hala çocukken- kocaya, elbette gidecekti şimdi onların çizdiği kadere doğru. Adamın ona neler yapabileceğini düşünmeden ardından gitti.

Uzun, gürültülü, bol sigara dumanlı bir yolculuktu, korkarak etrafa bakıyordu kimi zaman karanlık kimi zaman aydınlık şehirlere. Çocuğunun ağlamalarını susturmaya çalışıyor, yanındaki adama ise hiç bakmıyordu. Mola yerlerinde de yerinden kıpırdamıyor sessiz sakin oturuyordu, hacetini yapmaya giderken bile korkarak hareket ediyordu.

Taşı toprağı altın şehre indiklerinde aç, susuz ve yorgundu. İstanbul'u görecek hali kalmamıştı. Fatih'te bir eve getirdi adam. Kocası oradaydı en azından. Sağ salim gelebilmişlerdi ya biraz daha iyi hissetmişti kendini. Kocasını gördüğünde mutlu olmadı. Sevmiyordu ki. Bir erkeği sevmeyi de bilmiyordu ki T. Sevgi unutulmuş bir rüyaydı.

Bomboş bir evdeydiler. Sadece T.'nin gözyaşları ve kayıp hayatı vardı evde. Evi eve benzetmek için elinden geleni hatta fazlasını yaptı T. Yün yorganın yüzünü söküp iplikleri ve astarıyla pencerelere perde yaptı, mahremiyeti gizli kalsın diye.

Kısa süre sonra kocası o işten de ayrıldı. T.'nin memleketten getirdiği erzak bitene kadar bir şeyler yiyebildiler.

İyi ki annesi bir çuvala erzak doldurmuştu. Kızını doğru dürüst doyuramıyordu, çünkü sütü gelmiyordu gıdasızlıktan. Çocuğuna yedirebileceği tek şey ıslatılmış bulgurdu. Çiğ bulguru ıslatıp kızının önüne koyuyordu, "Ye kızım" diyordu ama çiğ bulguru bir çocuk ne kadar zaman yiyebilirdi ki... Yoklukla pençeleştiği o zor günlerde oğluna hamile kaldı.

Kocası ara ara işlere giriyordu ama parayı eve getirmiyordu, pavyonlara ve içkiye yetecek parası olmalıydı. İstanbul'a boşuna mı gelmişti, şehrin tadını çıkarmalıydı. Çalıştığı zaman iyi para kazanıyordu ama karnı artık büyümüş olan karısına ve dünyayı yeni keşfetmeye çalışan minik kızına ayıracak parası yoktu. T., komşular evde yemek piştiğini düşünsünler diye her akşamüzeri tencereleri ve çatalları birbirlerine vuruyordu.

Ama sonra durumunu öğrendi komşuları. T.'ye para kazanması için bir yol öğrettiler. Parayla dantel örebilirdi, hem böylece çocuklarının üstüne başına bir şeyler alabilir, hem karınlarını güzelce doyurabilirlerdi. Aklına yattı T'nin. Bir sipariş almıştı. Canını dişine takarak, sevine sevine on beş günde yatak odası ve bebek odası karyola takımı yaptı. Sonuç ise hüsran oldu, çünkü parasını vermemişlerdi.

T. bu olayı ağlayarak anlattı ve şöyle dedi; "Hakkımı helal etmiyorum ne bu dünyada ne öbür dünyada... Ben doğuma giderken ne benim altımda çamaşır vardı, ne de bebeğime giydireceğim herhangi bir kıyafet vardı. Tüm umudum oradan alacağım paraydı. Ama vermediler..."

İnsanların acımasızlığı, vicdansızlığı bir kez daha benim tüylerimi ürpertti. Umutlarını bitirmişlerdi, zaten ezilmiş ve küçük bir umuda tutunmaya çalışan bu küçük kadına yapılan hak mıydı...

Karmakarışık bir hayatı var T.'nin. İstanbul dışında

başka şehirlere de gittiler, başka şehirlerde de kaçtı kocası, bilmediği şehirlerde çocuklarıyla yapayalnız da kaldı T. Açlıkla ve korkuyla boğuştu. Zaman zaman ayrıldı kocasından, anne babasının yanına sığındığı da oldu, kocasının tekrar tekrar onları da alıp şehir şehir dolaştırdığı da...

Son durakları İstanbul'du. Ama bu kez büyümüştü T. Aklını çalıştırıp iş buldu akrabalarının da yardımıyla, yavaş yavaş çevre edindi. Nikah çiçekleri de yaptı, gelinlikler de dikti. Kocasına hiç ihtiyacı kalmamıştı, kirasını ödüyor, çocuklarını büyütüyordu.

Sabahlara kadar iki yüz elli çiçeği ertesi günkü düğüne yetiştirirken gözlerinin feri kaçıyordu ama birkaç saatlik uykuyla ertesi gün yine aynı işleri yapıyordu. Dimdik ayaktaydı ya T. ne uykusuzluğa aldırdı ne yorgunluğa.

Kocası ara ara kaybolduğunda yine onu bulup eve getirdi, kocasıydı ya mecburdu. İçkili akşamlar ve sorumsuzluk kaybolmayan tek şeydi kocasında.

Para kazandığı için kocasının ailesinden hürmet görmeye başlamıştı T. Kayınvalidesini İstanbul'u görmesi için Adana'dan getirdiğinde kıymeti arttı. Kayınvalidenin T.'ye muhabbeti artmıştı hatta ayrılmasını söyleyen de kayınvalidesi oldu. Gecikmiş bir özür de dökülmüştü ağzından.

"Kızım bırak bunu artık. Kurtul bundan. Biz adam olur akıllanır diye senin başını yaktık yavrum. Ama maalesef o hak dünyada ben yalan dünyadayım kızım."

Ve ayrıldı T. On yıllık evlilik macerası sonlandı. Çok genç bir yaşta kendi ayakları üzerinde durup iki çocuğunu yetiştirdi. Çalışkanlığı ve çalışkanlara veren Allah'ın yardımıyla işleri yavaş yavaş büyüdü. Gelinlik dikiyordu genç kızlara. İstanbul Mercan'da ve Beyoğlu'ndaki gelinlikçilerle de anlaştı bir süre sonra. Siparişler aldı, dikti ve para kazandı. Bir daha kocasını hiç görmedi, çocukları da babalarını görmediler.

Ve sonunda kızını evlendirmiş, oğlunu yetiştirip meslek sahibi etmişti. Kendilerine ev de almışlardı. Büyük bir aile oldular kendi içlerinde. Oğlunu da evlendirdi. Torunları oldu.

Ne büyük bir başarı hikayesi.

Üniversite okumadı T. Okuma yazmayı bile akşam okullarında öğrendi.

Holding de yönetmedi. Ama o kendini ve çocuklarını namusuyla büyüterek, kimseyi muhtaç olmadan gururuyla dimdik ayakta durarak bir hayatı yönetti.

Bu büyük bir başarı değil de nedir?!

Evet bir erkeği sevmeyi bilemedi, aşkı hiç yaşamadı, bir erkeği gördüğünde midesine ağrılar girmedi, bir erkekten şefkat görmedi, bir erkeğin omuzlarına yaslanıp ağlamadı, ama evlat yetiştirdi kendini yok sayarak, kadınlığını bilemeden, bir erkekle yaşanabilecek mutlulukları ve keyifleri yaşamadan.

Tüm bu duyguları yaşayabilmesi için çocuklarını yetiştirdi. Şimdi oğlu, gelini ve torunlarıyla son derece mutlu bir hayat yaşıyor.

Ve ailelere şöyle diyor:

"Çocuklarınızı küçük yaşta evlendirmeyin. Benim hayatım size ibret olsun. Çocuklarınızı okutun, onları sevgiyle büyütün ki sevgi dolu, vatana, millete faydalı evlatlar olsunlar. Büyüdüklerinde zaten evlenecekler. Onlara yol gösterin ama onları hiçbir şey için zorlamayın."

Ve bir şansı olsaydı ne yapardı T.?

"Okumak isterdim, yüksek bir öğretmen olmak isterdim, ya da doktor ya da hemşire, ama mutlaka okumak isterdim."

PSİKOLOG UĞUR DALAN'IN YORUMU:

Çocuk T.'nin evliliğini değerlendirmek en zor şeylerden biri benim için. Çocuk ve evlilik kelimelerinin yan yana geçmesi bile ürkütüyor insanı. 13 yaşında bir kız çocuğu, ergenlik dönemine yeni girmiş, kadın nedir, erkek nedir, anne nedir, baba nedir, karı-koca nedir? Hiçbirini bilmiyor. Çevresinde gördüğü ise eşini döven erkekler ve kendi evliliğinde de daha farklı bir şey olmuyor.

Hayattaki çatışmaları her gün artan bir çocuk kadın, günah-sevap çatışması, kocasından gündüz dayak yemesi, akşam yatakta sevgi beklenmesi, bu hayata gönderen bir baba, bu hayatta daha fazla zorluklar yaratan kayınana-kayınbaba.

T. gelin olarak geldiği evde bir köle muamelesi görmüş, eziyetler edilmiş, pislikler temizletilmiş, aç bırakılmış, dayak yemiş. Eminim ki herhangi bir yere, onu hiç sevmeyen insanların yanına verilseymiş daha az eziyet görür, daha fazla insan gibi davranılırmış.

Bir çocuk düşünün, sonra kucağında bir çocuk daha, hayatta yalnızlar, kocası var, annesi babası var; ama, yalnız. Ve tek başına mücadele ediyor bu hayatta kucağında çocuğu ile. Fakat güçlü bir çocuk, güçlü bir kadın. Yılmıyor, pes etmiyor, mücadele ediyor. Ve başarıyor. Hayatta kalmayı, insan olabilmeyi, çocuklarını yetiştirebilmeyi başarıyor.

Ya başaramasaydı... Belki... T. Başardı, ama başaramayanlar da var.

Belki bazıları içinden kızdı T.'ye "niçin ailesine söylemedi?" "niçin çocuğu oldu?" "niçin o adama tekrar döndü?" "niçin ikinci çocuğa izin verdi?" Niçin, niçin, niçin? Bu 'niçin'lerin sonu bitmez. Ama esas niçin şu; "niçin bu çocuk evlendirildi?" ve niçin "13 yaşında bir çocuğa niçin dersini çalışmadın?" sorusu yerine "niçin kocana geri döndün?" sorusu soruluyor.

Çocuklarınızı evlendirmeyin, onlar isteseler bile, kaçıp gitmeye çalışsalar bile evlendirmeyin. O minicik bedenlerin, o saf ruhların, o sevgi ihtiyacı içindeki zihinlerin kirlenmesine izin vermeyin.

KADER T.

24 yaşında
Erzurumlu
Lise mezunu
İlk evliliğini 15 yaşında kaçarak yaptı
Kızını 4 yıldır göremiyor, velayet babasında
Eşinin ailesi annesinin öldüğünü söylemiş

Kader hala gencecik. Evlilik onu yıpratamamış, bakımlı ve güzel. Bu özellikleri dışında saf ve dürüst bir genç kadın. Hızlı hızlı konuşuyor, tedirgin gibi dursa da son derece cesur. Hikayesi çok genç yaşta aşkla evlenen diğer genç kızlar gibi acılarla örülmüş.

Erzurum'da yaşıyorlardı. 13 yaşındayken aşık olmuştu kocasına. Askerden yeni gelmişti, sanki yıllardır onu beklemiş gibi hissetmişti kendisini. Komşunun oğluydu. Ara ara görüyordu Kader eşini. Yanıp tutuşarak sokağa bakardı kimi zaman. Genç bile olmamıştı halbuki henüz ergendi. Yaklaşık iki sene Kader onun yolunu gözleyerek arada kaçamak bakışlarla geçirdiler zamanı. Kader on beşine geldiğinde "İstet beni" dedi. İtiraz etti kocası, evde kendisinden büyük ağabeyi vardı ve durum yakışık almazdı. "Ancak bana kaçarsan olur" demişti.

Ailesi küçük kızlarının aşık olduğunu öğrenmişti, istemiyorlardı doğal olarak. Hem yaşı küçüktü hem de tanıyorlardı oğlanı istemiyorlardı. Aşktan gözü körelmiş Kader kimsenin sözünü dinlemiyordu. Söz dinlemediği için dayak da yer olmuştu. Aile şaşkın, Kader ise iyice daralmıştı. Ayrıldım ondan dese de inanmıyordu ailesi. Kader için ipler iyice gerilmeye başlamıştı. Evden soğumaya başlıyordu. Ailesinin onun mutlu olmasını istemediğini düşünüyordu.

Bir aydır görüşmüyorlardı, Kader üzgün ve sıkkındı. Bir gün yolda onu gördü, işaretle onunla gideceğini söyledi. Birdenbire cesaret toplamış gibiydi Kader. Yatalak babasını ardında bırakarak kendi yoluna doğru yürüdü.

Bir köye gittiler, Kader tedirginlikle mutluluk arasında gidip geliyordu. Geçtiği yollar korkmasına sebep oluyordu. Bir hafta kaldılar o köyde. Her iki aile de telaşlıydı, polisler her yerde onları arıyordu. Saklandıkları ev son derece güvenli olduğundan yakalanmadılar, daha sonra Erzurum merkeze indiler. Bu arada dini nikah da kıymışlardı. Bir hafta da orada kaldıktan sonra kayınvalidesinin köyüne gittiler. Bir ay kadar da orada kaldılar, on altısını doldurmuştu. Bir yandan kendini pişman hissediyordu, bir yandan kocası kendisini sevdiği için mutlu oluyordu. Çünkü polis onları bulursa hem Kader'i hem kendisini öldüreceğini söylüyordu. Gencecik kız ne bilsin bunun sevgiden çok kaba kuvvet olduğunu. Bilemezdi ki...

Yaşını dolduran Kader'in artık evli bir kadın gibi yaşama zamanı gelmişti. Misafirlikler bitecek kendi evine geçecekti, yani kayınpederi, kayınvalidesi ve kayınlarının da yaşadığı eve. Kayınvalidesi köye gelmiş ve "Bir düğün yapalım polisten gizli, gelinliğini aldık, yatak odan hazır, artık sadece seni bekliyoruz" demişti. Mutlu oldu Kader.

Eve geldiklerinde aslında tüm söylenenlerin yalan olduğu da ortaya çıktı, ne bir yatak odası hazırlanmıştı ne de gelinlik vardı. Sadece eve cenaze girmiş gibi mevlit okutulmuştu. Çok zoruna gitmişti Kader'in. Kocasının evine yerleşen Kader'i kısa sürede polisler yakaladılar. Karakolda Kader'i ailesine teslim ettiler, polisler şaşkındı, bir Kader'e bir kocasına bakıp şaşırmış, "Bu kız buna mı kaçmış yani..." demişlerdi. Üzüldü Kader, düşündü kendi kendine 'Sahi ben bu adama mı kaçtım..."

Kocasını hapse yolladılar, Kader'i de evine. Kocası bir ay kadar cezaevinde yatacaktı, kendisi de ailesinin yanında. Sürekli ağlıyordu Kader, gözü yollardaydı. Sevdiği kocası onun yüzünden hapis yatıyordu, o kocasından uzaklaştırılmıştı... Evde çok fazla konuşmuyordu. Kendi kanı canına uzaklaşmıştı. Evin bıcır bıcır konuşan kızı gitmiş yerine kocası için ağlayan genç bir kadın gelmişti. Herkes şaşkın ve kırgındı. Babası kızıyla konuşmuyordu, evin tek kızı yalnızlaşmıştı, annesi kırgındı çünkü sürekli olarak iyi bir anne olmayıp kızına sahip çıkamadığından bahsediyorlardı.

Hem kızının göz yaşları hem de dini nikah kıyılmış genç kadını evlendirmeye razı oldu. Yaşını iki sene büyütecekler, resmi nikahı kıyacaklardı, böylece davasını geri çekecekti. Herkes duruma razı oldu, önce yaşı büyütüldü, sonra nikah işlemlerine başladılar. Nikah mecburen cezaevinde kıyılacaktı.

Mutlu ve heyecanlı cezaevinin yolunu tuttu Kader. Müdürün odasında beklerken gergindi, az sonra biri girdi içeri, saçı sakalı birbirine karışmış, üzeri yırtık pırtık bir adam getirdiler. Kader tedirgin oldu, az sonra adam adını sesleniyordu. Kader iyice gerilmişti tam tersleyecekken Kader adamın yüzüne baktı, gözlerini tanıdığında şok oldu, kocasıydı.

Nikahları kıyılmadan önce cezaevi müdürü, beş yıl içinde boşanırlarsa tekrar hapse girebileceğini buna rağmen nikahı isteyip istemediğini sordu. Kabul etti ve nikahları demir parmaklı suç mekanında kıyıldı. Şahitleri gardiyanlardı.

Evine döndü Kader, kocası akşam üstü bırakılacaktı. Heyecanlı ve mutluydu, kocası gelip onu alıp evlerine götürecekti. Kader'in ailesi ise kan ağlıyorlardı ama yapılacak hiçbir şey kalmamıştı. Kocası akşam geldi, karısını yani biricik kızları Kader'i evlerine götürdü.

Evliliklerinin ilk günlerinde hakaretler başladı. Kocası durup dururken Kader'e küfrediyordu. Canı iyice sıkılan "Niye böyle yapıyorsun?" diye soruyordu. Henüz bal ayında değil miydiler... Bal ayları da zehirli geçerken evdeki sıkıntı artıyordu Kader için. Zaman zaman dayak yiyor hatta aç bırakılıyordu. Henüz bir seneleri dolmamıştı ama Kader bir düşük yapmıştı. Düşüğü de kendi başına yaşadı, kimse onu doktora götürme gereği hissetmemişti. Sonraları doktora gittiğinde hamile kalmasının tehlikeli olacağını iç kanama riski olacağını söylemişti.

Kocası çalışmıyordu, sabit bir işte çalışamayacak kadar sorumsuzdu. Halbuki Kader kocası da çalışsın eve para getirsin istiyordu. Kayınvalidesine konuyu birkaç kez açtıysa da kayınvalidesi, "Biz sana bakıyoruz ne eksiğin var ki, öyle alıştı benim oğlum, hastaydı biz çalıştırmadık onu" deyip konuyu kapatmıştı. Ama kocasının ağabeyi, "Ben sana bakmak zorunda mıyım, buyur beyaz duvarları ye, sizinle mi uğraşacağım" diyordu.

Sağlığı için yanlış olduğu halde 'kocası düzelir' düşüncesiyle yeniden hamile kaldı Kader, karnı giderek büyüyordu ama kimse ona özen göstermiyordu. Çocuk hangi evliliği kurtarmıştı ki halk arasında böyle yaygın bir inanç var anlamak mümkün değil. Nesiller geçiyor, zaman değişiyor ama bu inanç bir türlü yok edilmiyor.

Kader hamileliğini kendi halinde geçiriyordu nadiren aşerdiğinde kimsenin umurunda olmadığı gibi bir gün şeftali istediğini söylediğinde gidip şeftali almışlar ama ona vermemişlerdi. Kader ortalık yerde bırakılan şeftali çekirdeklerini sıyırmıştı. Rutin ev işlerinde hiçbir aksama yapmıyordu hatta karnı iyice büyüdüğü halde kışın ayazında hem de Erzurum gibi bir şehrin soğuğunda dışarıda halı yıkatmıştı. Aynı mahallede oturan ailesiyle görüşmesi de kısıtlanmıştı. Çok nadir görüşüyorlardı.

Kader ara ara kocasına çalışması için telkinler veriyordu. Bir gün kocası dayanamayıp bir iş buldu, geldiğinde çok yorgun görünüyordu. Afra tafrasından geçilmiyordu, bağırıp çağırıyordu. Kader dayanamayıp "Bana sitem etmek için çalışıyorsan çalışma" diye patlayınca "Canın istemiyorsa çek git" dedi. Kader bunun üzerine montunu aldı, "Gidiyorum öyleyse" deyip kapıya doğru yaklaşırken kocası dövmeye başladı. Hamile olduğunu umursamadan acımasızca vuruyordu. Kocası sanki kendi dayak yiyormuş gibi bağırıyor, küfrediyordu. Kader baygınlık geçirince bıraktı kocası onu dövmeyi, ağzından burnundan kan gelmişti. Evlendiği için pişman olmuştu kocası... Kayınvalidesi yerden kaldırıp oğullarıyla beraber yatağa yatırdı Kader'i, ne doktora götürdüler, ne de yüzünü gözünü sildiler. Kader kendine geldikten sonra kaynanası "Eve hırsız girdi de oğlum onu dövüyor zannettim" dediğinde, Kader dayak yerken olduğu gibi yine sustu.

Doğum vakti geldiğinde büyük bir telaş içindeydi Kader, hastaneye götürdüler ama zorlanıyordu Kader. İlk düşüğün etkisiydi yaşadıkları, bir yandan ebe, bir yandan doktor bir yandan da kayınvalidesi karnına bastırıyorlardı. Zor bela doğum yaptı Kader. Bebeği doğup da onu sedyeye aldıklarında saçına kadar kana bulanmıştı. Kader doğum sonrası midem bulanıyor beni kaldırın diye çırpındığı halde kimse umursamamıştı, az sonra bayıldığında tansiyonunun dört olduğunu gördüler. Kader ölmek üzereydi. Acil müdahale sonrasında merkezdeki bir hastaneye sevk ettiler, doktor Kader'i görünce "Bu kızı öldürmüşünüz zaten alın götürün yoğun bakıma yatırın ben bir şey yapamam" dediğinde Kader'in annesi ayaklarına kapanıp yalvarmaya başlamıştı. Doğum sırasında eşi almadıkları için tekrar kürtaj yapılmıştı Kader'e.

Bir ay kadar hastanede yattı Kader, ailesi "Boşan gel, hiç önemli değil" diyordu onun hem dayak izlerini görüyor hem de onların yalandan ilgilerine öfkeleniyorlardı. Psikolojisi bozuktu Kader'in doktorlar onun moralinin bozulmaması gerektiğini söylüyorlardı. Elli serum, elli iğne ve üç ünite kan sonrası yorgundu da. Hastaneden çıkmaya yakın hem annesi hem kayınvalidesi sıkıştırmaya başladı Kader'i, annesi boşan gel diyordu kayınvalidesi de eve gidelim diyordu. Ağlayıp duruyordu Kader, kızına da doğru dürüst bakamıyordu. Taburcu olduğu gün kocası geldi, alıp götürdü Kader'i.

Kader evde hem manevi hem fiziki yaralarını sarmaya çalışırken sıkıntılı günler yaşamaya başladı. Kader'in ailesini görmesi temelli yasaklanmıştı. Giderek büyüyen bebeği ailesinden uzak tutuluyordu.

Hayatında düzelme anlamında bir değişiklik olmadığı gibi kocasının terslikleri ve sorumsuzlukları da devam ediyordu. Küçük kızının adımlarını görmek onunla ilgilenmek hayatının güzelliğiydi. Tüm aile kızlarını seviyor üzerlerine düşüyorlardı ama Kader'e tavırlarında hiçbir değişim yoktu. Kızı konuşmaya başladığında anne kelimesinin sıcaklığı yanına küfürler öğretiyorlar, annesine söylemesi için teşvik ediyorlardı. Kader büyük bir pişmanlıkla hayatını geçirmeye çalışıyordu. Minicik çocuğa annesine kötü davranmasını öğretiyorlardı. O anne değil evin hizmetçisiydi sanki. Ailesi de babasının ölümünden sonra İstanbul'a taşınmıştı. Tamamen yalnız kalmıştı Kader.

Kızı 3 yaşına gelmişti, Kader kızı için her şeye katlanıyorsa da o günlerde kayınvalidesinin "Sen kocanı aldatıyorsun" iftiralarına sessiz kalamıyordu. Nasıl aldatabilirdi ki her gün aynı evde yaşıyorlardı, Kader bir yerlere çıkmıyordu ki bir şeyler karıştırabilsin...

Boşanmaya karar verdi Kader, ne kocasından gün yüzü görmüştü ne de kızını doğru dürüst yetiştirmesine izin veriyorlardı. Ailesi de ona destek olmadığı gibi horlanıyordu. Kayınvalidesi onların odasını suyolu gibi kullanıyordu. Mahremiyet yoktu. Kader'e evde ne sevgi ne saygı vardı. Çocukları olduktan sonra kocasıyla da beraber yatamaz olmuşlardı.

Kader kocasına, "Bana niye sahip çıkmıyorsun, hep anneni tarafını tutuyorsun" dediğinde kocası "Kızım senin gibi binlerce bulurum ama annem gibisini bulamam" demişti. O gün başından aşağı kaynar sular indi Kader'in. "Bu saatten sonra benim dünya ahret kardeşimsin" dedi. Kocası da sinirle ona aynı cevabı verdi. Artık karı koca gibi yaşamıyorlardı. O günlerde kocası onu aldatmaya da başlamıştı. Hiç üzülmüyordu Kader çünkü sevmiyordu kocasını.

Kocası Kader'i dövmeye devam ediyordu. Küçük kızı

onları gördüğünde babasına yalvarıyordu, "Ne olur dövme annemi..." küçük kızı dudakları morarana kadar ağlıyordu. Kader'i tek ayakta tutan kızıydı. O evde kalmasının tek sebebi de kızıydı.

Kader evin içinde aslında yapayalnızdı. Kendi kendine konuşur olmuştu, psikolojisi berbat durumdaydı. Aynayla dertleşir hale gelmişti. Ağzından kan geliyordu sebepsizce. Doktor psikolojik olduğunu söylemişti. Gencecik yaşında yavaş yavaş çökmeye başlamıştı.

Kızı üç yaşına geldiğinde Kader boşanmak istediğini söyledi. Kaynanası hemen yaftayı yapıştırdı: "Bak başkasını bulmuşsun şimdi ayrılıp o adamla evleneceksin." Kayınbiraderi bıçağı alıp Kader'e saldırdı. "Seni öldüreceğim" diyordu. Tüm tartışmalar kocasının yanında yaşanıyordu. Kocası Kader'e sahip çıkmadığı gibi o da saldırıp dövmeye başladı. Kızı ağlamaktan şişmişti, komşunun evine kaçırdılar kızını.

Olayları duyan Kader'in annesi, onların kapısına dayandı. Kızını alıp gidecekti. Kader'in annesine küfredip bağırmaya başladı. Kader'in annesi "Benim kızıma bakamıyorsanız, ağır geliyorsa ben kızımı götürüyorum" diyerek dimdik ayakta duruyordu. İstanbul'dan kızını almak için gelmişti. Kader ağlıyordu. Çaresizdi. Büyük kayınbirader elinde döner bıçağıyla salonun ortasına geldi. Kader'e saldırdı, "Gidersen ölürsün" diyordu. Kader zor bela ellerinden kurtulup odasına girdi, iki üç bakkal torbasına ufak tefek eşyalarını doldurup koşarak kaçtı.

İstanbul otobüsüne bindiğinde küçük kızından ayrı kalmanın acısı yüreğine yerleşti. Gencecik yaşında başına gelenler yetmiyormuş gibi kızından da koparılmıştı. Erzurum-İstanbul yolu gözyaşlarıyla geçti. Yediği dayaklar ve kötü muamele geride kalmıştı ama küçük kızı da onlardaydı.

Bir sene kızını göremeden ve resmi olarak da boşanamadan geçti gitti. Kader acıyla kavruluyordu. Kocası onu boşamıyor, "Süründüreceğim seni" diyordu. Bir sene sonunda kocasının tavrı değişti, "Seni özledim, seni gelip alacağım" demeye başladı. "Kızımız için ailemizi bozmayalım. Ailemin baskısı altında kaldım beni affet. Sensiz duramıyorum" diyordu.

Durumu evdekilerle paylaştığında ağabeyi, "Gitmelisin, madem çocuğunuz var bir daha denemelisin" dedi. Annesi de aynı fikirdeydi. Bu kez başka bir şehirde yeni bir başlangıç yapacaklardı.

Kocası geldi Kader'i aldı, Gebze'de bir ev tutmuşlardı. Bomboş bir evdi, içinde hiçbir eşya yoktu. Eşinin halası da orada yaşıyordu. Kader bomboş evde ne yapacağını bilemiyordu. Kızını getirdiklerinde o soğuk betonlar bomboş ev cennete dönmüştü.

Henüz bir ay olmuştu ki eve dört tane adam geldi. Erzurum'dan gelmişlerdi, evde yatacak yer bile yokken başka adamlar da onlarla beraber yaşayacaklardı. Tedirgin olmuştu Kader. Kocasının halası onlara yemek getiriyordu da öyle karınlarını doyurabiliyorlardı.

Kader'in komşuları durumdan rahatsız olmuşlardı. Kader'e "Kızım sen genç gelinsin, bu adamların evinde ne işi var? Bu nasıl bir vicdan?" diyorlardı. Kader durumu eşine aktardığında "Kime ne? Kimi ne ilgilendiriyor?" demişti. Bunun üzerine sinirlenmişti Kader, "Ben ne yiyorum ki onlar ne yesin, ben nerede yatıyorum ki onlar da bir yerde yatsın?" demişti.

Kocası herhangi bir iş de bulmaya çalışmıyordu.

Komşulardan hastaneye temizlikçi arandığını duymuştu. Hemen kocasını da alıp form doldurmaya gitti, kendi de başvurmuştu. Kocası işe alındı. Fakat kısa süre sonra doktorlarla temizlik sebebiyle tartıştığı için işi bıraktı.

Bakkala yapılan borç ciddi olarak artmıştı. Sigara, ekmek paraları yığılmıştı. Halası yemek getirmese temelli aç kalacaklardı. Kader çalışmak için kocasıyla konuştu, madem çalışıp o para getirmiyordu o çalışırdı. İkna oldu kocası Kader markete kasiyer olarak girdi. Çalışmaya başlamıştı fakat kocasının marketin etrafında dolanması herkesi rahatsız etmeye başlamıştı. Kıskanıyordu Kader'i sözler verdi, "Benim aklım başıma geldi, sen çalışma, ben çalışacağım" diyordu. Çaresiz kabul etti Kader.

Kaynanası geldi o günlerde, tatlı dilliydi, uyumluydu, şaşırdı Kader, 'Kayınvalidem melek olmuş' diyordu kendi kendine. Sohbet esnasında "Kızım sen de çalış birlikte beyaz eşyaları filan alın, biz de oradan eşyalarınızı yollarız. Kızını da bana ver, çalışırken bakamazsın, ben götüreyim, kız perişan olmasın. Sonuçta siz bir gün yemek yiyorsunuz bir gün yemiyorsunuz" dedi. Kader'in aklına yatmıştı, ama kocası ister miydi acaba...

Kızı giderken içini pişmanlık kaplamıştı bile. Kızı Kader'den koparışı aklından gitmiyordu, kızı çığlık çığlığa ağlıyordu. "Anne beni bırakma!" diye bağırışı yüreğini dağlamıştı. Geldiğinden beri zaten "Anne beni yine bırakıp gidecek misin?" diye peşinde dolanıyordu. O gün o yol ortasında ellerini ellerinden zorla ayırıp otobüse bindirmeye çalışırken Kader perişan oldu.

İşler aslında göründüğü gibi değilmiş sonradan öğrendi Kader. Meğer hepsi bir oyunmuş kızı almak için tezgahlanan. Kayınvalidesi, "Ben kızı alırım, sen de bunu gönder, boş ver oğlum sana kız mı yok... Siz burada dayanamazsınız. Kader siz aç kaldığınızda mecburen Erzurum'a geri döner, gelirse gelir, gelmezse sen çık gel." diyerek oğlunu ikna etmişti.

Kızı gidince iyice boşluğa düşen Kader evde oturan kocasına iyice sinirlenmeye başlamıştı. Kader'i bakkala gönderiyor, "git sigara al, git ekmek al" diyordu. Günlerini beraber geçiriyorlardı. Kocasında herhangi bir hareketlilik yoktu çalışmaya dair. O günlerde kayınbiraderi de onlarla birlikte yaşamaya gelince işler çığırından çıkmaya başladı.

Kader artık "Ben gidiyorum" demeye başladı. Kayınbiraderi ilk kez ondan yana görünüyordu, "Kızım sen bu kez haklısın, gidebilirsin" dedi. Kader bu kez "Abi çocuğumu getirin" dedi. Bunun üzerine kayınbiraderi evi aradı, evin büyük ağabeyi, "Çocuk senden mi sen istiyorsun çocuğu?" deyince küçük kayınbiraderi telefonu duvara fırlatıp kırdı. Kader'in bütün umutları da sönmüştü. Valizlerini topladı. Kocası onu İstanbul'a bırakırken, "Sen merak etme, çocuğumuzu da alıp geleceğim seni de buradan alacağım. Burada ev tutacağız." diyordu.

Kader'in onu son görüşü oldu. Kızını hala göremiyor, boşanma sonucu kızını görme izni var ama kocası ve ailesi izleri kaybettirmişler. Dört yıldır kızını göremiyor. Okula yeni başladığı şu günlerde ona önlüğünü giydiremiyor. İlk okumayı sökmesine şahit olamıyor. Onun yeni bir dünyaya açılan küçük dünyasında bir anne olarak destek olamıyor.

Peki genç bir kız gelip ona gelse, ben aşığım evlenmek için kaçmayı düşünüyorum dese ne derdi Kader o kıza.

"Onu engellemek için her şeyi yapardım. Çok küçük yaşta verilen kararlar doğru olmuyor. Şu anki aklım olsaydı böyle bir hatayı yapmamak için elimden geleni yapardım. Yaşınız olgun bir yaşa gelmeden, ayaklarınızın üzerinde duracak hale gelmeden evlenmeyin."

Peki geriye dönme şansı olsaydı ne yapardı Kader?

"Zamanı geri döndürmek gibi bir şansım olsaydı, bu hataları asla yapmazdım. Evlenmez okurdum. Meslek sahibi olup kendi ayaklarımın üzerinde durmak isterdim. Polis olmak isterdim, çocukluğumdan beri en büyük hayalim polis olmaktı. Şu anda kadın bir polis gördüğümde ona hayranlıkla bakıyorum."

Psikolojik yardım almadan yaşadıklarını atlatmaya çalışmış Kader. Olayları anlatırken bile eli ayağı titriyor, yeniden yaşıyor. "Sanki biri çıkacak o anı bana tekrar yaşatacak diye korkuyorum" diyor durumunu anlatırken. Şu anda ailesi ona destek oluyor, onların sayesinde çok daha iyi. Tek üzüntüsü kızından ayrı olmak.

PSİKOLOG UĞUR DALAN'IN YORUMU:

O yaştaki çocuğun böyle âşık olması evdeki mutsuzluk veya boşluk nedeni ile olur. Sağlıklı bir ortamda yetişen bir çocuk o yaşta evliliği düşünmez. Öncelikle aile ilişkileri düzeltilmeli, çocuğa söz hakkı tanınmalı, bastırılmamalı, demokratik tutum içerisinde bir otorite uygulanmalı. Kızı eve kapamak, yasak ve şiddet çok yanlış.

Çok sık karşılaştığımız bir hikaye Kader'in hikayesi. 15 yaşında aşık olan ve evlenmek isteyen bir çocuktu Kader. Peki niçin bu yaşta evlenmek istiyordu, nasıl bu kadar âşık olabilmişti?!

Sağlıklı ve mutlu bir ortamda yetişen bir çocuk bu kadar erken yaşta evlenmek istemez. Evliliği düşünmez. Evdeki, ailedeki mutsuzluk, huzursuzluk ve çocuğun hayatındaki boşluklar bu şekilde bir aşka ve evlilik düşüncesine sebep olur. Peki ne yapılmalı böyle bir durumda? Aynı durum içerisinde olan ve çocukları için endişe duyan aileler ne yapmalı?

İlk etapta yasaklardan kaçınılmalı, baskı ve yasaklar her zaman daha cazip hale getirir ve içerisindeki arzuyu daha da körükler çocuğun. Bu yüzden kontrol altında görüştürmeli aileler çocuklarını, karşı tarafı tanımaya çalışmalı, demokratik bir otorite uygulamalı ve kızı eve kapamak, yasaklar koymak, şiddet göstermek gibi davranışlardan kesinlikle kaçınmalılar. Bu şekilde zaman kazanarak ani bir davranışı engelleyebilir ve doğruları daha rahat görmesini sağlayabilirler çocuklarının.

Kader'in hikayesinde durum bu şekilde olmamış ve kaçmış Kader. Seviyorum diyerek kaçmış, fakat bu kaçış hayatı için zor günlerin başlangıcı olmuştu. Dayaklar yemiş, hakarete uğramış, çocuk düşürmüş, ufacık yaşında bir sürü zorluklar yaşamıştı.

Yaşanan bu psikolojik travmaların az veya çok mutlaka etkileri olacaktır ruh sağlığında. Tabii ki Kader'de de olmuş. Paylaşamama, ağır travmalar kendi kendine konuşmasına, psikosomatik problemler yaşamasına sebebiyet vermiş. Ama çok daha büyük etkileri olabilir, bunları ömür boyu yaşayabilirdi de. Yaşadıklarına rağmen yine de atlatabilmiş olması büyük şans.

Ama bundan sonra hayatta insanlara güveni olmayacaktır Kader'in. Bu yaşadıklarının izlerini ömür boyu yaşayacak, çocuğunun özlemini daima içinde hissedecektir.

NEŞE K.

Gaziantepli
29 yaşında
İlkokul mezunu
18 yaşında imam nikahıyla evlendi
İlk çocuğu 9 aylık hamileyken kocasından dayak yediği için erken doğum yaptı ve bebek doğum sonrası öldü
Kocasından aşırı şiddet gördü
Kendisi 6 aylık hamileyken kocası bir adam öldürdü ve hapse atıldı
Annesi 9 senedir kayıp
Kızına kendisi bakıyor

Sakin bir kadın Neşe. Yaşadıklarını tam olarak arkasında bırakamadığı hüzünlü gözlerinden belli. Çocuğunu hayatının merkezine almış, onunla mutlu oluyor. Hayatta çok şey yaşayıp durgunlaşan kadınlardan. Gencecik ama sanki onun için önemli değil gibi. Güzelliğini kendinden bile saklıyor gibi bir hali var.

Babasını 7 yaşındayken kaybetti Neşe. Her kız gibi babasını seviyordu. Baba şefkatini henüz okumayı öğrenmeden yitirmişti. Annesi hayatının merkezi oldu o günden sonra. Hayatı da değişti, annesiyle birlikte Adana'ya dedesinin yanına yerleştiler.

Annesi genç bir kadındı ve üç-dört sene sonra evlendi. Neşe'nin küçük dünyası kıvranmaya başladı. Hayattaki tek dayanağı annesini paylaşmak zorundaydı. Huzursuz günler başladı Neşe için. Üvey babasıyla bir türlü anlaşamıyordu. Arada annesiyle üvey babasının konuşmalarını duyuyor daha da üzülüyordu, "Bu çocukla ben aynı evde kalamayız."

Çocuktu ve anlayamıyordu, annesini sakınıyordu. Yanı sıra annesinin kocası çalışmıyordu. Annesinin mal varlığından faydalanıyordu. Neşe'ye göre adam babasının parasını yiyordu. Annesi de suçluydu, çünkü babasının parasını başka bir adama yediriyordu. Evdeki her ihtiyacı annesi karşıladığı gibi annesi adamın sigarasını bile alıyordu. Neşe babalığını hiç sevmiyordu.

Neşe ilkokuldan sonra okula gitmedi. Evdeydi, hemen her gün aynı senaryo yaşanıyordu evde. Sıkılıyordu Neşe, genç kızlığa adım attığında da bunalmıştı. Babalığının her hareketi batıyordu ona. 18 yaşında görücü geldi Neşe'ye. Neşe sevinmişti belki bu hayattan kurtulacaktı. Kendi evinde sakin bir hayatı olacaktı. Kocasını olacaktı onu koruyup kollayacak, şefkat gösterecek. Evlenmeyi kabul etti.

Heyecanlanıyordu Neşe, tüm genç kızların hayali olan gelinliği giyecekti. Sazlı sözlü düğünü yapılacaktı. Fakat düşündüğü gibi olmadı, evet gelinlik giymişti ama düğün yapılmadı, bir camiye götürdüler, imam nikahı kıyıldı. Sonra eve götürdüler. Sessiz sakin bir evlilikti, eğlenilmemişti. Yine de ses çıkarmadı, kendine ait bir evi olacaktı en azından mutluydu.

Eşi kendisinden fazla büyük değildi, 27 yaşındaydı. İlk günler kendi evinde yaşamanın keyfini çıkardı. Evleri kira da değildi. Evliliğinin ilk altı ayı çok güzel geçti. Kocası zaman zaman içki içiyor arada duman da üflüyordu ama büyük bir sorunları yoktu. Hamile de kalmıştı keyifliydiler. Bir çocukları olacaktı. Kocasını sevmeye başlamıştı.

Bir gün kapıları çaldığında polisi gördüler karşılarında. Şaşırdı Neşe. Kocası hapis yatacaktı, niye olduğunu bilmiyordu, sorgulayamadı da. Neşe için sıkıntılı günler başlamıştı. O dönemde kayınpederi ve kayınvalidesi baktılar Neşe'ye. Kayınpederi bir baba şefkatiyle yaklaşıyordu Neşe'ye. Kocası hapse girmesinden bir-iki ay sonra vefat etmişti. Neşe, baba gördüğü kayınpederi ölünce çok üzülmüştü.

Kocası cezaevinden çıktığında sevinmişti Neşe ama sevinci kursağında kaldı. Evlerini satıp eşinin ailesinin üst katında yaşamaya başladılar. Kocası bambaşka bir insan olmuştu. Çok sinirliydi, aşırı alkol tüketiyordu, duman üflemesi de artmıştı. Aşırı kıskanç bir adam olmuştu. Karısına olmadık şeyler söylüyorlardı. Namusuyla yaşayan bir kadın için büyük bir yüktü söyledikleri.

Kocası çalışmıyordu. Neşe kocasının çalışmasını istiyordu, sürekli olarak kayınvalidesinin onları doyurması doğru değildi. Her konuştuğunda dayak yer olmuştu. Aşağı indiğinde kendinden birkaç yaş küçük bekar görümcesi söyleniyor, "Gidin kendi evinizde yemek yiyin. Kocanı sen alıştırıyorsun. Ben açlıktan ölsem senin gibi davranmam..." diyordu. Ağırına gidiyordu Neşe'nin, eğer hamile olmasa, bacakları açlıktan titremese gerçekten aç kalmayı tercih ederdi bu lafları duyacağına. Gururunun incinmesini umursamamaya çalışıyordu ama zoruna gidiyordu.

Hamileliğinin son zamanlarıydı Neşe'nin. O gün yine görümce ve kayınvalidesi epey konuşmuşlardı. Neşe de kocasına "Bundan sonra açlıktan ölsem de aşağıya inmeyeceğim, haberin olsun, beni muhtaç etme artık!" dediğinde adam çıldırdı. Doğumuna yaklaşık on gün kalmıştı ve kocası hiç acımadan karnına tekmeler atarak feci şekilde dövdü Neşe'yi.

Sancılandı Neşe. Sürünerek alt kata indi, kayınvalidesinden yardım istemek için. "Doğum zamanın gelmedi" diyerek hastaneye götürmediler Neşe'yi. Sancıdan kıvranıyor, yalvarıyordu evdekilere, öleceğini düşünecek kadar acı çekiyordu. Hastaneye götürmemekte ısrar ettiler. Kayınvalidesi yaşlı bir kadın getirdi eve.

Doğum yaptı Neşe, bebek zaten can çekişiyordu. Bebeğin belinde, karnında kara izler vardı, morarmış gibi duruyordu. Emzirmek için bebeği tekrar görmek istediğinde vermediler. Bebek ölmüştü. Neşe'yi bebeğin mezarına bile götürmemişlerdi.

Evde büyük bir üzüntüyle yatıyordu Neşe. Çok rahatsızdı hem aşırı sıkıntılı ve kötü bir doğum yaşamıştı hem de bebeğini kaybetmişti. Neşe yataktan yatarken kocası yanına geldi, özür diler bir hali vardı. Saçlarını okşadı, "Bir daha olur üzülme!" dedi. Yanında oturuyordu. Bu sırada kayınvalidesi içeri girdi, "Hem siz yapıp ediyorsunuz hem birbirinizin yanından ayrılmıyorsunuz." dedi. Ağırına gitmişti Neşe'nin, kendisinin hiçbir suçu yoktu ki...

Bu kötü olay sonrası bir süre araları son derece iyiydi. Kocası ona daha şefkatli yaklaşıyordu. O da çok iyi biliyordu ki oğlunun ölmesi kendisi yüzündendi.

O gece Neşe'nin annesi bir rüya görmüştü. Kızı Neşe çok sıkıntı içindeydi. Hemen oğluna telefon açtı, "Git Neşe'yi ziyaret et, neler oluyor bir öğren. Rüyamda ağlıyordu, yardım etmem için yalvarıyordu."

Ağabeyi apar topar otobüse binip Neşe'nin yanına gelmişti. Neşe yaşadığı sıkıntıları ailesine aktarmamıştı, hem onların üzülmesini hem de başlarının derde girmesini istemiyordu. Yaşadıklarını öğrenirlerse kıyamet kopabilir, istenmeyen olaylar yaşanabilirdi. Ailesi bebeğin doğum ve ölümünün normal yollardan olduğunu düşünüyordu.

Ağabeyi annesinin rüyasını anlatıp bir sorun olup olmadığını sorduğunda, "Annem herhalde bebeğin ölümünü hissetmiş olmalı. Bebeğe üzüldüm." dedi. Gerçekleri söylemedi. Ağabeyi ikna olup gitti.

Annesi de olayı öğrenir öğrenmez otobüse atlayıp yanına geldi. Sarılıp ağlaştılar, dertleştiler. Annesi iyi olduğuna inandıktan sonra evine döndü. Neşe de kendi hayatına döndü, sessizce kendi çilesini çekiyordu. Sonraları ailesine olanları anlatmıştı ama iş işten geçmişti.

Bebeğini kaybetme üzüntüsü geçmeden şiddet eve geri döndü. Yaklaşık yirmi gün kadar ortalık sakindi. Yine rutine dönüldü. Kocası şiddet göstermeye devam ediyordu. Neşe inanamıyordu, bir adam nasıl bu kadar değişebilirdi... Aklını kaybetmiş gibiydi, hapishanede neler yaşadığını merak eder olmuştu, çünkü değişim inanılmazdı.

Tek kelime etse dayağı yiyordu Neşe. Her an tetikte yaşamaya başladı. İçinde büyük bir boşluk oluşmaya başlamıştı. Namaza başladı o günlerde, namaz kıldığında huzurlu hissediyordu kendini. Her gün beş vakit Allah'a dua ediyordu.

Eve, annesinin yanına da dönmek istemiyordu, çünkü

bir keresinde kocası saçından sürükleyerek annesine götürüp bırakmıştı. Annesi birkaç gün sonra Neşe'yi evine göndermişti. "Namusun ne olacak, hem aile içinde olur böyle şeyler, sabret kocana..." demişti. Aslında annesiyle rahatça yaşayabilirdi, çünkü babalığıyla boşanmıştı. Şartları uygundu. Ama olmadı, annesi de destek olmamıştı.

Son zamanlarda defineye merak salmıştı kocası. Her gün eline kazma kürek alıyor, define aramaya çıkıyordu.

Neşe gergindi, yanında uyurken bile korkuyordu. Kocasının kendisini öldürmesinden korkuyordu. Sürekli tetikteydi. Neşe konuşmasa bile "Bu gözlerin niye oynuyor, kime bakıyorsun?" diyordu. Halbuki dışarı bile çıkmıyordu Neşe, evde kime ve ne için bakacaktı ki...

Oğlunun ölümünden kısa süre sonra tekrar hamile kalmıştı Neşe. Korunmayı bilmiyordu, çok gençti, kimse de öğretmemişti, hemen hamile kalmasının tehlikeli olabileceğini. Diğer hamileliğinden farklı geçmiyordu günleri, yine yemek için aşağıya iniyor, yine çeşitli bahanelerle dayak yiyordu. Sürekli yüzü gözü mor geziyordu. Gören şaşırıyordu. Yine yüzü gözü mor olduğu bir gün ağabeyi geldiğinde gezmeye gittiğini söyletmişti. Silahla öldürmekle tehdit ediyordu kocası. "Bir mermi senin, bir mermi benim..." diyordu.

Bebek altı aylıkken, bir gün telaşlı bir şekilde eve geldi kocası. Yanında birtakım adamlar da getirmişti. Aşağıda konuşuyorlardı. Neşe gergin bir şekilde olacakları bekliyordu, birkaç dakikalığına yukarı çıktı, "İşim var geleceğim!" dedi ve gitti.

Yaklaşık bir saat sonra kocası eve döndü. Kocasının suratını görür görmez bütün vücudu titremeye başladı Neşe'nin. Kireç gibi bembeyazdı yüzü, bakışları çok değişikti. Hayatında daha önce böyle bir ifade görmemişti, değil kocasının kimsenin yüzünde. Neşe'yi bir kenara çekti ve "Biri gelip beni sorarsa bütün gün evde olduğumu söyleyeceksin." dedi.

Kocası birini öldürmüştü. Korkudan ne yapacağını bilemedi Neşe. Donakaldı, sözünü dinledi kocasının. Hiç konuşmuyorlardı, Neşe çıt çıkarmıyordu, suskun birkaç saatin sonrasında polisler geldi. Kocası silahı kendi teslim etti polislere. "Ben yapmadım!.." diyordu ama suç kesindi. Hapishaneye gönderdiler.

Neşe ne yapacağını bilemedi. Annesi de bir süredir kayıptı. Fıstık tarlasını sattıktan kısa süre sonra kaybolmuştu. Neşe'ye payına düşen parayı vermişti, ama kocası çoktan tüketmişti o parayı. Kimse annesinin nerede olduğunu bilmiyordu. Ne ölüsü ne dirisi bulunmuştu.

Kendisini biraz toparladıktan sonra ağabeyini aradı Neşe. Ağabeyi apar topar geldi. Neşe yaşadığı her şeyi tek tek anlattı. Ağabeyinin ilk tepkisi "Bize niye daha önce söylemedin?" oldu. Sahiplendiler Neşe'yi. Ailesinin yanına döndü. Kocasının ailesi de hak veriyordu Neşe'ye. Kendi oğulları için "Kafayı yemiş o, deli..." demişlerdi.

Neşe kocasını anlatırken şöyle diyor: "O gitmiş başka biri gelmişti onun yerine. Bir insan bu kadar acımasız olamaz, böyle insan olamaz. Öldürür diye korkuyordum."

Korkularında haksız çıkmamıştı Neşe. Bir adam öldürecek kadar değişmişti. Annesinin kaybolmasının da kocasıyla ilgili olabileceğini düşünüyordu Neşe. Çünkü o gün yüzü aynı şekilde bulutlu gelmiş ve Neşe'yi annesine götürmeyi teklif etmişti. Beraberce annesinin evine gittiklerinde annesinin kaybolduğunu öğrenmişti. Bu zannını polise de aktardığı gibi savcılığa da şikayetçi olmuş Neşe.

Doğru mudur, bilmiyor hatta "Bilmiyorum günahını

almak istemem ama öyle hissettim, çünkü annemin parası ve takıları vardı. Eşim ondan para istemişti, annem vermeyince de kızmıştı. Belki bu yüzden olabilir, ama yine de Allah bilir." diyor.

Karnında kızıyla yeni bir hayata başladı Neşe. Kızını Ankara'da doğurdu. Şu anda hayatının tek gayesi kızı. Onu gözünden bile sakınıyor, "Allah ona uzun ömür versin" diyor. Neşe'nin ailesi ona ve kızına sahip çıkmışlar. Amcası, teyzesi ve ağabeyi büyük destek olmuşlar. Onların sayesinde ayakta duruyor. Ama en büyük kazanımı elbette biricik kızı. Kızı babasıyla hiç tanışmadı, babasının nasıl bir hayatı olduğunu ya da nasıl biri olduğunu bilmiyor.

Peki ailesinden şikayet eden genç bir kız gelse ona nasıl bir tavsiyede bulunur?

"Ailenizden kaçmak için evlenmeyin. Evlilik bir çözüm değil. En doğrusu ailenizle geçinmenizdir. Annebabalar çocuklarının kötülüklerini istemezler. Tabii istisnalar olabilir kendi ailenizle çok ciddi sorunlarınız varsa eğer bir akrabanızla yaşayabilirsiniz, o da olmuyorsa Devlet'e sığınabilirsiniz. Ama sakın evlenmek için evlenmeyin. Ben yağmurdan kaçarken doluya tutuldum. Evlenip kurtulmak diye bir şey yoktur, hiç düşünüldüğü gibi değil. Adamına düşmezsen hayat zindan olur. Evlilik küçükken hiç iyi bir şey değil. Mümkünse okusunlar, meslek sahibi olsunlar. Ben şimdi kızımın okuması için elimden geleni yapıyorum. Bütün kızlar okuyup meslek sahibi olmalı."

Peki elinden bir şansı olup geriye dönebilseydi ne yapardı?

"Okuyup polis olmak isterdim."

PSİKOLOG UĞUR DALAN'IN YORUMU:

Bir kız çocuğu için çok şey ifade eder baba sevgisi. Baba figürü hayatında çok önemli bir yerde, çok belirleyici bir roldedir. Neşe'nin yaşamı da bu figürün yok olmasıyla değişmeye başlamış. Babasının ölümü, arkasından birkaç yıl sonra annesinin de evlenmesiyle Neşe için artık "mutlu" bir yere gitme zamanı gelmiş.

İşte bu noktadan sonra hayatı ve düzeni bozulmaya başlamış Neşe'nin. Pek çok gencimizin yaptığı gibi neşe de mutluluğu ve huzuru evinin dışında aramış. Orada mutlu olamayacağını düşünmüş; aslında bazı bulunan çözümlerin problemin tam kendisi olduğunu anlayamadan.

Burada bir parantez açmak istiyorum. Neşe gibi pek çok gencimiz evinde mutlu ve huzurlu değilse çözümü dışarıda başka bir yerde veya başka bir şeyde arıyor. Denize düşünce yılana sarılıyorlar, o yılanın kendilerini zehirleyeceğinden habersiz. Eğer evinizde bir sorununuz varsa, o sorundan kaçmayın, çözümü başka yerde aramayın. O sorun ile yüzleşin ve çözmeye çalışın. Aksi durumlarda kaçtığınız sorunlardan çok daha fazlası bulabilir sizi.

Peki neydi Neşe'nin evliliğinde yanlış olan? Neşe'nin evliliğinin ilk yanlışları baştan başladı. Evden uzaklaşmak için tanımadan, sevmeden evlendi Neşe. Belki kendi de hazır değildi evliliğe. Bu acele karar, acele çocuk, eşinin yarattığı problemler ve bunları ailesinden saklayarak katlanmaya çalışması sorunlarının katlanarak çoğalmasına neden oldu. Bu kadar olumsuzluk içinde belki de en büyük şansı arkasında duran ve ona sahip çıkan abisi ile ailesi olmuş Neşe'nin.

Peki onlarda sahip çıkmasalardı ne olacaktı? Bunu düşünmek bile istemiyorum fakat etrafımızda bu şekilde yaşanan olayları da duyuyoruz.

RAZİEH KHEİVİ M.

35 yaşında
Üniversite sinema bölümü mezunu
Şiir yazıyor
Halk Eğitim Merkezinde müdür olarak çalışıyor
Bir evlilik yaptı
Annesinin isteğiyle 14 yaşında evlendi
15 yaşında ikizlerini kucağına aldı.
Evliliği beş yıl sürdü
10 yıldır bekar yaşıyor
Çocukları şu anda 19 yaşında, üniversitede okuyorlar
Çocukları babalarıyla görüşmüyor
Eski eşinden ihanet sebebiyle ayrılmış
Aslen Azeri

Güzel, mağrur ve bilgili bir kadın Raziye. Olgun bir ruhu olduğu ilk bakışta gözlerinden anlaşılıyor. Kendini geliştirmiş olduğu yerde kalmamış kendini yeniden var edip yaşamın içine katılmış.

Çocukken rahat ve güzel bir hayatı vardı Raziye'nin. İran'ın Tahran şehrinde yaşıyorlardı. Şehirli, asil, eğitimli ve köklü bir aileydiler. Babası bir televizyon kanalının müdürüydü. Amcası diplomattı, İngilizce-Farsça tercümeler de yapıyordu. İran'daki devrime kadar hayatları güzeldi. Babası ülkedeki iç karışıklık sebebiyle bir örgüt tarafından öldürüldü. O günden sonra tüm dünyaları tepetaklak oldu.

Raziye babası öldürüldüğünde sadece dört yaşındaydı. Evin en büyük çocuğuydu. Annesi en küçük kardeşine hamileydi. Raziye'nin çocukluğu da böylece kaldırılmış oldu. Annesi 21 yaşında genç ve dul bir kadın olarak hayatta yapayalnız kalmıştı. Şaşkındı ve korkuyordu. Namusuyla çocuklarını büyütmek zorundaydı.

Herkes Raziye'ye olgun olmasını söylüyordu, o kardeşlerine ablalık yapmalıydı. Raziye annesinin ve büyüklerinin sözünü dinledi. O günden sonra olgun olmaya uğraştı. Okul sırasında terbiyeli ve çalışkan bir çocuk olarak kardeşlerine örnek oluyordu. Okul sonrası ev işlerine yardım ediyor, kardeşleriyle ilgileniyordu. Ortaokulun sonlarına gelmeye başladığında genç bir kız olarak kendini göstermeye başladı. Büyüyüp serpilmişti, dokuzuncu sınıfa giderken evlerine görücü geldi. Uzun zamandır olgun olmayı öğrenen Raziye, annesinin isteği üzerine henüz 14 yaşındayken evlilik yoluna girdi. Annesinin ve Raziye'nin tek şartı okumaya devam etmesine izin verilmesiydi.

Raziye evleneceği adama göz ucuyla bakmıştı, annesi kesin olarak evlenmesini istiyordu. Tek başına büyüyüp serpilmiş bir kızla baş edemeyeceğini düşünüyordu belki de. Koca adayı kendisinden dokuz yaş büyüktü, o da çok gençti.

Raziye büyük şehirde yaşamış ve eğitim görmüştü

müstakbel kocası ise köylüydü. Koca adayının ailesinin maddi durumu da iyi değildi, ama annesi namus korunsun diye o adamla evlenmesini istiyordu. Küçük yaşta babasız kalan Raziye eşini hemen sahiplendi. İçindeki baba şefkatini kocasında bulacağını düşünüyordu. Aile de Raziye'nin eşini sahiplendi. Ona bir iş buldular, zaten öğretmenlik yapıyordu ama buldukları iş sayesinde üniversite hocalığına hatta dekanlığa kadar yükselecekti.

Annesi onu evlendirirken şöyle demişti: "Beyaz kıyafetle gidiyorsun koca evine kefenle çıkarsın." Namusa ve gurura önem veren ailenin genel kaidesi, kimsenin ailelerine laf etmemesiydi. Bu şartlar altında evlendi Raziye. Evlendiklerinde köyde yaşamaya başladılar.

İlk günler birbirlerine alışmakla geçti. Babasının boşluğunu kocasına beslemeye başladığı sevgiyle kapatmaya çalışıyordu. Koca demek namus demekti, dört elle ona sarılıyordu. Alışmadığı bir hayat olmasına karşın gayret ediyordu. Şehirli bir kızın köyde yaşamaya alışması zaman alıyordu ama o yine de gençliğin de verdiği şevkle hayata tutundu. Bilmediklerini öğrenmeye gayret etti. Yeter ki ailesine ve annesine laf gitmesindi. Kocasının ailesinin baskılarına elinden geldiğince ses çıkarmıyordu.

Raziye kısa süre sonra hamile kaldı, henüz birkaç aylık evliydiler. Bebeklerine hamile kalalı üç ay olmuştu ki ilk dayağını yedi Raziye. Hamile olduğunu da hastanede öğrenmek zorunda kalmıştı. İlk dayağın etkileri ruhunu sarstı. Boşanmak istiyordu, yanlış bir adamla evlendiğini düşünüyordu ama bedeninde bebeğini taşıyordu. Ruhundaki git gellerden sonra devam etmeye karar verdi. Annesinin söylediklerini hatırladı. Ve evinde kaldı.

Hamileliği boyunca da sebepli sebepsiz yere şiddete uğradı kocası tarafından. Kimi zaman ablasının ya da annesinin söylediği bir şeye takılıyor ve Raziye'ye yükleniyordu. Küçük kadın anlayamasa da yaşadıklarını sineye çekiyordu her şeyi. Bebekleri karnında büyürken annelik duygularını öğreniyordu.

15'inde anne oldu. İki oğlunu kucağına aldığında birdenbire büyümüştü. İkizleri onu hayata bağlamıştı. Ne koca tersliği, ne görümcenin sivri lafları ne de kayınvalidesinin iğnelemeleri umurundaydı artık. İki oğlunu layıkıyla büyütmek için uğraşıyordu. Çocukları babaları tarafından da seviliyordu. Mutluluğun kapıları açılıyordu.

Çocukları yürümeyi öğrenip de konuşmaları anlamlanmaya başlamışken şehre taşındılar. Raziye'nin kocası üniversitede çalışmaya başlamıştı. Raziye şehre taşındıkları ve ailesine yakın olduğu için mutlu olmuştu.

Kısa sürede maddi durumları iyileşmeye başladı. Önce bir ev aldılar, sonra birer araba. Kocasının çevresi genişliyordu, beraberce sosyal aktivitelere de katılıyorlardı. Raziye mutluydu, aile dostlarıyla yurt dışı gezilerine bile gidiyorlardı.

Çocukları henüz dört yaşındayken yolunda gitmeyen bir şeyler olduğunu hissetmeye başladı Raziye. Kocasında kendisine karşı bir soğukluk belirmişti. Kötü davranıyordu, konuşmuyordu, konuştuğunda da aşağılıyordu. Kocasına birileri büyü yapmış da her şeyi değiştirmiş gibiydi. Anlayamıyordu Raziye, evet zaman zaman şiddet görmüştü, ama kocası onu severdi, ah dese canı giderdi hatta. Olanlara bir anlam veremiyordu. Tartışmaların başladığı, tatsızlıkların yaşandığı o günlerde hamile olduğunu öğrendi Raziye. Hamile olduğunu kocasına anlattığı gün, kocası sert bir tepki verdi.

Kocası çocuğun doğmasını istemiyordu, "Ben senden boşanmayı düşünüyorum" dedi.

"Neden?" diye sordu şaşkınlıkla.

"Biz zaten köylüler gibi hemen çocuk sahibi olduk, ardı ardına çocukları sıralamak istemiyorum" dedi.

Kocasının isteksizliğine rağmen hamileliği devam etti Raziye'nin. Bu sırada birkaç kez dövdü kocası Raziye'yi. Yeni taşınmış olmalarına rağmen ev değiştirdiler. Hamileliği boyunca da neredeyse tek kelime etmemişti Raziye'ye. Dokuz ay boyunca tek bir kelime bile etmedi Raziye'ye. Eve geliyor, yemeğini yiyor, biraz oturuyor sonra yatıyordu. Sabahları da erkenden işine gidiyordu.

Raziye hayatında biri olduğunu düşünmeye başlıyordu ama konduramıyordu. Hissettiklerini aile dostu bir kadınla paylaşıyordu kimi günler ağlayarak. Eşlerin hep beraber tanışıp görüştükleri bir aileydi. Kadın Raziye ağlarken kendi de ağlıyor, üzüntüsünü paylaşıyordu.

Bazen soruyordu kadın, "O kadını bulursan öldürür müsün?"

"Hayır öldürmem, konuşurum onunla, ben kocamla ve çocuğumla mutluyum, yapma, derdim."

Susuyordu kadın.

Raziye şaşkındı, kocasına yalvarıyordu bazı günler, "Ben seni ve çocuklarımı seviyorum yapma!..." Kocası umursamıyordu. Raziye korkuyordu, boşanan kadının mutlaka kötü yola düşeceğini düşünüyordu. Hayatının böyle bir noktaya gitmesini istemiyordu. Onurlu bir ailenin kızıydı ve namusunu korumalıydı. Bu yüzden kocasına yalvarıp duruyordu ama kocası tek kelime etmiyordu.

Hamileliği dokuzuncu aya yeni girdiğinde kocası onu hastaneye gidip sancısı olduğunu söylemesine zorlamaya başladı. Raziye karnında oynamalarını hissettiği bebeğe kıymak istemiyordu ki, kocasının baskılarına zor dayanıyordu. Dokuz ay boyunca karnında taşıdığı bebeğin ölmesini hangi anne isteyebilirdi. Sadece anne değil hangi insan bunu ister ki...

Hamilelik psikolojisi yanı sıra kocasının baskılarına da yenik düştü. Kötü bir hastaneye götürdü kocası. O gün ülkede başbakanlık seçimi yapılıyordu, ortalık hareketliydi. Raziye mutsuzdu, hayatının anlamı kaybolmaya başlamıştı. Gitti mutsuz ve isteksiz bir ifadeyle, "Benim sancım var" dedi. Hemen ameliyata aldılar. Dikkatle muayene edilmemişti. Asistanlar ilgilenmişlerdi zaten uzman doktor ortalıkta yoktu. Sezaryen yapılmıştı.

Kendine geldiğinde bebeğin durumunun kritik olduğunu söylediler. Kötü bir hamilelik geçirdiği için bebek tam gelişememişti, soluk borusu çok zayıftı. Biraz toparlandığında bebeği görmeye gitti, çok güzel bir bebekti, gözünde yaşlarla seyretti Raziye. İçinden yaşaması için dualar ediyordu ama bebeğin solgunluğu ve zayıflığı onu korkutuyordu.

Ertesi akşam bebek öldü. Raziye perişan oldu. Bebek öldüğünde bu evliliğin de öldüğünü kabul etti Raziye. Çabalayacak hiçbir şey yoktu, bu Allah'ın işaretiydi Raziye'ye göre. Bebek ölmüştü evliliği de uzun süredir ölmekteydi. Kendini güçsüz, korumasız en çok da babasız hissetti. Çaresizlikle kabul etti her şeyi.

Eve döndü Raziye. İki oğlunu bağrına bastı, bunalımlı günler geçiriyordu. Hala kocasıyla tek kelime etmiyorlardı, artık Raziye de konuşma ihtiyacında değildi. Yaklaşık bir ay sonra annesinin evine birkaç günlüğüne ziyarete gitti. Belki yaralarına şifa olabilirdi baba evi. Gerçi kocası zorlamıştı gitmesi için. Artık sorgulamamayı, soru sormamayı, ısrar etmemeyi öğrenmişti. Ses çıkarmadan toparlanıp gitti.

Birkaç gün sonra eve döndüğünde evi kapı duvar buldu. Evi bomboştu, kocasını aradı, işyerinde de yoktu dahası birkaç gündür işe gelmiyordu. Dünya başına yıkıldı, çaresiz annesinin evine döndü. Ertesi gün öğrendi ki kendisini dost bildiği kadınla ülkeden kaçmışlardı. Gözyaşlarını ve acılarını paylaştığı kadın kocasını çalmıştı. O kadının kocası da terk edilmişti. Raziye'nin kocası evi ve eşyaları satıp ortadan kaybolmuştu. Ne büyük aşk!...

Sonradan ortaya çıktı ki üniversiteden de para çalmıştı. Raziye utançtan ne yapacağını nereye gideceğini bilmiyordu. Kocası dört yıl ortalıkta görünmeyecekti.

Annesinin evine geçti Raziye yaklaşık üç ay baba evinde yaşadı. Annesi de öfkeliydi damadına, Raziye'ye "Git çocukları annesine ver, görsünler günlerini, sorumluluklarını alsınlar" dedi. Raziye çocuklarını bırakamazdı. Düşündü taşındı çocuklarıyla beraber kayınvalidesine taşındı. Zaten kadın yalnız yaşıyordu, kızlarını evlendirmişti, tek oğlu da ortada yoktu. Yine hayatını değiştirdi Raziye, köye geri döndü.

Dört kötü yılın başlangıcı tatsızdı, Raziye kayınvalidesi gidip "Ben sizin namusunuzum burada kalacağım" dedi. Ve çileli günler başladı. Yerli yersiz şiddete uğruyordu. Kocasının kendisinden küçük kız kardeşi bile Raziye'yi aşağılıyor, şiddet gösteriyordu. Çocukları için, namusu için sabrediyordu. Gün oluyordu yemek bile vermiyorlardı. Susuyordu Raziye.

Çocuklardan babaya benzeyenini el üstünde tutuyorlar, Raziye'ye benzeyenine ise kötü davranıyorlardı. Sırf Raziye'yi incitmek için dövüyorlardı.

Kimse Raziye'yle konuşmuyordu. Raziye ezan saatlerini bekliyordu, namazını kılıp Allah'a yalvarıyordu, onun için tek dost Allah olmuştu. Oruç tutuyordu hemen hemen her gün. Ezan vakitleri sevgiliye kavuşur gibi mutluydu.

Bir gün kocası ziyarete geldi. Daha içeri girer girmez Raziye'yi dövdü ki sesi soluğu çıkmasın. Öylesine kötü bir dayaktı ki hastaneye götürdüler, yolda tembihlenmişti dayak yediğini söylemeyecekti. Doktorlar şiddete uğradığını anladılar ama şikayet etmeyen Raziye'ye söyleyecek bir şey yoktu. Yine sevgilisine döndü kocası. Evde kayınvalide ve görümceler tarafından şiddet ve hakaretler devam etti.

Dört yılın sonunda boşanma davası açtı kocası. Bütün haklarından vazgeçerek boşandı ve şehre taşındı Raziye. Bu kez hayat mücadelesi başlıyordu. Yalnız başına çocuklarına bakacak ve üniversite eğitimini tamamlayacaktı. Ailesine de haber vermemişti.

23 yaşında yapayalnız, parasız bir halde yeni hayatına başladı. Bir güzellik merkezinde işe başladı. Bir oda tutmuştu, oda içinde küçük bir tuvalet ve tuvaletin içinde de duş niyetine bir musluk vardı. Bu odada çocuklarıyla beraber yaşayacaktı. Mücadeleci ruhu sayesinde kısa zamanda güzellik salonunda işleri öğrendi, kendini ispatladı. Kısa zaman sonra güzellik merkezinde işleri organize eder olmuştu.

Orada tanıştığı bir kadın hayatına mucize gibi girdi. Kadın bir ev tuttu, bir odasında çocuklarıyla kendisi oturuyordu, evin diğer kısımları da güzellik merkezi yapılmıştı. Artık bir kira parası vermek zorunda değildi, çalıştı çabaladı, para biriktirdi. Kendine kiralık bir ev tutabilecek hale geldiğinde kendine yavaş yavaş bir yaşam kurmaya başladı.

Çevresi genişledi, hatta bu sayede iyi para kazanabilmişti. Bir arkadaşının kocası altın işiyle ilgileniyordu, yakın zamanda altının çok yükseleceği haberini vermişti.

Raziye elindeki parayla altın aldı ve birkaç ay sonra elindeki altınların fiyatı yedi kat arttı. Raziye kendine araba bile almıştı. Çocuklarının düzenli bir hayatı vardı. Eğitimine devam ediyordu.

Boşanan kadınların namusuyla hayatlarını sürdürebileceğine önce kendisini sonra başkalarını inandırmıştı.

Peki 14 yaşında evlenmemek gibi bir şansı olsaydı ne yapmak isterdi Raziye?

"Doktor olmak isterdim. Ama şunu söylemek istiyorum yaşadığım hiçbir şeyden asla pişman değilim. Mutlu günlerim de oldu, çok zor günlerim de ama ben yaşamımdan pişman değilim. Asla."

Peki genç bir kız gelse ve aşık olduğunu, evlenmek istediğini söylese Raziye ona ne söyler?

"Onu yolundan çevirmek için uzun uzun konuşurdum. Okumalı ve kendi hayatını düzenlemeli önce. Sonra evlenmek istiyorsa evlenmeli. Evlilikte en önemli şey saygı. Kişilerin birbirine saygı duymaları için belli bir seviyede olmaları gerekiyor. Kişi kendisine saygı duyulmasını istiyorsa saygı duyulacak biri olmalı ki önce kendi kendine saygı duysun."

Raziye hayatında yaşadıklarını bir pişmanlık olarak görmüyor. Hepsinin dünyada yaşaması gerektiği birer evre olduğunu düşünüyor. Şu andaki Raziye'yi oluşturan sebepler. Dünyasını olgunlaştırmış, çok şikayetçi görünmüyor. Kendi içinde barışık bir kadın. Çocuklarını da yetiştirmiş birkaç seneye kadar mesleklerini ellerine almış, dünya için değerli birer fert olma yolundalar.

Gururlu ve onurlu olmak her zaman hayatının en büyük amacı olmuş. Yapayalnız kaldığı günlerde de aslında yalnız olmadığı keşfini yaparak kendine yeni bir dünya açmış.

PSİKOLOG UĞUR DALAN'IN YORUMU:

Köklü, okumuş ve şehirli bir aile veya okumamış, sosyo-kültürel olarak düşük bir aile. Çoğu zaman yaşam ne kadar farklı ise de düşünceler aynı oluyor. "Bu evden gelinlikle çıktın kefenle geri dönersin" veya "boşanan, kocasından ayrılan kadın kötü yola düşer"... Kadınların yaşadıkları pek çok sıkıntıya katlanmalarının nedenidir belki bu iki cümle. Madem bunları yaşadın hala niye o evde duruyorsun dediğimizde verecekleri cevaplardır. Aile desteğini arkasında bulamayan, ailesi tarafından da koca evinde kalması yönünde telkin verilen bir kadının çaresizliğinin kaynağıdır.

Raziye için hayatın değişimi baba kaybı ile başlamış. Çok ama çok küçük yaşta olgun olmayı öğrenmiş ve kardeşlerinin sorumluluğunu almış. Biraz serpilip büyüyünce de annesi "namus" sorumluluğunu almak istemeyip evlendirmiş Raziye'yi. Yaş olarak baktığımızda çocuk yaşta evlenmiş Raziye, ama onun çocukluğu daha dört yaşında elinden alınmış.

Evliliği her açıdan problemliymiş Raziye'nin. Çocuk yaşta evlenmesi zaten en büyük problem iken bir de farklı sosyo-kültürel ve sosyo-ekonomik koşullarda yaşamaları problemlerini daha da büyütmüş Raziye'nin.

15 yaşında ikiz çocuklarını kucağına almış. Pek çok kişinin 20'li 30'lu yaşlarda bile korkacağı bir sorumluluğu 15 yaşında almış fakat onu korkutan bu değilmiş asıl. Zaten 4

yaşında kardeşlerinin sorumluluğunu aldığı için buna alışık, fakat çocuklarının babası ne kadar "baba" olabilecek bu daha büyük bir soru işareti onun hayatında.

Raziye çok direnmiş evliliği için, bunun altında çok önemli iki neden var. Birincisi, ailesi arkasında durmamış ve ona bu gücü hissettirmemiş. İkincisi ise kendi babasız büyüyen Raziye, çocuklarını da babasız büyütmek istememiş. Ama tek taraflı çaba evliliği bir yere kadar götürebilir. Aslında yıllar önce olması gereken hatta yıllar önce olmaması gereken evlilik sonunda bitmiş.

Raziye'nin hikayesi genç kızlarımızdan çok aileleri için önemli dersler içeriyor. Namusumuzu korusun diye çocuk yaşta kızınızı verdiğiniz adam gerçekten kızınızı koruyabilir mi, "namusunuza" sizden daha fazla sahip çıkabilir mi? Ve kızınızın acı çekmesi, aşağılanması, dayak yemesi, aldatılması; komşuların sözlerinden daha mı değersiz?! Kızınız konu komşu "bak boşandı geldi" demesin diye bu eziyeti, bu mutsuzluğu çekmek zorunda mı?

SEMRA K.

Iğdır'ın Tuzluca ilçesi Yaylacık beldesinde
yaşadı
14 yaşında tecavüze uğradıktan sonra evlendi
Evlendikten sonra kocasının bir erkek çocuğuna tecavüz ettiği için hapiste yattığını öğrendi
ve ayrıldı
Şu anda 19 yaşında
İki küçük oğlu var

Yeşil gözleri ve masum suratıyla insanda koruma duygusu uyandırıyor. Ürkek bir hali var. İki bebek yaşta bebeğiyle dünyada yalnız başına kalmış. Ailesi çocuklarını sahiplendiği için onu yok saymış. Gözlerinde bekleyen gözyaşları var gibi görünüyor.

Iğdır'da ailesiyle birlikte yaşıyordu. Ortaöğretimin son sınıfında okuyordu Semra. Ailesi onun okumasına izin vermişti. Zayıf ve narin bir kız olsa da okula gidip geliyordu, okulunu seviyordu Semra, dersleri iyiydi.

Amcasının kızının düğününde kaderinin değişeceğini

bilmiyordu. Giyindi, süslendi, duru güzelliği biraz daha ortaya çıkmıştı. Düğünde bir kadın yanına yanaşarak evli mi bekar mı olduğunu sordu. Şaşırdı Semra, şaka yaptığını düşündü karşısındaki kadının, evlilik de neydi, kadın "tam oğluma layık bir kızsın" demişti. Üzerinde durmadı Semra, eğlenmeye devam etti.

Okuluna düzenli gidiyor, derslerine çalışıyordu, amca kızının düğününden iki hafta sonra birileri tarafından görüldüğünü ve beğenildiğini duydu. Utandı, şaşırdı. Bir adam köye gelmiş onu görüp beğenmişti. Gençliğe yeni adım atmış bir kız için yetişkin bir erkek tarafından beğenilmek korkutucuydu.

Beğenilmesinin üzerinde yaklaşık bir hafta sonra da aile onu istemeye geldi. Tanımadığı adam, "O olmazsa kimseyi istemiyorum, onu istiyorum." demişti. Kimse henüz okula giden kızlarının evlenmesini istemiyordu. Vermediler Semra'yı. Bir daha geldi aile, yine vermediler. Semra rahatladı, kendisi de evlenmek istemiyordu ki, okulu vardı, dersleri vardı, keşke düğüne gitmez olaydım diye düşündü.

Okula devam ediyordu Semra, ama bir adamın teyzesi peşini bırakmıyordu. Sabah akşam yoluna çıkıyor konuşmak istiyordu. Ve bir gün okul yolunda kanına girdi Semra'nın, hiç değilse evine gelip konuşsaydı da Semra dinleseydi ya, ortalıkta olur muydu, ailesi de istemiyordu, bir çay içseydi. Saf dünyası inandı, çay içecek konuşacaklardı, zil çaldıktan sonra gelecekti. Yakında liseli olacaktı.

Ders bittikten sonra istemeye istemeye gitti kadının evine. Kötü bir planın içine düşmek üzereydi. İçeri girdi Semra, forması üzerindeydi hala, çekinerek ilerledi kadının gösterdiği odaya. Salona girdiğinde adamı gördü, korktu, geri çekildi. Teyzesi arkadan yaklaştı "Bir şey yok kızım çekinme, o da seni görmek, ikna etmek için geldi" dedi. "Ben gideyim teyze" dedi adamın suratına bakmadan zayıf bir sesle. "Yok otur" dedi kadın. Adam aç gözlerle ona bakıyordu, ne yapacağını şaşırdı Semra. Bir koltuğun ucuna oturdu usulca, kadın mutfağa girip çay koyacağını söyledi ve salondan çıktı. Semra iyice sıkılmıştı, adamın bir şeyler söylediğini duyuyordu ama dinlemiyordu, az sonra bir kapı sesi duydu. İrkildi. Adam oturduğu koltuktan kalkıp yanına geldi Semra'nın. Semra sadece korkuyla atan kalbinin sesini duyar hale geldi.

Az sonra debelenmenin ya da çığlık atmanın anlamsız hale geldiği bir durumda buldu kendini. Tavana bakıp adamın pis nefesini yüzünde hissederken duygularının yok olmaya başladığını hissetti. Gözyaşları yüzünden aşağı süzülürken adam üstünden kalktı, üstü başı dağınık halde öylece kalakaldı kısa bir süre. Telaşla toparlanırken hala adamın yüzüne bakamıyordu. Ne yapacağım ben şimdi düşüncesiyle kalktı ve dışarı fırladı.

Kumral saçlarındaki örgüler dağılmıştı. Zayıf bedeni titriyordu, ayağına doğru dürüst giyemediği lastik ayakkabılarını düzeltti biraz ileride. Yeterince ağlarsa ve yıkanırsa arınır mıydı...

Taşlı yollardan hızlıca eve doğru koştururken düşünüyordu, ne olacaktı şimdi... Eve yaklaşırken düştü, taşlar üstünü başını çizmişti ama içindeki acının yanında zayıf kalmıştı. Formasına baktı oturduğu yerde, ağladı, ağladı, ağladı. Biraz sakinleşince üzerindeki tozları silkeleyip yürümeye başladı.

Sokak kapısından içeri girerken kendini suçlu gibi hissediyordu, kirlenmişti, babası ne diyecekti? Onlara göre küçük kız gitmiş yerine kirli bir kadın gelmişti. Semra namusunu bir halı üzerinde bırakmıştı bir adama.

Hiç kimseye tek kelime etmedi, cehennemi bir akşam yaşadığı halde. Herkes eve geldi, yemek yendi, yatma zamanı geldiğinde içinde ateşlerle uzandı yatağına sessiz gözyaşlarıyla uyudu. Ertesi sabah yine okul vardı, yine derslere girecekti o hala genç bir kızdı, o hala bir öğrenciydi.

Düşündü taşındı Semra, tek yol evlenmekti, bir ay sonra o adamla evlenmek istediğini söyledi. Bütün aile şaşırdı, istemediler, abisi ısrarla karşı çıkıyordu, sonunda söyledi Semra, "Beni iğfal etti" dedi. Aile evlenmesine razı olsa da abisi istemiyordu, büyük kavgalar yaşanmaya başladı evde, "Öyle de olsa evlenmeyeceksin, ben o çocuğa vermem seni, ben tanıyorum onu, seni de öldürürüm" diyordu. Çırpınıyordu bir şeyler biliyor olmalıydı ki ısrar ediyordu ama evde kimse onu dinlemedi verdiler Semra'yı çünkü namus temizlenmeliydi. Semra da ısrar ediyordu, namusu onda kaldıysa onunla evlenmeliydi, yoksa çok daha fazla kötülükler yaşanabilirdi.

Yaz tatilinde, şehirli çocukların denize koştuğu bir zamanda evlilik hazırlığına başlandı. 2007 senesiydi, ağustos ayında evlenecekti. Damat adayı yirmi beş yaşındaydı, aralarında on bir yaş vardı. Adam da gençti ama 14 yaşındaki bir kız için büyüktü, ağabey olacak yaştaydı.

Iğdır merkezden ev tuttular, yalnız yaşayacaklardı. Eşyalar alındı, adam Semra'yı seviyordu, ama Semra sevginin ne olduğunu bilmeden kadın olmuştu, hem hayatını elinden alan adamı nasıl sevebilirdi ki...

Düğünü yapıldı davullu zurnalı, abisi çıldırıyordu on yaşında bir erkek çocuğuna tecavüz ettiği için hapis yatıp çıkmış bir adam kız kardeşinin kocası oluyordu. Kimse onu dinlemedi verdiler fidan gibi genç kızı, tecavüz ettiği için o adama.

Evliliklerinin ilk haftasında dayak yemeye başladı Semra. Kocası ondan farklı şeyler bekliyordu ama Semra ne evliliği ne cinselliği biliyordu, o bir okul çocuğuydu, yaşıtları gibi lise heyecanı yaşayacağı yerde bir adamın isteklerini karşılamak zorundaydı.

"Sevişmeyi bilmiyorsun odun gibi yatıyorsun, genelevdeki kadınlar neler yapıyorlar, sen niye böyle duruyorsun" diyerek dövüyordu adam, nasıl bilebilirdi ki on daha on dört yaşında bir genç kızdı. Hem onu bir genelevden almamıştı ki, o kendi halinde bir ailenin tertemiz kızıydı. Ona tecavüz edip kendine kadın yapan adam otomatik bir programlama bekliyordu anlaşılan.

Yemek yapması gerekiyordu Semra'nın ama Semra bilmiyordu. Yemek yapmadığı her akşam için de dayak yiyordu. Öğrenmeye çalışıyordu Semra, ablasını arıyor elindeki sebzeleri söylüyor tarif alıyordu, elinden geldiğince memnun etmeye çalışıyordu. Zamanla yemek yapmayı öğrense de dayak için bahane çoktu.

Hamile kaldığını öğrendiğinde bu kez çocuğu düşürmesi için ağır bir şiddete maruz kaldı Semra. Çünkü Semra'nın sürekli midesi bulanıyordu, rahatsızdı, hem sürekli doktora gitmek istiyordu. Sıkıcıydı tüm bunlar kocasına göre. Dövüyor, dövüyor, dövüyordu, ama bebek düşmüyordu, onca dayak ve eziyete rağmen annesine ve dünyaya sıkıca yapışmıştı.

Kocasının maaşı iyiydi, ekonomik sıkıntıları yoktu ama içki, kumar, uyuşturucu haplar paranın yatırıldığı yerdi. Bir gün Semra'ya bir hap gösterip "Bu diş ilacı" dedi, Semra o gün dişlerinde hafif bir sızı hissettiğinden kendisine de bir hap istedi ama "Bu sana iyi gelmez" diyerek reddetti. Semra o zaman bu hapların başka işe yaradığını anladı.

Her gün yediği dayaklardan o kadar usanmıştı ki kocasının ablasına şikayet etti kocasını. Ablası eve geldiğinde kardeşine ciddi olarak kızdı, Semra korkarak dinliyordu onları, "Madem bu kıza böyle kötü davranacaktın niye hayatını karartın bu kızı?" diye azarlıyordu. Ablası evden gider gitmez yine dayak yedi, bu kez ablasına şikayet ettiği için daha da çok hakketmiş olmalıydı.

Eziyetli günlere katlanmaya çalışıyordu yine de çünkü acıyla sarsıldığı halde oğlunun kıpırtılarını hissediyordu, zayıf bedeninde karnı da çok büyük değildi. Doğum yaklaştıkça sevinçle üzüntü birbirine girmeye başladı. Hem bebeği doğacağı için seviniyor hem de kocasının çocuğuna da zarar vermesinden korkuyordu. Hayır o günlerde kocasının bir erkek çocuğuna tecavüz ettiğini bilmiyordu. Sadece dayaklardan çocuğu da nasibini alır diye kaygılanıyordu.

Bebek doğduğunda beklenmedik bir şey oldu, kocası sevindi bebeği görünce. Seviyordu oğlunu, umutlandı Semra, belki düzelirdi hayatları. Eve döner dönmez zor günler yine onu bekliyordu halbuki. Geceleri bebek ağladığında yanına gitmesine izin vermiyordu, çünkü evde kocası varken sadece onunla ilgilenmeliydi, bebekse ne olmuş. Ağlaya sızlaya içi yana yana kalıyordu kocasının yanında.

Bir gün dayanamayıp kaynanasına durumu anlattığında kadın, "Normal, erkekler ilgi ister, benim kocam da ilgi istiyordu" dedi. Normalmiş diye düşündü Semra, anlayamadı ama bir çare olmayacaklarını anladı.

Gördüğü şiddette bir eksilme olmamıştı, sopayla, silahla dövüyor, bıçakla zaman zaman küçük kesikler atıyordu vücuduna. Ama herkese göre her şey normalde, kaynanası da "Erkektir yapar, döver, normal" diyordu. Bir tek Semra'ya normal gelmiyordu kocasının dünyası.

Meğer dünyadaki tüm erkekler karılarını dövüyormuş da Semra'nın haberi olmuyordu. Normalse sorun yoktu, dayağı yemeli, çocuğuna doğru dürüst bakmadan büyütmeli, kocasının sapıkça isteklerini karşılamaya çalışmalıydı. Normaldi tüm yaşadıkları. Kemerle dövülmek normaldi, üç evlilik geçirmişti kayınvalidesi bilmez miydi normal olup olmadığını yetişkin kadın yalancı mıydı yani, sırf oğlunu korumak için uyduracak hali yoktu ya... Üç aylık bebeğine balta fırlatmaya çalışması da normaldi kocasının. Ne çok normal vardı Semra'nın hayatında, bir tek Semra anormaldi.

Semra anlatırken kimi zaman ağlıyor, kimi zaman sanki o günleri yaşıyormuşçasına titriyordu, çocuklarını da içine katarak çoğu zaman duraklıyor ve "O adamdan çok çektik biz" diyordu. Adamı çocuklarının babası olmaktan bile çıkarmıştı, o yabancı bir adamdı. O yabancı adam çocuklarına da zarar vermeye kalkıyordu. Eğer bebeğin önüne kendini atmasa oğlu çoktan ölmüştü.

Yine de bir çözüm arıyordu Semra, yine de evliliğini ayakta tutmaya çalışıyordu. Eve geri dönüş yoktu onun için. Kocasının üvey kardeşiyle görüştü. Kadın ona "Dikkatli olmalısın, seni ev tapusu diye kandırıp imzanı alacaklar, böylece çocuk da kaynananın üzerine yazdırılacak, kendine dikkat et. Hem kocanla aranı düzeltmek istiyorsan bir çocuk daha yap belki o zaman her şey düzelir." Demişti. Saf dünyasında karmaşalarla boğuşan Semra'nın aklı yattı yeni bir bebeğe. Halbuki oğlu daha iki yaşında bir bebekti. Yine de karar verdi, yeni bir soluk eve huzur getirebilir diye düşündü, büyükleri de öyle akıl vermemiş miydi...

Ve yeniden hamile kaldı Semra. Birlikte test yapıp sonucu öğrenmişlerdi, doktordan randevu aldı Semra, doktor henüz muayenenin erken olduğunu sonraki hafta gelmesini söyledi. Bebek henüz kırk günlük ya olmuş ya olmamıştı. Eve döndüğünde onu kötü bir kavga bekliyordu. Kaynanası onlara misafir olarak gelmişti. Oğlunu Semra'nın giydiği kıyafetler ve altına minder koyması meseleleriyle şişirmişti, kocası kızmıştı, çünkü Semra kaynanasına cevap vermiş, "Benim çocuğum var her şeyle ilgilenemem ki ben de insanım" demişti. İnsan olmak başlı başına bir kabahatti anlaşılan. Tartışma sonucunda yine dayak yedi, adam bu kez direkt karnına vurarak bebeğin düşmesini sağladı.

Kısa süre sonra tüm olumsuz şartlara rağmen yine hamile kaldı Semra, bu kez küçük oğlu canlanmaya başlamıştı karnında. Henüz iki aylık hamileyken kocası bir iş için üç günlüğüne İstanbul'a gideceğini söyledi ama aradan bir ay geçtiği halde kendisinden bir haber yoktu. Telefonlarına ulaşılamıyordu. Neyse ki Semra'ya para bırakmıştı da açlık çekmiyorlardı.

Sabırla bekliyordu kocasının gelmesini ama kendisinden hiç ses seda yoktu, kocasının ağabeyine gidip, "Abi, üç aylık hamileyim, niyeti beni bırakmaksa ona göre ben çocuğu aldırayım, vakti geçmek üzere." dedi.

Abisi gerçeği söylemek zorunda kaldı, "Hayır, aldırma, kocan cezaevinde."

Şaşırmıştı Semra. "Neden cezaevinde?" diye sordu.

"Hırsızlıktan" deyip kestirip attı ağabeyi.

Fakat durum farklıymış sonradan öğrendi Semra. Tecavüz ettiği çocuğun babasını tehdit ediyormuş. Çocuğa tecavüz edip hayatını karanttığı yetmiyormuş gibi gidip babasına da tehditler yağdırıyormuş. Adam da gidip şikayet etmiş. Dokuz ay yatmış bu sebeple.

Durumu öğrenen Semra, doktora gitti tekrar. Bebek dört aylık olmuştu, cinsiyeti de belliydi. Aile çocuğun erkek olduğunu öğrenince alınmasına izin vermediler. Yalnız başına bir hamilelik geçirdi, kocasının yokluğunu kaynanası aratmıyordu. Altı aylık hamileyken kaynanası kürekle dövdü Semra'yı.

Büyük oğlu rahatsızlanmıştı, doktora götürmek istemişti ama hayır dedikleri gibi para da vermediler tabii. Semra kendi kıyafetlerini toplayıp sattı ve oğluna doktor parası çıkardı. Kimseyi umursamadan da oğlunu doktora götürdü. Durumu öğrenen kaynanası evde kıyameti kopardı, kürekle dayağını da o gün yemişti.

Çocuğu doğduğunda yine de mutlu oldu Semra, çocukları onun her şeyiydi, dünya onların çevresinde dönüyordu. Belki oyuncak bebekleri olarak görüyordu kim bilir. Bir bebekten dünya yaratmak ancak çocuklara has bir saflık değil midir...

Dokuz ay bitip de hapisten çıktığında kocası daha da tuhaflaşmıştı. Hareketleri acayipti. Dayağın dozu hafiflemediği gibi artmıştı. İçindeki şiddet azmış gibiydi, çocuklara da kötü davranıyordu. Cehennem hayatına geri dönmüştü yeniden ve daha ağırıyla Semra. Kendi cehenneminde yapayalnızdı Semra, ailesiyle de görüşmesine izin verilmiyordu.

Semra için korku normal bir duyu haline gelmişti adeta, duygulanmak kadar normal bir duyguydu. Sadece kocası değil bütün aile dayağın normal ve geleneksel bir şey olduğuna inanmıştı ve Semra'yı da inandırıyorlardı. Gelin kaçarsa öldürülürdü, kan davası olurdu, kendisi neyse de ailesi de perişan edilirdi. Dayak milli örf ve ananelerdendi anlaşılan da Semra bilmiyordu. Ne biliyordu ki zaten Semra!..

Ve bir gün Semra kocasının on yaşında bir erkek çocuğuna tecavüz ettiğini öğrenmişti. Midesi bulandı, zaten kocasını sevmiyordu ama böylesine bir tiksintiyle başa çıkmak kolay değildi.

Kocasına "Nasıl yaparsın bunu?" diye sorduğunda cevap kanı donduracak türden soğukkanlı ve ahlaksızcaydı:

"Ne var bunda?"

"Ne var bunda?" dedi kocası ve tokadı bastı kocası Semra'ya.

O sırada annesi girdi içeri, bir erkek çocuğuna tecavüz etmiş oğlunu Semra'ya layık gören annesi, "Çocukları bırak git" diye bağırdı Semra'ya. Küçük oğlu hala meme emiyordu, iki aylıktı, nasıl bırakırdı Semra, hem de böyle bir adama.

Semra'yı döve döve çocuklarını bıraktırdılar ve gecenin bir vakti kapı dışına attılar, sanki her şeyin suçlusu oymuş gibi. On sekiz yaşını bitirmek üzereydi Semra korkuyordu, hemen ablasına gitti ağlaya ağlaya. Fakat hiçbir yere sığamıyordu, "Ben gidip çocuklarımı alacağım" diyerek fırladı yine, göğüsleri şişmişti, oğlunun meme vakti gelmişti, kuzusunu onlara nasıl bırakırdı... Ablası engelledi, "Zaten beş seneni bu şerefsize verdin niye hala uğraşıyorsun?" demişti.

Sabahı zor bekledi Semra. Gece çocukları olmadan nasıl geçerdi unutmuş gibiydi, küçük oğlu onun kokusunu arar, memesini isterdi. Büyük oğlu onsuz uyuyamazdı ki. Gece uzadıkça uzadı, sabahın köründe kalktı gitti Semra çocuklarının yanına.

Kapılarına gitti yalvarıyordu, "Bari küçük oğlumu verin emzireyim."

"Hayır" dediler ve açmadılar kapıyı.

Yığıldı kaldı Semra olduğu yere çocukları olmadan nasıl yaşardı...

Ailesinin yanına gitti, günleri karabasan gibi geçiyordu, her saniye çocuklarını düşünüyordu, kendini kaybetmiş gibiydi. Onların özlemleri içini yakıyordu. Geçen her ay memesinden süt kesildiği gibi kendisinden de derman kesildi. Doktorlar bile haline acıyorlardı.

Üç ayı acıyla kıvranarak geçirdikten sonra dava açmaya karar verdi, gitti Savcılığa suç duyurusunda bulundu. İki üç gün sonra Semra'yı aradılar, "Acil Savcılığa gel!"

İçinde büyük bir umutla yolu kat etti, kayınvalidesi, kocası herkes oradaydı hatta inanılmaz ama çocukları da gelmişti, küçük oğlu altı aylık olmuştu, büyük oğlu onu görünce yanına gitmek istedi ama tuttular. Savcı müdahale etmese çocuklara dokunmasına bile izin vermeyeceklerdi. Savcı sayesinde iki oğlunun da kokusunu içine çeke çeke öptü okşadı.

Semra ile evliyken çocuklara hor davranan adam birdenbire ilgili bir baba olmuştu. Az sonra tartışmalar başladı, resmi nikahları olmadığı için bir dava da açılamıyordu ve çocuklar anneye verilecekti. Kocası bağırıyordu, "Bana bir güvence versinler, eğer benim oğullarıma bir şey olursa kan çıkar." Bir süre sonra Semra'nın babası da gelmişti Savcılığa, o da bağırıyordu, "Ben bu adamın çocuklarına bakmak istemiyorum."

Semra ağlıyordu. Çocuklar ağlıyordu.

Herkes evlerine gönderildi az sonra. Ertesi gün yine Savcılıktan arandı Semra.

"Resmi nikahınız olmadığı için bir dava açılamıyor. Bu durumda çocukların velayeti de sana ait. Çocukları babalarına göstermek zorunda da değilsin. Öyle bir babaya çocuk gösterilmez zaten. Eğer dava açarsan sana 100 metre bile yaklaşamaz. On yaşındaki bir çocuğa tecavüz eden kendi çocuklarına da yapabilir. Çocuklarını zaten sen almalısın."

Mutluluktan uçuyordu Semra. Tamamen kurtulmak üzereydi o adamdan. Jandarma gidişini sevinçle izledi Semra, az sonra çocuklarına kavuşacaktı. Yine bekliyordu ama bu bekleyişi onun canına can katıyordu.

Ve geldi çocukları, hem sevindi hem üzüldü görünce oğullarını. Büyük oğlu bitlenmişti, avuç içleri yanmıştı, çok mahzundu. Belli ki çok dayak yemişti. Doktor muayenesine gönderdiler. Zabıtlar tutuldu.

Eve çocuklarıyla geri döndüğünde yine büyük kavgalar çıktı. O adamın soyundan gelen çocukları istemiyorlardı. Çaresiz kadın sığınma evine gitti Semra. Devlet ona bakardı. Fakat işler hiç de düşündüğü gibi gitmedi. Gittiği kadın sığınma evinde çocuklarının masrafları karşılanmıyordu ki, bebek bezlerini, mamayı kendisinin alması gerekiyormuş. Hüsrana uğradı Semra. Parası yoktu, işi yoktu, en azından barınıyordu. Çocuklarının ruhsal durumunu toparlamaya çalışıyordu, çünkü çocuklar geceleri bağırarak uyanıyorlardı, aşırı şiddet gördüklerinden sürekli korkar haldeydiler, büyük oğlu Semra tuvalete giderken bile "Anne beni bırakma beni dövecekler" diye ağlıyordu.

Gencecik bir kadın yalnız başına ayakta durmaya, çocuklarına anne olmaya gayret gösteriyordu. İmkanı olmadığı için ne tazminat davası ne de nafakası davası açabilmişti, çünkü avukat için para lazımdı. Hiç kimsesi kalmamıştı Semra'nın, çocukları kimsesizler yurduna verseydi ailesi onu kabul edecekti. Hem görücüler de gelmişlerdi ailesiyle beraber kalırken, rahatça evlenebilirdi de. Ama Semra çocuklarından vazgeçmedi.

Ve izdivaç programına katıldı Semra. Onu evlendirmedik, hayırsever iş adamları ona ve çocuklarına bir ev bağışladı. Semra çocukları okula başlayana kadar çalışmayacak, onlara bir bütçe ayarlandı. Çocukların okuması için de hayırsever bir vatandaşımız yine burs bağladı. Böylece eğitimi sonlanana kadar çocuklar kendi evlerinde anneleri tarafından şefkatle büyütülecekler ve Semra herhangi bir tehlikeli yola girmeden hayatını güzelce idame ettirebilecek.

Peki Semra geriye dönebilseydi ne yapardı?

Okumak isterdi Semra. Eğitimini sonuna kadar tamamlayıp eğitimli bir genç kadın olmak istiyordu.

Çocukluğundan beri en büyük ideali polis olmaktı. Polis olmak için çalışır didinirdi.

Sevginin, aşkın ne olduğunu hiç bilmiyor Semra ama anne olmanın ne olduğunu biliyor. Çocuklarına büyük bir aşkla bakıyor, onlarla konuşurken bambaşka bir kadın oluyor.

Peki genç kızlara ne diyor Semra?

"Sakın kimseye inanıp kimsenin evine gitmeyin. Kendinizi koruyun, karşınızdaki kadın bile olsa ailenizden olmayan birine iyice tanıyıp bilmeden güvenmeyin. Ben bir kadının sözüne inanıp da evine gittiğim için iğfal edildim. Hayatım karardı. Bana on dört yaşımda kefen giydirdiler o gelinlik değildi. Ve ne olursa olsun okulu bırakıp kendi hayatınızdan vazgeçmeyin."

PSİKOLOG UĞUR DALAN'IN YORUMU:

Hayatını, umutlarını, hayallerini elinden alan bir adamla evlenmek zorunda kaldı Semra. Peki neden?

Daha 14 yaşında, cinsellikle ilgili hiçbir şey bilmeyen bir kız çocuğu, tecavüze uğruyor ve sonra tecavüzcüsü ile evlendiriliyor. Hayatını karartan, hayallerini elinden alan adamla evlenmek, ona kadınlık yapmak zorunda kalıyor. Bir yıl önce okula gidiyorken, hayalleri varken; bir yıl sonra evlenip, kocasından sevişmeyi bilmediği, yemek yapmayı bilmediği için dayak yiyor. Bu çatışmaya, bu değişime nasıl ayak uydurulabilir ve insan ruhu bunu nasıl kaldırabilir? Semra dayandı, Semra bu zorlukların hepsine katlandı, okurken bile içimizin ürperdiği bu hikayeyi tüm canlılığı ile o yaşadı. Peki ya niçin?

Çocuklarımız okula gitmeli, oyun oynamalı, bebeklerini karınlarında büyütmemeli, oyuncak bebekleri ile oynamalılar. Onları üzen şey kocalarından dayak yemek, aç bırakılmak, döve döve bebeklerinin düşmesi değil; sınavdan kötü not almak, oyuncak bebeğini kaybetmek olmalı.

Tecavüz ile başlayan (ya da biten) bir hayat. Dayaklarla, aşağılanmalarla geçen bir evlilik. Bu kişi bundan sonra bir erkeğe nasıl güvenebilir, insanların karşısında nasıl güvenle ayakta durabilir ve bu yaşadıklarının izini kim nasıl silebilir?!

Semra çocukları için mücadele etti, karşısına iyi insanlar çıktı ve kendi iyiliğinin, güzel ruhunun karşılığını en sonunda buldu. Ama bulamayabilirdi de, daha kötü ve zor durumlara düşebilir, çaresiz kalabilir, çocuklarını kaybedebilir, kendi yaşamına bile son verebilirdi. Peki ya niçin?

ZEYNEP PINAR B.

Tuncelili
35 yaşında
Ortaokul mezunu
18 yaşındayken kendisinden 12 yaş büyük biriyle evlendi
1 kızı var
Eşinden sorumsuzluğu yüzünden ayrıldı
Kocasının ilk eşiyle kısa zaman birlikte yaşadılar

Hüzünlü bir genç kadın. Güzelliğini umursamıyor gibi bir hali var. Yaşadıklarını atlatmış görünmüyor. Hüzün yerleşip kalmış sanki bir yerlerde kurtulmayı bekliyor. Hayatı çok keyifli başlamamış ailesinde de sorunlar varmış. Kendi halinde, hatta küçüklüğünde menenjit geçirip tedavi edilmediğinden şizofren başlangıcında olan, bilinçsizce küfredip beddualar eden bir anne ve baba unvanını taşımaktan başka babalığı olmayan bir adam. Karmakarışık ilişkiler ağı içinde kendi kimliğini bulmayan çalışan genç bir kız olarak var olmaya çalışmış Zeynep.

Çocukluğu Erzincan'da geçti Zeynep'in. Aile Tunceliliydi ama Erzincan'da yaşıyorlardı. Ailesi İstanbul'a göç etmişti ama Zeynep babasının önceki eşinden olan ablasıyla birlikte yaşıyordu. Lise 1'inci sınıfa geçtiğinde Zeynep çalışmak için okumayı bırakıp Almanya'ya gitti. Ablası çok üzülmüştü Zeynep'ten ayrıldığı için ona kendi kızıymış gibi bakmış üzerine titremişti. Zeynep için de ablası bir anne gibiydi.

Almanya'da Zeynep'i okutmayı da vaat etmişlerdi ama gerçek hiç de düşündüğü gibi olmamıştı. Zeynep teyzesinin çocuklarına bakmak zorunda bırakıldı. Fırsat buldukça bulduğu temizlik işlerine de gidiyor para kazanmaya çalışıyordu. Gayretliydi. On altı yaşında olmasına karşın hayatta bir yeri olabilmesi için çalışması gerektiğinin bilincindeydi. Dili geliştirme fırsatı olduysa da sıkılmaya başlamıştı. Tam o günlerde annesinin kanser olduğu haberi geldi. Doktorların söylediğine göre annesinin altı aylık ömür kalmıştı. Almanya'da kalması saçmaydı. Apar topar İstanbul'a döndü.

İstanbul'a döndüğünde öncelikle annesine destek olmaya çalıştı. Kemoterapi sırasında onu yalnız bırakmıyor, her şekilde yardımcı olmaya çalışıyordu. Annesinin tek çocuğuydu Zeynep. Kendine elektrikçide bir iş buldu. Patronu annesiyle hastaneye gidip gelmesine kızmadığı gibi destek oluyordu.

O günlerde bir düğünde tanıştığı genç bir adamdan hoşlanmaya başladı. Kısa süre sonra görüşmeye başladılar, aşık olduğunu düşündü Zeynep. Sözlendiler aile arasında. Yüzükler takılmıştı ama Zeynep'i rahatsız eden diyaloglar geçmeye başladı. Menfaatperest tavırlarına dayanamadı Zeynep, sözlüsü askerden döndüğünde evlenmekten vazgeçtiğini söyledi.

On yedi yaşını yeni dolduracakken bir okul kantininde işe girdi. Gayretle çalışıyordu. Bu işi de çok yakın arkadaşlarından biri bulmuştu. Arkadaşı da orada çalışıyordu, iyi bir maaş veriyorlardı. İşini kısa sürede sahiplendi. Evde kendisinden başka kimse çalışmıyordu, herkes onun getireceği maaşı bekliyordu.

Patronu Zeynep'le yakından ilgileniyordu. Evleri de aynı apartmandaydı. Zeynep'in amcasının kiracısıydı patronu aynı zamanda. Zeynep kendisinden on iki yaş büyük, daha önce bir evlilik yaşamış bu adama karşı yakınlık duymaya başlamıştı. Duygusal boşluğuna mı yeniliyordu bilmiyordu ama dirsek dirseğe çalıştığı adamın olgunluğu onu cezp ediyordu. Baba şefkatinden mahrum kalmış genç ruhu, Zeynep'in kendi ifadesiyle "Profesyonel yalancı"ya doğru yönelmeye başladı. Selanik göçmeni bir ailenin oğluydu. İki çocuğu vardı adamın, karısı çocukları olduğu için bağını koparmamıştı, zaman zaman kantine de uğruyordu. Resmi olarak boşanmışlardı. Normalde de ölçülü bir tavır içinde bulunan Zeynep bu durumu gördüğü için araya mesafeyi daha net koyuyordu.

Tuhaf şeyler olmaya başladı henüz işe başlayalı iki ay kadar olmuşken. Kantinde beraber çalıştıkları genç kız Ümraniye-Çakmak'taki bir üst geçitten kendini atmıştı. İntihar etmişti yani. Meğer kızcağız hamile kalmıştı. Kimden olduğunu o gün bilmiyordu ama çok sonraları eşi olan adamdan hamile kaldığını öğrenmişti. Adamın annesi ve sözde eski eşi de olayı biliyorlardı ama ağız birliği etmişçesine başka hikayeler uyduruyorlardı özellikle de Zeynep'e. Olay el altından verilen paralarla ört bas edildi. Kız artık onlarla birlikte çalışmıyordu da. Neler döndüğünü sorgulayamayacak kadar saf bir dünyası vardı Zeynep'in. Ne denirse ona inanıyordu, hem durduk yere niye yalan söylenecekti ki…

Olayın üzerinden iki ay geçmişti ki adam Zeynep'le konuşmak istediğini söyledi. Akşamüstü Harem'e doğru yürüyüş yaptılar, o akşam adam sıkıntılarını anlatıp dertleşti Zeynep'le. Aşka dair tek kelime edilmemişti. İkinci görüşmelerinde Beylerbeyi'ne gittiler, güzel bir balık lokantasında yemek yediler. Birlikte eve döndüklerinde kendi dairesine misafir etti Zeynep'i. Gece boyu çaktırmadan şarap içirmişti tatlı sözlerle Zeynep'e. Alkole alışık olmayan Zeynep çarpılmıştı. O gece evlenme teklifi de sarhoşluğunu artırmıştı. Kabul etti Zeynep, her şeyi kabul etti.

Gece sonunda alt kattaki evlerine girmeyip en üst kata adamın dairesine gitti. Ve o gece birlikte oldular. Adamın onunla evleneceğine kesinkes inandığından kendisini teslim etmişti. Ertesi gün uyandığında çok üzüldü, pişman oldu Zeynep. Nikah işlemlerini hızlandırmak istiyordu, başka türlü bu yükten kurtulamayacaktı.

18 yaşına girmesine bir ay kalmıştı, bu süreyi ev tutup evi döşeyerek geçirdiler. Süre dolduğunda hemen resmi nikahları kıyıldı. Kimseye haber vermemişlerdi. Zeynep eve gitmeyince babası polise koştu, adamı şikayet etmişti. Polis onları bulduğunda Zeynep evlendiklerini söyledi. Babası çok üzülmüştü, zaten Zeynep babasının üzülmesini istiyordu.

Babasını üzmek Zeynep'i mutlu ediyordu, çünkü babasından nefret ediyordu. Çapkındı, annesi üçüncü evliliği olduğu halde gözü hala dışarıdaydı. Annesine ve kendisine çok şiddet uygulamıştı. Babasının Erzincan'da evin bahçesinde annesine attığı koca koca taşları unutamıyordu. Onları kapı dışarı ettiği geceleri unutmuyordu Zeynep. İki bayan ne yapacaklarını bilmez bir halde sabahı sabah ederlerdi. Bazen buz gibi soğuk kış akşamları birbirlerine sokularak ısıtmaya çalışırlar, bazen yaz geceleri gökyüzüyle avutmaya çalışırlardı birbirlerini. Akrabalara gitmeye yüzleri olmadığı geceler gözyaşlarıyla geçirirlerdi. Öylesine kapı aşındırmışlardı ki ayıp olduğunu düşünüyorlardı birilerine gitmenin.

Nasıl sevebilirdi babasını Zeynep?!

Hayatı boyunca kendinden büyük erkeklere ilgi duymasının sebebi de babası değil miydi...

Ya babasının diğer eşinden olan ablasına henüz daha on iki yaşındayken yaptıkları bir öz babanın yapacağı şeyler miydi... Kızının hayatını karartan o değil miydi... Ateşe atan, sadece o kızını değil ablasının yaşadıklarından etkilenip Zeynep'in hayatını da zehir eden o değil miydi...

Babasını nasıl sevebilirdi ki Zeynep?!

Babası başı yerde ayrıldı oradan. Kızı hiç istemediği bir adamla evlenmişti, hem kızından yaşı büyük hem dul bir adam. Mecburen evine döndü. Zeynep mutluydu kocasıyla, ilk günler tatlı geçiyordu. Hemen hamile kaldı. Çok istemediği bir durumdu bu, çünkü daha evliliğin ne olduğunu anlayamamıştı. Bazı arkadaşları da kocasının çok güvenilir olmadığını düşünüyorlardı, "aldır" diyorlardı, "adamın ne olduğu bile belli değil". Ama Zeynep annelik duygusu baskın çıkınca dokunmadı bebeğine.

Evliliğinin ilk ayları gerçek bir balayıydı. Mutluydular. Gerçeklerin perdesi inene kadar her şey yolundaydı. Zeynep, intihar girişiminde bulunan kızın olayının iç yüzünü öğrenince şok oldu, dünya başına yıkıldı. Evde uzun tartışmalar oldu.

Bu sırada kocasının kızı hastaneye yatırıldı. Adam parası olmadığını söyleyerek Zeynep'in birikmiş parasını istedi. Bir çocuk söz konusu olduğu için düşünmeden verdi, "Sonra bana ödersin, sen git kızını çıkar hastaneden" diyerek. Fakat ilerleyen günlerde de para yerine konmadı.

Tartışmalar uzayıp duruyordu öylesine sorumsuzdu ki hiçbir şeyi umursamıyordu. Zeynep tartışmaları yumuşatmak için adım attığında onu reddediyordu. Karnında büyüyen bebeği için çaba gösteriyordu, bebeği karnında oynadıkça dünyaya ısınıyordu.

Bir gün doktor kontrolünden eve döndüğünde Zeynep evi bomboş buldu. Eşyalar yok olmuştu. Kocasının söylediğine göre alacaklılar alıp götürmüştü. Ama ne hikmetse Zeynep'in örtülerine, kıyafetlerine dokunmamışlar, kocasının donuna kadar almışlardı... Çaresiz baba evine gitti Zeynep, hasta annesinin ve babasının evine.

Apartman amcalarınındı, Almanya'da yaşayan amca altı ay orada kalıyor, altı ay da Türkiye'de kalıyordu. Onların evinde kaldıkları için anne babasına çok kötü davranıyordu. Zeynep hamile haliyle annesine köle gibi davranılmasını izlemek zorunda kalıyordu. Kızdığında zaman zaman annesine vuruyordu. Amcası Zeynep'i taciz etmeye kalkışmıştı, ama Zeynep hızlı davranarak kendini kurtardı. Adam bir daha Zeynep'e bu anlamda yanaşmaya cesaret edemedi, ağzının payını almıştı. Babasının ailesinde genetik bir bozukluk olduğuna inanıyordu Zeynep, çünkü ailenin hemen hemen bütün fertleri sorunlu ya da suçluydu.

Kocası da onların evine gelip yaşamaya başladı. İç güveysi olmak kocasını rahatsız etmediği gibi son derece keyfi yerindeydi. Zeynep'e para verme gereği hissetmediği gibi para istediği için tokadını da yiyordu. Zeynep karnı burnunda olduğu halde kantinde çalışmaya devam ediyordu. İş gereği kola kasalarını bile kaldırıp indiriyordu. Zeynep bir görevli olarak çalıştığı halde kocası ona maaşını vermiyordu, tek yapılan sigortanın yatırılmasıydı. Paraya aşık bir adam olduğunu evlendikten sonra anlayabilmişti

Zeynep. Zaten tanışma süreleri ne kadardı ki... Acele karar vermenin ceremesini çekiyordu.

Doğuma az bir zaman kala kayınvalidesine taşınmışlardı. Dokuz ay dolmak üzereyken bir gece sancılandı Zeynep. Kocasına sancılandığını söylediği halde umursamıyordu, "Yat sabaha geçer, daha bir hafta var, uydurma!" dedi. Zeynep dişini sıkıyordu ama sancısı artıyordu. Sabah beşe kadar dayandı, kayınvalidesine söylemeye de utanıyordu. Zeynep artık dayanamayıp bastırınca kalktı adam, kocasının ablasına da haber verildi, bir taksi çağırıp yola çıktılar. Zeynep çıkmadan karnesini ve bebek çantasını almak istemişti ama kocası izin vermedi. Hastanede muayene olduktan sonra doğuma alınacağını söylediler. SSK hastanesi olduğu için sağlık karnesi verilmesi şarttı. Sancıları sıklaşmıştı ama yatırmıyorlardı, ya para yatırılacak, karne verildikten sonra da geri alınacaktı ya da karne getirilecekti. Zeynep kıvranıyordu, kocasında hiçbir hareket yoktu. Zeynep can havliyle bağırıp "Sen para vermiyorsun ailemi arayayım da para getirsinler" deyince hareketlendi kocası. Çünkü Zeynep'in babasından korkuyordu.

Binbir güçlükle de olsa doğuma aldılar. Zor bir doğumdu, rahmi parçalanmıştı çünkü. Kocasının tokadıyla kendine geldiğinde hala acı çekiyordu. Sonradan öğrendiğine göre narkoz tesiriyle bilinç altı ortaya çıkmış, kocasına küfürler sıralayıp durmuştu.

Kızını sağ salim kucağına verdiklerinde her şey unuttu Zeynep, dünyası ışıldadı. Kocası için çok farklı bir durum yoktu çünkü zaten bu üçüncü çocuğuydu. Hala kurulu bir düzenleri yoktu. Eve geçtiklerinde dikişleri hala tazeydi ve acıyordu. Çok fazla hareket edemiyordu. Kendisine bakması için getirdikleri kişi şok olmasını sağlamıştı. Kocasının ilk eşi ona bakıcılık yapmak için getirilmişti. O günlerde anladı ki Zeynep aslında eski karısı 'eski' değildi, halihazırda hala onun da eşiydi. Sadece çocukları için görüştüklerini söylemişti ve Zeynep de inanmıştı. Ama anlaşılan oydu ki o hala karısıydı. Hatta ilk oturdukları evin ona ait olduğunu da öğrendi o günlerde. İçinde eşya olmamasının sebebi de kadıncağızın apar topar evden çıkarılmasıydı. O süre içerisinde çok iyi davrandı ve çok güzel temiz bakmıştı Zeynep'e. Öylesine iyi bir kadındı ki Zeynep onu sevmeye başladı.

Bebeğin kırkı çıkana kadar da orada kaldılar. Kaldıkları süre içinde kadının yaptıkları Zeynep'i rahatsız etmeye başlamıştı. Çeşitli otlar kaynatıp dualar okuyor sonra da Zeynep'e içirmeye çalışıyordu. 'Büyü mü acaba?' diye düşünmeye başlamıştı Zeynep. Bir süre sonra şüphelerinde yanılmadığı anladı. Eve misafirliğe ne komşular ne de akrabaları geliyordu, yalnızca bazı kadınlar isteklerini söylemek için geliyorlardı. Kapılarında iki köpek vardı, bu sayede eve girip çıkanları kontrol etme şansları oluyordu.

Tedirgin olsa da önyargılı davranmamak için bekledi; fakat, iki kez çocuğunu banyoda köpüklerle boğmaya çalıştığında isyan etti. Kocasının erkek kardeşi bebeğini kurtarmış ve annesine "Ne yapıyorsun sen?" diye bağırmıştı. Zeynep'in morali iyice bozulmuştu.

Ataşehir'de ev tuttuğunu söylemişti kocası. Sevindi Zeynep, bebeğini de alıp eve gittiklerinde şok yaşadı. Çünkü Zeynep'i ilk karısının yaşadığı eve götürmüştü. Zeynep'e bakma bahanesiyle niye eski eşini getirdiklerini o an anladı Zeynep. Onları birbirleriyle kaynaştırmak için uğraşıyorlarmış ailece meğerse kocası. Hepsi bir arada oturursa masraf azalacaktı ne de olsa. Evet hep beraber oturacaklardı. Zeynep loğusa olduğu için ses çıkarmadı, hala tam kendine gelmemişti. Herkesin ayrı odası vardı. Kocasının ilk eşiyle karı-koca ilişkisi yoktu ama nihayetinde çocuklarının annesiydi. Kadını sevmesine rağmen geriliyordu Zeynep. Bir yandan da kendisini içten içe kıskandığını hissettiği için üzülüyordu ona.

Zeynep kısa süre sonra isyan etti. Kocasına çok kızmıştı, harem kurmuş gibi rahattı, her davranışı doğal olarak batıyordu ona. İlk eşi ise hiç anlamıyordu evet kendi halinde bir kadıncağızdı ama adamın davranışlarına niye böyle müsamaha gösteriyor, onu idare ediyordu bir türlü kavrayamıyordu ne büyük bir aşktı... Eğer yanlarında kocası olmasaydı Zeynep biliyordu ki o kadınla gayet mutlu yaşayabilirdi, kendisi çalışır, çocuklara da o bakardı. Ama kocasının rahatlığı sinirlerini bozuyordu. Zeynep kendisini sevgisinde şüphe eder hale gelmişti kadının yaşadıklarını görünce.

Çocuğunu da alıp çaresiz yine baba evine gitti. Annesi sevinmişti, torununa bayılıyordu. Hayatını kurtarmak için yaptığı evlilik onu kaosa sürüklemişti. Her şey eskisinden beter olmuştu, sevgi ve şefkat için evlendiği adam bambaşka biri olmuştu. Baba evinden uzaklaşmak için kendince bir düzen kurmuştu ama her şey tepetaklak olmuş, geri dönmek zorunda kalmıştı. Çaresizdi, bebeğine nasıl bir düzen kuracağını bilmiyordu. Bebeği henüz iki aylıkken işe girdi Zeynep. Çocuğunu ara ara yanına getirip emziriyordu. İşyeri onun bu duruma müsamaha gösteriyordu, evleri de yakın olduğunda fazla bir sorun olmadan durumu idare etti. Çalışmak zorundaydı, annesinin hastalığı sebebiyle çok para gerekiyordu.

Bir dargın bir barışık bir hayat yaşıyordu kocasıyla. Yine bir ara ev tuttular, yine ufak tefek eşyalar alındı.

Kocası taksicilik yapıyordu o sıra. Bazı akşamlar hiç gelmiyordu, Zeynep aç bilaç evde bir başına kalıyordu, komşular yardımcı olmasa boğazlarından iki lokma ekmek de geçmeyecekti. İyice sinirleri bozulduğundan bir gün aynı kocasının yaptığı gibi eşyaları toparlayıp götürdü annesinin evine. Kocası eve geldiğinde aynı Zeynep gibi bomboş bir ev bulmuştu.

Kafası karmakarışık Zeynep'in anlatırken bile bazen karıştırdığını söylüyor, öyle çok ev değiştirmişler öyle aile olmaktan uzak bir hayat sürmüşler ki toparlayamıyor yaşadıklarını.

Sevgisi kaybolmuştu Zeynep'in bomboş, saçma bir dört yıl geçirmişti. Kızı dört yaşındayken artık hiçbir şeye dayanamadığını fark etti. Yaşadıklarını kaldıramadığını iyice anladığında boşanma davası açtı. Teyzesi araya girdi o günlerde, dilekçelerini geri aldırttı, son bir şans olabilir miydi...

Son bir şans verdi Zeynep. Kayınvalidesi alt katını boşalttırdı, oturmaları için onlara verdi, eşyaları da kendisi alacaktı. Zeynep'in beğendiklerine burun kıvırıyordu kayınvalidesi. Zeynep uğraşmak istemedi, "Neyi beğeniyorsan al" dedi bıkarak. Kendilerine göre eşyalar aldılar dayayıp döşediler. Artık yerleşmek kalmıştı eve. Zeynep'in eski komşularından bir hanım da temizliğe yardıma gelecekti. Hep beraber evi temizliyorlardı, komşuları dinlenip çay içmek için yukarıya kayınvalidesine çıktığında kocası Zeynep'e saldırdı. İlişkiye girmek istiyordu, itti Zeynep ona hazır olmadan kendisine dokunmamasını söylemişti daha önce. Kocası onu dinlemedi ve tecavüz etti.

Zeynep iyice tiksinmişti kocasından. Kendisini toparladıktan sonra hemen yukarı çıktı, kızını aldı, komşu hanımı da yanına alıp çıktı. Giderken kocasına "Sakın beni bir daha arama bu iş bitti." dedi. Ve boşandılar. Mahkeme sonrası kocası bir çocuk parkında hüngür hüngür ağlayıp yalvararak tekrar kendisini affetmesini istedi ama artık Zeynep için kesinlikle bitmişti. Geri dönüş yoktu.

Zeynep'in hayatı güllük gülistanlık olmadı tabii. Hele annesi öldükten sonra büyük bir yıkıma uğradı. Direndi hayata, çalıştı çabaladı, hatta büyük fedakarlıklarla küçük bir ev aldı kendine. Bu süreçte çocuğunun bakımıyla ilgili sıkıntılar yaşadı. Annesi zaman zaman çocuğunu bırakıp evine gidiyordu.

Çocuğu 7 yaşına geldiğinde Zeynep'in hayatına bir adam girdi. Seviyordu Zeynep, bir kız arkadaşının erkek kardeşiydi, dini nikahla birlikte yaşamaya başladılar. İlk başlarda her şey güzel gidiyordu, fakat aradan bir süre geçtikten sonra adam yediklerini içtiklerini hesaplar hale geldi. İlk başta baba şefkatiyle kızına yaklaşan adam kötü davranmaya başladı. Servis parasını bile sorun ediyordu, yürüse ne olurdu... İşten ayrılmıştı Zeynep, kızıyla birlikte epey uzak olan mesafeyi her gün yürümeye başladılar. Düzelir diye bekliyordu Zeynep. O da daha önce bir evlilik geçirmişti, belli başlı sorunları olması doğaldı, alışması zaman alır diye düşünüyordu Zeynep. Bekledi sabırla.

Aradan dört sene geçmişti ama adamda düzelme yerine sorunlarda çoğalma görülüyordu. İçki içmeye başladı. Aşırı alkol tüketir hale geldi. Kızı giderek büyüyor, serpiliyordu. Zeynep içince değişen adamı gözlem altında tutuyordu, çünkü kızına karşı farklı bakışlar sezinlemişti. Aradan çok geçmeden adamın küçük kızlara ilgi duyan bir sapık olduğunu keşfetti. Adamın tek özelliği bu değildi üstüne üstlük biseksüeldi. Zeynep adamı hemen hayatından uzaklaştırdı. İlişkileri tam yedi buçuk sene sürmüştü.

Peki geçmişe dönmek gibi bir şansı olsaydı ne yapardı?

"Okumayı isterdim. Zaten böyle bir hamlem olmuştu, teyzem Almanya'da okutacağını söylemişti ama olmadı. Liseyi dışarıdan bitirmeliydim en azından. Ama onu da yapamadım. Hayatta bir şeylerden kaçmak için acele kararlar verilmemeli. Genç kızlar da hayatındaki her adıma dikkat etmeliler."

Zeynep'in hayatta en üzüldüğü şey kızını babasız büyütmek zorunda kalması. Baba sevgisinden uzak olmasıydı. Zaman içinde kızıyla babasını görüştürmek için girişimlerde bulundu, fakat düzgün bir iletişim olmadığı için yine başaramadı. Kızı zaman zaman abla ve abisiyle de görüşüyor.

Aslında Zeynep'in kızının babasız büyümesinde veya düzgün bir aileye sahip olamamasında bir suçu yok. Kendisi de travmalarla büyümüş, doğru düzgün bir aile görmemiş, küçük sevgi kırıntılarına sarılmış. Yine de kızını pembe bir dünyada yaşatmak istediğinden her anne gibi üzülüyor.

PSİKOLOG UĞUR DALAN'IN YORUMU:

Anne nedir, baba nedir, karı-koca nedir, evlilik ne demektir? Bunların hepsini kendi ailelerimizden öğreniriz. Baba demek kendi babamız gibi, anne demek kendi annemiz gibi olmak demektir. Zeynep için problemlerin ilk adımı bu kavramlarda başladı. Kendi gördüğü baba figürü, aile figürü ne kadar doğru, ne kadar sağlıklıydı ki?

Mutsuz bir ailede büyüdü, huzursuz ve aşağılanarak

geçirdi çocukluğunu ve her zaman güzel günleri hayal etti, bir kaçış yolu, bir çıkış yolu istedi. Evliliği de bu yüzden oldu. Mutsuzluktan kurtulmak, babasını kızdırmak istiyordu belki. Ama evliliğin bir kurtuluş olmadığını, karşısındakinin nasıl biri olduğunu göremeyecek kadar saf bir dünyası vardı.

Evlendikten sonra hayata karşı ikinci raundu başladı Zeynep'in, babası yoktu, ama babası gibi mutsuz eden kocası vardı savaşacağı. Bu savaşta kaçacak yeri de yoktu. Çaresiz baba evine dönüşleri oldu. Bir dargın, bir barışık devam eden evlilikleri de acı bir şekilde, kocasının tecavüzü ile sona erdi.

Zeynep'in ikinci beraberliği de yolunda gitmedi, belki etrafındakiler, çevresindekiler bu konuda Zeynep'i çok suçladılar. Doğru kişiyi seçemediği için tavır aldılar, fakat şunu göremediler. Zeynep doğrunun ne olduğunu bilmiyordu ki... Onun için baba demek, koca demek kendi babası gibi olandı. Kendi babası ne kadar doğruydu ki?..

Zeynep'in hikayesinde belki yanlış kararlar, hatalı davranışlar yüzünden Zeynep'i suçlayabilirsiniz. Doğru adım atmadı diyebilirsiniz. Ama onun psikolojisi içinde olaylara yaklaştığınızda göreceksiniz ki bu olaylarda en az suç Zeynep'te. O mutlu olmak istedi, onu mutsuz edenlere kendini göstermek istedi, ama doğruyu bilmiyordu. Evliliğin nasıl olması gerektiğini, bir eşin nasıl olması gerektiğini bilmiyordu.

"Her Kitap Bir Umut"

Bu kitabı alarak UMUDUMUZA ortak olduğun için teşekkür ederim. Sen de bizimle birlikte kadınlarımızı gördüğünü ve kadınlarımıza destek olduğunu belirtmiş oldun. Bizim için ve aslında Türkiye için de heyecan verici bu önemli projede sen de varsın artık.

Küçük gelinler için yola çıktığımız bu önemli projede katkın nasıl mı olacak?

Aşağıdaki internet sitesine girip aldığın kitabın arkasındaki bandrol numarasını ve adını soyadını yazarak sen de bizim için görünür olacaksın. Sen o kadınları gördüğün gibi biz de seni göreceğiz. Forma yazdıkların arasında kitapla ilgili duyguların da olabilir yeter ki bizimle iletişime geç. Belki de yeni kitabımızda senin de cümlelerin olacak.

Hep beraber güzel ve hayırlı bir yolda yürüyerek güzel bir topluma adımları benimle birlikte atmış olacaksın.

Teşekkür ederim, desteğini ve duygularını benimle paylaşmanı bekliyorum.

ESRA EROL

www.esraerolkaraduvak.com